启真馆 出品

本书受浙江大学文科教师教学科研发展专项资助

启真 · 文史丛刊

部 分 诗 学
与
普 通 读 者

PIECEMEAL POETICS
AND
COMMON READER

许志强 著

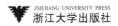
ZHEJIANG UNIVERSITY PRESS
浙江大学出版社

自序

　　收入本书的是我近些年（2014—2021年）发表的外国文学评论、随笔及译序等。有些文章没有选入。选入的文章谈的是一些具体的文艺作品（包括哲学和画论等），也论及文学批评的性质和责任。它们大致能够反映我近期的阅读和思考。个别文章重新拟了标题，增补了发表时删节的段落。

　　编选的过程中产生不少想法，写出来恐怕有些零散。这里要补充说明的是两个细节问题，两处容易引起误解的定义或措辞，关乎与本书同题的那篇文章以及我为《文化和价值》所作的中译本序言。

　　先谈第一点。法国作家狄博德把小说读者分为两类：一是普通读者，即连载小说读者，他们碰到什么就读什么，对小说不会发生更深的美学方面的兴趣；一是精读读者，即小说世界因其而存在的人，堪称小说世界的居民，不是把文学当成短暂的消遣，而是把它当作目的。三岛由纪夫在《文章读本》中引用了狄博德的这个说法，将精读读者称为"小说的生活者"，具备类似美食家、狩猎高手的境界。

　　欧美批评家中，瓦尔特·本雅明、埃德蒙·威尔逊、乔治·斯坦纳、哈罗德·布鲁姆、休·肯纳、罗兰·巴特、詹姆斯·伍德等（名单可以再开列下去）是够得上这个境界，是能够在文章中写出其精赏和嗜好的。我评论詹姆斯·伍德的文章时用了"普通读者"一词，与狄博德的定义不符，恐怕会造成混淆。如果詹姆斯·伍德这类批评家都不算是精读读者，那就说不清楚了。我的文章对詹姆斯·伍德的写作渊源及其在当代批评中的位置已经作了阐述，用"普通读者"一词来界定的理由也有所说明，这里就不赘述了。这确实是一个容易引起误解的片面界定。但是在文学批评过于理论化或学术化的潮流中，把弗吉尼亚·伍尔夫的"普通读者"的概念当作一种立场、呼吁或自我反思的起点，我想这还是可以理解的。

另外想补充说明的是，启真馆出版了我译的《文化和价值》的修订本，我为该书撰写了一篇长序。文章在期刊上分拆发表，谈版本的部分在整合进序言时作了修改，所以现在看到的不是第一稿。原打算把这两稿都收进来，对照阅读也许会有点意思。但考虑到这样做太占篇幅，就舍弃了。两稿内容大同小异，观点却不一样；从指责冯·赖特的编辑方针到对他抱有同情的理解，我的立场有了180度转弯。谈这一点是想说，我译的《文化和价值》出了三版，历时20年，直到这次修订本定稿后我似乎才意识到冯·赖特的编辑工作所具有的意义。这方面的认识还有待深化。修订本出版后收到读者来信，对我在译序中使用"本质""本质主义"等字眼感到不解，认为用类似的概念来评论维特根斯坦是不合适的。

读者的批评对我是个提醒。对维特根斯坦这样一个反本质主义的哲学家，使用"本质"一词要慎重。我在写中译本序时如果作一些界定性的说明就好了。维特根斯坦丰富的美学思想不可一概而论。《文化和价值》中所谓的"艺术性"包含几个不同的层面：有作为艺术形式的哲学

（维特根斯坦称《逻辑哲学论》是文学作品），有与《美学讲座》相似的言论，有对作家、音乐家和艺术作品的观察和评论等等。我用"本质主义"一词是指后一个层面。如果说"本质"意味着既有价值的设定，那么在维特根斯坦的文艺评论中，这一点是表现得引人注目的。这个问题不妨展开讨论。我想，冯·赖特编选此书时一定希望这方面的内容也能得到恰当的关注。

以上是对读者来信的一点简要答复。这方面的文章我不打算再写了，就在这里补充交代一下。

这个集子里的文章，需要说明的恐怕还有不少，零零碎碎的补充写起来就更多了，编辑过程中甚至还想重写个别篇章。还是就此打住吧。

目　录

辑　一

忧郁的热带

奈保尔《游击队员》

一

《游击队员》（张晓意译，南海出版公司 2013 年）是奈保尔的中期作品（1975 年）。此一时期还有《自由国度》（1971 年）和《河湾》（1979 年）。这三部小说质量上乘，将笔触伸向非洲和加勒比地区，描写第三世界新兴国家的局势，作家开辟了一块新的领地。回过头看，奈保尔最富特色的创作多半是出现在这个时期。

《河湾》的背景设在东非一个不知名的国家，有点像是乌干达。《游击队员》是写加勒比的某一岛国，靠近特立尼达和多巴哥。读这些小说，我们感觉自己的身份像是游客，被抛落在临时歇脚的地方，以局外人的紧张旁观情势。这些地方迟早要出事，仿佛眨眼之间会变成"屠宰场"。我们像小说中那些外来者，初来乍到就准备离去。此种噩梦般的印象，在阅读过程中挥之不去，让人隐隐觉得有点荒谬。奈保尔小说的这种"临时性"或"荒谬感"，是在他具备"环球观察员"这个身份之后才有的，构成一种独特的后殖民叙事模式。在后期的《半生》（2001年）、《魔种》（2004 年）等篇中，这个模式也反复得到书写。可以说，

《半生》《魔种》的主角所流露的心态，在《游击队员》的主人公身上已流露出来；甚至人物的性幻想和性虐待，也似乎是如出一辙。

《游击队员》包含几个男女的情爱纠葛。简是伦敦来的出版界从业人员，追随男友罗奇，在岛上转悠了四个月。她感到失望，原先以为罗奇是实干家，是与众不同的人物，谁知是个凡夫俗子；她相信未来的可能性会在这类加勒比海岛上，而她到来第一天就发现，她不过是"来到了世界尽头的某个地方"。简的幻想破灭。

简的幻灭自有其客观原因。但我们不妨问一问，她的幻想究竟有几分是真心实意的呢？一个伦敦人，想来就来，想离开就离开，和当地人闹点风流韵事（"白种女人喜欢黑仔"），大不了拍拍屁股走人，自由得很。她追随罗奇来此地，是"因为她觉得自己不可能受伤害，相信一切到头来都会无果而终"，仍可延续在伦敦那种冒险生活。

相比之下，小说的另一个主角吉米，他的处境就要被动多了。吉米是加勒比华人和黑人的混血种，原名詹姆斯·梁，后来不知怎么就变成了詹姆斯·艾哈迈德，自称"吉米·艾哈迈德哈吉"，名字后面加了一个穆斯林尊称。他是本地画眉山庄的主人，从事"土地和革命"运动，把山庄变成"人民公社"，搜罗了一帮贫苦男孩，自封"最高统帅"，类似匪帮团伙。此人早年在伦敦受到追捧，是英国人抬举的那种政治名人。画眉山庄是萨波利切公司（岛上一家老牌英国殖民公司）资助的。吉米有野心，也懂得自我包装，但政治资本不足，靠英国人的一点小小施舍也成不了气候。他打出牌子说："我不是任何人的奴隶和种马，我是勇士和火炬传递者。"事实上他是在灌木丛里打发时日，运气不错的话，和伦敦来的白种女人搞上一把，仅此而已。

小说的三个主角，简、吉米和罗奇，他们都遭遇困境，内心感到绝望。罗奇四十五岁，曾在南非遭到关押和严刑拷打，一度成为受关注的人物，后来到了岛国，在萨波利切公司做公关（代表公司和画眉山庄打交道）。他有见识，有光环，却没有政治抱负，生活其实漫无目标；连简也看出来，他是个"坐等事情发生的人"，试图逃避现实；他在等待，等简离开他，等他自己所做的一切变得没有意义，变成虚无和徒劳。

奈保尔笔下的人物，那些欧洲人，前殖民者，男人或女人，多少散发着一点存在主义的气味。简和罗奇这两个人物，我们在萨特的《理智之年》、多丽丝·莱辛的《爱的习惯》中也似曾相识，他们的绝望和恐惧主要是源于存在论意义上的自由意志。这些来去自由的欧洲人，把冒险行为当作测试其意志的工具，将自由选择视为增强其存在感的途径。在一个贫穷动荡的岛国，他们多少显得有些夸张，也显得优越。岛国的本地精英，吉米、梅雷迪思等人，个个是精明角色，受过不错的教育，却没法像简和罗奇那样思考问题，纵容精神上的绝望和忧虑，虽说他们对压抑的状况同样感受强烈，意识也相当敏锐。

《游击队员》将两类不同背景的人物联系起来，让局外人去接近边远岛国的居民，后者有游击队"最高统帅"，有政府部长，有留一头"小猪尾辫"的乞儿，有热衷于美国信仰疗法的女佣……这些人是殖民文化的产儿，有着外人不易洞悉的内心世界。算起来，吉米这个角色着墨最多，也是此书写得最有趣的人物。他口口声声叫罗奇"主人"，动辄谈他在伦敦的遭遇，他如何成为"英国人的玩物"，半是怨愤，半是讨巧和卖弄。这位在杂货铺后院长大的混血儿，懂得如何利用自己的身份和外部世界周旋。作者从不同角度塑造这样一个颇有代表性的角色，来自后殖民文化的弱势群体，代表不容忽视的权力意志，让他发出边缘人的声音，后殖民欲望主体的声音——用弗朗茨·法侬（Frantz Fanon）

在《黑皮肤，白面具》中的话说，就是："黑人想要什么？"

小说嵌入吉米写的小说和书信，共十段文字，透露角色复杂的内心世界，写法颇为巧妙。其中最有趣的是吉米采用简的视点写他自己的片段，满纸想入非非，自矜自恋。例如，和简初次见面后，他模拟简的口吻写下这类句子：

> 我不明白一个这么有成就的人怎么会在这种地方浪费自己的生命，……对于普通大众，他是个救世主，他了解、热爱普通百姓，因此，对于其他人，即政府和富有的白人公司之流，他是个异类，他们害怕他，排着队要给他钱。……我来到画眉山庄，看见他光着膀子，他的皮肤并不黑，而是可爱的金色，像一尊青铜神像，我惊呆了，我的心跳到了嗓子眼。……我被这个男人深深吸引，我情不自禁，当我看着他的时候，我两眼放光。……他是所有特权的敌人，而我是一个地地道道的中产阶级，我知道尽管他表现得彬彬有礼、温文尔雅，其实他恨我这样的人。我只要看着他的眼睛就能明白何谓仇恨。

吉米的书写，像那种典型的荷尔蒙写作，让人觉得有些可笑，无非是在纸上宣泄一番；他透过简的视点所作的自我描述，夸张而自命不凡，从精神分析学的角度讲，也是体现欲望主体的一种原始叙述。他对简这位白人女性产生性欲；隔着一道殖民文化的阶级鸿沟，他的性幻想便成了一种僭越行为。而僭越本身则带有几分高雅和刺激。吉米的小说和书信，流露出霍米·巴巴（Homi K. Bhabha）所说的那种"谵妄的情意结"，自卑、自怜、愤恨，一种对白人文化的偏执认同的矛盾情感，"往返于妄自尊大和种族迫害的幻想之间"。

6

那么，什么是黑人的灵魂？除了体现于殖民关系中的心理动荡，我们还能看到什么？在这部小说中，作者就后殖民的历史条件提出了主体欲望的精神分析问题，没有作出历史化的叙述，只是暴露"身份"的形象和幻觉，衬托着一个黑漆漆的热带背景，而叙述的扰人心意的特质也是在于那种谵妄的表述，那是简所不了解，或许也是不感兴趣的"幻想"。

《游击队员》的结尾告诉读者，这是个凶杀故事。简被吉米杀害，遇害前她和吉米幽会，遭到后者的性施虐；在这个爆发政治风波的加勒比岛国，她的冒险之旅就这样终结。

二

奈保尔拥有康拉德那种凝敛的叙事节奏，《游击队员》《自由国度》等，开篇有点儿莫测高深，总是要让人读到最后一句才感受到全篇积累的力量。《游击队员》的结尾让读者感到惊悚，甚至有些困惑。吉米为什么要将简杀害？还有，罗奇的反应也似乎有点怪异，明知简遇害，为何佯装不知，还偷偷销毁简的回程机票？吉米没有必要杀人，除非他真的是疯了，而罗奇不动声色地处理后事，只能理解为他要安全逃离这个地方，免得他自己也被吉米杀害。

伴随着一场政治动乱，岛国变成"屠宰场"，这也是《河湾》后半篇叙述展开的情景，而"导致崩溃的波潮"那股向下的引力，通过叙述的精心编织向读者传递出来，让人关注肉眼看不到的沉默的力量，宿命般的力量。战斗大体都是悄悄进行，所用的武器是个人的道义、规则和意志。吉米在信中说："当人人都想战斗，也就没有什么值得去战斗了。人人都想打自己的小战役，人人都是游击队员。"这段话被用作扉页题词，点明小说的题旨。

奈保尔对第三世界的看法是悲观的。他的宿命论观点和同时期拉美魔幻现实主义作家的观点并无不同，区别在于叙事的表征和视角。我们在他的小说中找不到盛行于加勒比地区的神话、预兆、魔法和巫术，找不到飓风、洪水、失眠症和镜子城，他笔下的加勒比岛国呈现另一种面貌，通过叙事者的视线所截取的小片景象，通过巧妙布局的道德争论，让读者逐渐接近日常景象背后那股宿命般的力量。换言之，作家是以知性切入，运用知性的原则和分析；他的视野从不混乱，总是清晰、冷静，牢牢把持自身的核心主题和观念。拉美魔幻现实主义（卡彭铁尔、马尔克斯）大胆启用的东西，他不使用。虽说也是悲观的宿命论，叙事却没有试图超越历史。他不是反历史主义者。他像个忧郁的英国绅士，瞪眼凝视噩梦般的现实。

罗贝托·波拉尼奥的随笔《索多玛的学者》（"Scholars of Sodom"），对奈保尔的这个特点有过描绘和分析。1972 年，为了采写爱娃·庇隆的报道，"英国人"奈保尔在布宜诺斯艾利斯四处转悠，看到"精神愚弱的纪念碑"，看到"整个国家何以陷入弱智状态的活生生例证"；他对"政治上的暴行和轻率感到大为震惊"，对"那种'把她的屁股抬起来'的性习俗，他看作是有辱人格的性习俗，感到满心厌恶和鄙夷"；他越来越失望，觉得此地是"难以忍受的可恶"。

奈保尔不屑一顾而拉美男子汉津津乐道的"'把她的屁股抬起来'的性习俗"，便是吉米将简杀害前玩的那套把戏（这个细节有可能是作者从阿根廷的采访中得来的）。在罗贝托·波拉尼奥看来，奈保尔的批评报道未见得歪曲，事实上没有一个拉美本土作家的批评有他那么厉害，但作为作家，奈保尔"还不知道如何从某些作家、某些文学艺术家觉得尤其不安的那个困境中提取信息",他的文章表达的仍是"适度的、较小的预言",虽说"他的触角也捕捉到了那个静态的地狱"。

有关布宜诺斯艾利斯的三篇报道,《阿根廷:墓园后的妓院》《理解博尔赫斯》《铁门旁的尸首》,是作者对 20 世纪 70 年代阿根廷政局的观察和评论,也是对拉美政治文化的深入剖析。大约从此一时期开始,奈保尔形成其独有的写作模式,即以第三世界为题材,写作纪实类的报道和虚构类的小说。这像是对某个题材的不同角度的书写,也像是两种体裁创作的互补和呼应。新作《非洲的假面剧》(2010 年),适合与《河湾》《半生》等篇参照阅读,有关加勒比岛国殖民史的调查研究,还有阿根廷的报道,应该和他写加勒比岛国的小说放在一起看。库切在《V. S. 奈保尔:〈半生〉》(库切:《内心活动》,黄灿然译,浙江文艺出版社 2010 年)一文中总结说:"历史报道和社会分析以具有自传色彩的小说和旅行回忆录的方式流入流出:这种混合的模式很可能成为奈保尔对英语文学的主要贡献。"

《游击队员》不像《半生》那样"散发浓烈的新闻写作气息"和"自传色彩",仍是传统小说的叙事特点,有着精心结撰的情节和人物群像,心理剖析也细致,但读来总觉得不容易让人感动。作者对笔下的两类人物都没有偏爱;他观察的目光在两类人物身上移动,仿佛是透过言谈和行为表象,要将事实真相看清楚;字里行间闪现犀利而精彩的讽刺才华,并非为了取悦读者,而是处处显示"局外人"对事实真相的冷静坚毅的探究。作家好像不太在意他的写法是否讨人喜欢。

吉米和简的性爱插曲,写得那样贫乏、露骨、尖锐,库切的《耻》和《青春》想必也从中学到一些东西。格兰德利太太这个人物,老种植园主的后裔,我们在后殖民文学和福克纳的小说中都没见过,说明作者对后殖民境况的观察何其细致。这些都是浓缩的、标本分析式的描写，敏锐、审慎、节制，但也显得有些刻意。

吉米的"谵妄的情意结"，缠绕着某个难忘的童年故事，一个白人女孩在海滩被一伙暴徒强奸的故事："女孩流血，尖叫，然后昏了过去。其中一个暴徒跑到椰子树林里的一条咸水溪边，试图用双手为女孩捧些水来。"成年后的吉米认为，男孩捧水是整个故事中最感人的部分；自感"没有人爱、被抛弃、迷失方向"的吉米，从这个听来的故事中寻找安慰，注入某种温柔、迷狂的情感。此类描写，为结尾的凶杀事件提供精神分析的线索，不乏动人之处，但也是属于那种浓缩的、标本分析式的处理。

与作家早期的作品（例如《比斯瓦斯先生的房子》）相比，这类小说无疑是失去了热量，以忧郁的批评眼光注视这个世界。而他笔下的加勒比具有欧洲美学的性格，其反讽尽管不失微妙，却也容易造成情绪上的隔膜。例如下面这个堪与福楼拜散文媲美的段落，写杀人后的谵妄状态，也纯然是欧式风格。

　　吉米独自一人在一个插满焚香的石屋里，四周的石板上搁着一具具石棺，石棺里没有死的死女人躺在白色的百合花中间。一个女人从石棺里坐了起来，百合花从她身上滚落。她是苏丹人，就像他在伦敦看见过的那些苏丹人；吉米可以从那漂亮的白色棉裙、苍白的棕色皮肤和脸颊上愈合的伤痕判断出来。她挤眉弄眼，神情淫荡，长着一张下贱的大嘴巴，就像他上学时在一张黄色照片上看到的法国妓女，她穿衣而坐，裙子却撩了上去，两腿叉开，那毛茸茸的一大团暴露无遗。她从那凿得十分粗糙的石棺里坐起来，百合花从她身上散落下来，她挤眉弄眼，伸出一只手说："黑鬼，给我一块钱。"

透过语言的柔光镜，我们看到人物迷失在昔日田园诗般的幻念中；石棺里的苏丹女人，死而复生的幻象，凝结着吉米自身的哀怨，恍如热带丛林吹过的一阵腐臭的热风。

谈到奈保尔的创作美学，我们会列举康拉德、福楼拜、特罗洛普、毛姆等人的影响。而《忧郁的热带》的作者克劳德·列维－斯特劳斯，这个名字自然也不应遗漏。奈保尔最出名的纪实类作品"印度三部曲"，其写作方法应归入"结构主义人类学"范畴。而《游击队员》这类虚构作品，如果参照列维－斯特劳斯的结构人类学，会更清楚地看到其与传统小说的区分。那种旅行报道的视点，投向历史和社会的场域，以文化批评和精神分析学为主导，进行浓缩的、标本分析式的提炼与综合。社会学的狭义实证主义方向，历史学的政治事件史方向，在这种风格写实的创作中是被放弃了。

以传统眼光衡量，《游击队员》尽管颇有分量，却还称不上完美。那场政治动乱写得不够有爆发力，更像是局外人的触角捕捉到的某个"静态地狱"，而主角吉米只是暴露"身份"的形象和幻觉，某种程度上讲，这是将人物的视角等同于叙事。但我们不能只是以传统规范加以衡量。也许奈保尔并没有想要去写那种传统意义上的完美小说，或者说他已经没有兴趣去写了。在这个环球旅行的时代，他的自我建构和社会观察的倾向，也应该是用不同以往的模式来表达了。

2014 年

独白

布罗茨基《小于一》

作为俄语诗人，布罗茨基年少成名，在列宁格勒地下文学圈很早确立了地位。他是文学教母阿赫玛托娃家的座上宾，深受器重。他的诗集在境外翻译出版，由大诗人奥登为之作序，受到英美斯拉夫学界的瞩目。以赛亚·伯林说，读布罗茨基的俄语诗，"从一开始您便能看到一位天才"。纳博科夫读了长诗《戈尔布诺夫和戈尔恰科夫》，说此诗"是用俄语罕见的格律写出来的"，并给诗人寄去一条牛仔裤作为礼物（牛仔裤在 1970 年的苏联是稀罕物品）。索尔仁尼琴说他从不错过布罗茨基发表在俄语刊物上的诗作，始终欣赏其"杰出的诗艺"。在俄国，诗人拥有崇高地位——即便是在苏联时期，普希金的荣耀也似乎仍可触及——而在俄语诗歌的精英小圈子里，布罗茨基正是被视为普希金的继承人。

布罗茨基在西方的名声却并非完全来自诗歌，而是基于其传奇性经历。20 世纪 60 年代，他因写诗而获刑，罪名是"社会寄生虫"。这个轰动一时的事件导致他后来流亡西方。克洛德·西蒙的小说《植物园》，描写了诗人在北方劳改营的一张照片及审判的片段场景。库切的自传体小说《青春》中，主人公在伦敦通过 BBC 电台收听布罗茨基谈话，幻想着如何跟劳改营里的诗人取得联系。囚禁中的诗人成了献身缪斯的英勇化身。冷战时期东西方意识形态的博弈，给他打上一束强光，造就其"流亡诗人"的显赫名声，这是他领受的一份苦乐参半的命运。他于1972年流亡西方，此后没有再回祖国。一家人至死未能团聚。

列夫·洛谢夫在为诗人撰写的传记中讥讽道，逮捕和审判布罗茨基，在政治上是措置不当的，把一个原本不具有社会影响的青年诗人抓起来判刑，国际上闹得沸沸扬扬，最终还得由最高当局出面，把诗人请走了事，弄得颜面尽失，实在是愚蠢的官僚行为。

诗人1972年前的诗作，题材多为爱情、离别或孤独，其离经叛道之处无非在于背离乐观主义和集体主义观念，和主流意识形态格格不入。在这种高压下，作家的创作空间确实是太小了，不仅物质安康难以保障，还动辄有性命之虞。布罗茨基在《空中灾难》一文中说，苏联地下作家的生存状态不正常，"较好的政治制度的国家里"的作家（诸如君特·格拉斯、米歇尔·布托尔等）所占据的那个"中间地带"，在苏联根本不存在：他们面临的是非此即彼的选择，要么在美学风格上自动撤退，抑制其形而上能力，降低艺术追求；要么成为读者数量极少的实验作家，期望未来所谓的公正评价，靠作品偶尔在境外出版聊以自慰。这样说来，布罗茨基本人算是特例，因一场审判案而举世瞩目，得以成全"流亡诗人"的功名，这是不幸中的幸运。

如今，这位流亡美国的诗人已经作古。谈到那段尘埃落定的历史，人们是在回顾那一代俄国作家的艰难命运时，才重温他们经历的"历史性梦魇"。《小于一》（黄灿然译，浙江文艺出版社2014年）这本书，通篇弥漫着冷冽硬朗的铁灰色，很大程度上是源于作者的那种经历。两篇自述生平的文章，像是用防腐技术加工的一种自然主义叙述，将乏味贫瘵的苏维埃生活环境刻画出来，读来令人难忘。《一个半房间》写到两只乌鸦，在叙述的间隙萦回不去，似乎暗示作者父母的亡灵；该篇凝练压抑的笔调渐渐传达出某种挽歌的调子。挽歌总是倾向于失去，诉说死亡和丧失，与设想其存在的亡灵展开对话。这是一种有意压制、冷峻而感人的叙述，其铁灰色基调显示了高度理智，也源于被政治放大的日常生活毛细孔的粗劣灰暗。所谓的挽歌其实也是破碎的，总是断断续续，像是被实质性的死亡和丧失绊住了脚。

《小于一》最富画面感的两篇回忆文章，把极权政治造成的伤痛展示给人看，用的是反讽而克制的态度，文笔有点乔治·奥威尔的味道，手法带有巴拉丁斯基的影响，后者的比重更大一些。也就是说，作者倾向于评述而非叙述，给既有的悲剧生活添加冷静的评论，而不仅仅是一种回忆和介绍。这种手法具有深刻的形而上意义。诗人并没有把自己当受害者看待（他只字不提劳改经历），而是用反讽的镜子照见灵魂冻结的形象。作者在谈到巴拉丁斯基的创作时曾说，后者的诗歌主题总是"远离灵魂的完善"，而诗人必须"遵照自己的体验抒写这个灵魂"。这是他总结的公式。他从巴拉丁斯基的诗歌中看到一种"近乎加尔文式的勤勉"，加尔文式的严谨的自我审视。对个体灵魂不完善的意识，某种程度上能够造就良知的清醒和敏锐；换言之，当良知出现裂缝时，诗人也不用金线丝绣缝补（充其量是填塞稻草）。总之，这种趣味并不强调主观和自我辩护；和加缪式的存在主义相比，其"远离灵魂的完善"也更具有内心真实的意味。

与集子同题的文章《小于一》，标题即在指示这种创作哲学。"小于一"（less than one），有中译者译为"少于一"，这个译法不准确。照列夫·洛谢夫（Lev Loseff）在《布罗茨基传》（刘文飞译，东方出版社

2009 年）中的解释，less than one 是出自 one is less than one 这个句子，意思是说"你小于你自己"或"人小于他自己"，此处"一"是指"一个人"。所谓"人小于他自己"，是指人通常的存在远离灵魂的完善。可以说，该篇主题的展开，举凡形而上的省思，涉及美学、文化、伦理，涉及记忆的功能和生活状态的评述，均发端于这种意识。《小于一》那种破碎的挽歌，断断续续的语体和节奏，也是从"远离灵魂的完善"这个主题发展出来的。

布罗茨基吸收了俄国和英美的诗学养分，在散文写作中形成富于原创性的语气和语体，其叙述也超越通常的意识形态控诉和伤痛展示，显得耐人寻味。超越不是来自某个道德高姿态，不是用虚构手段获取缓解或抚慰（《小于一》谨守其反虚构原则），而是取决于某种具有形而上意义的文学表述。布罗茨基最佳的诗歌和散文，都是在勉力追求这种表述。

尽管其诗歌才华得到公认，但在主流和非主流文学群体中，他也被视为某种"另类"。正如爱莲娜·施瓦尔兹等人指出的，其语言的形而上追求给苏俄诗歌带来"完全不同的新声，乃至完全不同的新的思想方式"，但俄国文学倾向于热情洋溢的"倾诉"和"抚慰"，似乎不太适应那种偏好反讽和分析的抒情风格。他的散文和评论同样体现一种"智者风范"。某种程度上可以说，他也是通过文学评论文章，对自己的形而上倾向作了一番阐释。

《小于一》收录的文学评论，以介绍俄国诗歌的篇章最为著名，对阿赫玛托娃、茨维塔耶娃、曼德尔施塔姆等人的创作进行导读性评论，每一篇都堪称精警动人，气度不凡，正如库切所言，"文学批评可以说是布罗茨基的拿手好戏"。如果说批评的真谛是在于说教，布罗茨基这些文章则称得上美学说教的典范，像占据布道讲坛，以独白语气在垂直穿顶下侃侃而谈。他的表述是由一个个瞬间高潮所组成的观念系列，行文带有一个上扬的态势。分析透辟凝练，形成语义严密的批评文本，对实用主义廉价说教不屑一顾。用语偶尔有点怪诞，诸如"加速度""公分母""乐器法""纵隔"等，像从百科全书采撷的词语，甚至还有略显突兀的俚语和俏皮话，这是沿袭其诗歌创作中巴洛克（英国玄学派）式的智巧手法，追求奇崛与不谐和效果（库切的《布罗茨基的随笔》一文对此作了错误分析，见库切的《异乡人的国度》，汪洪章译，浙江文艺出版社 2010 年）。其诗学说教铺张扬厉，有时浓缩如格言，结论总是直截了当，不容置辩，诸如"美学是伦理学之母""死亡是诗人伦理的绝佳试金石""声音优于现实，本质优于存在"等等。其诗学理念趋向于某种原教旨主义语言观："诗歌乃是语言否定自己的质量和引力定律，乃是语言在向上追求——或向一侧追求——创世文字的开始之处。"而以下这句话是对诗歌生成的一个令人回味无穷的定义："记忆通常是最后才离去的，仿佛它努力要保存对离去本身的记录似的，因此一首诗也许是最后离开一个人呢喃的双唇的遗言。"

布罗茨基的诗学表述含有掎角推进式的形而上倾向和力度。他强调语言的超越性功能，认为诗歌是探索语言极限，诗歌是一种加速的思想，而韵律是完成这个工作的关键。"精神加速"这一概念，成了他衡量诗人的工作及其启示性能量的指标，这么做恐怕也会造成某种局限，使其笔下的阿赫玛托娃、茨维塔耶娃和曼德尔施塔姆带有较为浓厚的布罗茨基意识。不过，从这种混合着教义和激赏的解析文字中，读者的收获仍是难以估量的多。他让人透过分析性语言的局限，抵达白银时代彼得堡诗歌传统的启迪和精髓。

可以说，布罗茨基的文学评论，其本质在于说教而非论证。是把人带往彼岸的运载工具，也是他从彼岸回归的现身说法。当然也是文化论争中的回应、反驳和论战的产物。除非站在他那个高度，拥有那样精深的诗歌修养和实践，否则无从产生这些灵感洋溢的篇章；而灵感总是和某种教义结合在一起的，正如使徒保罗的体内被充实的那些东西。因此，布罗茨基的批评文字浸透俄国式的救赎和激情，这是西方文学批评中几乎要失传的一种精神在场，委实引人瞩目。

布罗茨基抵达西方，正值后现代主义思潮方兴未艾之际，他所面临的是一种反对精英、解构经典的总体知识气候。从苏联来到后现代美国，看来诗人得经历某种"时间错置"（anachronism），这也使他的俄罗斯人特点变得更为鲜明。他强调精神等级，藐视后现代的价值相对主义，为文学写作提出严苛标准，声称写作是为了与过去时代的大师看齐，认为"过去是各种标准的来源，是现在所无法提供的更高标准的来源"。他的立场与流行的英美文学批评风尚大异其趣。与其说这是一种保守的精英主义趣味，不如说是对文化大传统的自觉追随和维护。

《小于一》除了介绍白银时代彼得堡诗歌传统，评述陀思妥耶夫斯基、普拉东诺夫等人的创作，还以不少篇幅评论欧美诗人，包括奥登、卡瓦菲斯、蒙塔莱和沃尔科特等；尤其是关于奥登的两篇文章，《取悦一个影子》和《论 W. H. 奥登的〈1939 年 9 月 1 日〉》，是分量颇重的阐述。这两篇文章把作者诗学传统的另一侧面交代得很清楚，阐明他所谓的伦理和美学"更高标准的来源"在其生活和创作中的意义。奥登（还有弗罗斯特、哈代等）是对他影响至深的英语诗歌大师。事实上，收录在他另一部随笔集《悲伤和理智》（*On Grief and Reason*）中的文章，其行文的优雅、反讽和平衡，就有点奥登的风味。晚期的布罗茨基融入英语文学传统，也越来越像晚期中产阶级文明的诊疗师，谨慎地抑制"怀疑"，委婉地表露"爱"和"慷慨",而这也可视为他学习奥登,勉力"取悦一个影子"的尝试。

维特根斯坦在其《文化和价值》(许志强译,浙江大学出版社 2020年)中说,"传统不是一个人能够学习的东西,不是他想要的时候就能捡起来的一根线;就跟一个人不能选择自己的祖宗一样";"缺乏传统的人想要拥有一个传统,就像是一个人悲伤地去恋爱一样"。

不管从哪个角度看,维特根斯坦的话也都是一个中肯的告诫。以布罗茨基而论,"悲伤的恋爱"或"快乐的恋爱"也许都不具有决定性意义,归根结底,诗人的决定性意义总是在于语言发端的一个字词或韵脚。所谓"声音优于现实,本质优于存在",这个看似高傲的形而上断言实质指向某个谦抑的位置,即诗人只是理念或声音的占用者,其存在等同于一种内在流亡状态。传统可以是一种实际拥有,也可以是一种理念式占用,某种程度上讲,其主动选择的意义并不小于自发拥有的意义。如果说此种选择的形而上向度是标志着精神痛苦(正如维特根斯坦指出的那样),那么它也意味着理念式占用乃是一种实际存在的有待展开的方式,可以展示为某种"时间错置"的心理景观,某种个体和文化的深刻关联。

《小于一》的语言和思想跨度之大,部分是源于东西方传统的分离与交汇所制造的张力,给作者的表述注入超负荷的密度。集子中《逃离拜占庭》一文颇能体现这种特质。这篇旅游札记,中译长达 47 页,或许是该书中写得最无把握的文章,主题之庞大,令人捏一把汗,却非常值得一读。它阐述作者心目中"文明"一词的含义,也就是一个"大传统"的存在对于他那样西化的俄国人所具有的意义。要理解这个"大传统"的本质,必须展示其浩瀚的谱系,从第一罗马帝国和第二罗马帝国说起，以基督教东扩和伊斯兰教西进为主线，辨析历史文化和伦理政治的复杂变迁，为此得扮演历史学家、人种学家的角色，这恐怕是作者难以胜任的，结果是写成一篇游记式独白，像一首散文体书写的长诗，用萦绕回复的螺线形抒情结构记录其伊斯坦布尔之旅，将文化形态学的复杂思考转化为一连串包含恐惧和希望的心声。

作为一名西化的俄国人，布罗茨基的认同和希望是指向第一罗马帝国的遗产，即由罗马法律和罗马教会的结合中演变的一个伦理政治体系，孕育出西方关于国家和个人存在的观念基础。他所恐惧和排斥的是第二罗马帝国的历史后遗症，即君士坦丁的东扩所带来的灾难性后果，不仅使得西方教会和东方教会分离，还让东方教会与亚洲父权社会及其伦理风尚融合起来，而这种父权伦理的本质是"反个人主义"，"认为人类生命在本质上不足挂齿，即是说，缺乏'因为每个生命都是独一无二的，所以人类生命是神圣的'这个理念"。和叶芝的名诗《驶向拜占庭》的主题相反，布罗茨基的文章正如标题所示，其主题是反感和逃离：俄罗斯的地理位置注定无法脱离拜占庭；作为"地理的受害者"，作为"第三罗马帝国"（即苏联）的昔日子民，他对眼下的伊斯坦布尔其实不感兴趣；他的到来是为了清算和诀别，一个地缘文化作用下象征着逃亡的姿态。

布罗茨基对君士坦丁的心理意识的描写究竟有多少历史依据？历史学家和基督教学者能同意他的观点吗？他那富于天才气息、如履薄冰、恢宏而尖刻的论述，是否有一定的代表性？素来欣赏布罗茨基的索尔仁尼琴，对此文大为不满，认为这是在污蔑东正教会。此种非议也体现了俄国的西方派和斯拉夫派之间由来已久的分歧。布罗茨基的立场不能算是孤立，对俄国政治文化传统中的非西方因素的清算，索洛维耶夫、高尔基等人甚至有更露骨和尖刻的表述。稍具讽刺意味的是，布罗茨基尊崇陀思妥耶夫斯基，而后者却属于斯拉夫派；想必如果陀思妥耶夫斯基拜读过这篇长文，也会愤然加以拒斥吧？

文明的理由，布罗茨基声称，就是要去"理解一个人在世的独特性及其存在的自主性"。在《毕业典礼致词》一文中，他给出抗拒邪恶的方案，是"极端的个人主义、独创性的思想、异想天开，甚至——如果你愿意——怪癖"。

这是一种剔除了宗教意识的世俗化解决方案，体现自由主义的文学启蒙意识。布罗茨基是迷恋语言、思想精美的怀疑主义诗人，不是安·兰德那样的西方政治伦理的热情辩护士。他对人文主义和自由主义这个大传统的辩护，有其创作和生活经历的依据，源于美学和伦理的抉择。《小于一》一书通篇是在阐述这一点。

他和索尔仁尼琴的分歧还在于，面对他们共同经历的"历史性梦魇"，他的态度是存在主义的，而后者是传统现实主义的。他和陀思妥耶夫斯基的区别主要在于，他接受西方理性主义，尽管也怀有疑虑，而后者则表示嘲弄和憎恨，对任何基于理性主义的世俗化解决方案均予以否认。

布罗茨基对文化大传统的追索值得肯定。但也未尝没有带来某种疑虑。作为"第三罗马帝国"的历史产儿，他强调的个体独特性和自主性，就启蒙的逻辑而言，是否更多是意味着某种"共性"的实现？所谓"个性"，是否仍为事物有待形成的一个弥散的幻影或虚无？

此类疑虑，作家尤难回避。布罗茨基的回答则显示诗人本色。他说："在一种事物与一个理念之间，我永远宁愿选择后者。"

理念的占用或独白，自有其非同凡响的精神意义。如此说来，流亡乃是诗人终其一生的命运。

2015 年

20

谈论卡佛时我们在谈论谁

关于《洗澡》《一件有益的小事》

一

村上春树编著的《生日故事集》（孔亚雷、林少华译，上海译文出版社2015年），选录与生日主题相关的13个短篇小说，其中有雷蒙德·卡佛的《洗澡》。"编者按"介绍说：

> 《洗澡》这部作品另有一个长的版本，名为《小而有用的事》。事实上，这个短版本是信奉"极简主义"的强势编辑大加改写的结果。卡佛本人不满意，日后重新写了长版。作为小说的艺术成就，《小而有用的事》好得多，内涵更加深刻。不过，《洗澡》这部作品也自有其难以割舍的韵味。那种仿佛被人无缘无故一刀砍去脑袋抛开的无比荒凉的读后感，于此之外是很难领略到的。

这里说到的"强势编辑"是戈登·里什（Gordon Lish），他和卡佛的关系是相关研究中的重要议题。里什改写的《洗澡》收在《当我们谈

21

论爱情时我们都在说些什么》(*What We Talk About When We Talk About Love*)中，卡佛重写的"长版本"收在《我打电话的地方》(*Where I'm Calling From: Selected Stories*)中。后者是作家的自选集。《雷蒙德·卡佛短篇小说自选集》(汤伟译，人民文学出版社2009年)中，将"A Small, Good Thing"这个标题，译为"一件有益的小事"。中文读者，不妨从《生日故事集》读《洗澡》，从汤伟译本读《一件有益的小事》，将两个版本比较一下。

光读《洗澡》，不读《一件有益的小事》，真不知道两者会有那么大差距。这个问题，即便不是"卡佛迷"的读者恐怕也会关注的。

二

《洗澡》篇幅不长，说的是母亲为八岁的儿子预订生日蛋糕，并给面包房留了名字和电话号码，说好下周一下午生日派对之前去取，不料生日上午男孩在上学路上出了车祸，被送进医院。男孩父母亲都赶到医院陪伴，其间父亲回家洗了个澡，在浴室里接到陌生电话说"有个蛋糕没拿"，而他以为是骚扰电话，不予理睬。男孩昏迷不醒，医生不认为这是昏迷，而说是"睡觉"，是"身体的一种自我修复"。夫妻俩感到忧惧，为儿子的伤势祈祷。母亲打算回家洗个澡，料理一下家务。她刚回家电话就响了，电话里有个男人的声音称呼她的名字，她回答说："是我……是不是有斯科特的消息？"斯科特是她儿子的名字。电话里的声音说："斯科特，是有关斯科特的消息，是的，当然有斯科特的消息。"故事到此为止。究竟是谁打来的电话，医生还是面包师？没有交代。电话里的男人会讲斯科特的什么消息？更是不得而知。小说留下的是一个悬念。

以上概述不能反映小说的内容。对话和细节，剪辑和节奏，勾勒和留白，这些不可遗漏的关节在概述中被遗漏掉了，而它们构成一个短篇的肌理。我们在转述一篇小说时常常遇到这样的问题。所谓小说就是中文"小说"这个词的字面意义，从小处说事。例如，篇尾描写的"等候室"那个场景，尽管琐屑，其作用却不可小觑。男孩的母亲打算回家洗澡，在医院走廊上找不到电梯，结果在一间等候室里撞见一家人，其中有个女人冲着她反复嚷嚷："是不是有尼尔森的消息？"她答道："我在找电梯。我儿子在住院。我找不到电梯。"那户人家指点电梯的位置。临走她说了一番话："我儿子被车撞了，但他会好的。他休克了，但也可能是某种昏迷。那正是我们担心的，某种昏迷。我要走开一会儿。也许我会去洗个澡。我丈夫在陪他。他在守候着。我不在事情也许会变好。我叫安·薇丝。"而那户人家的男人摇着头说："我们的尼尔森。"这一段是叙述中的枝节，不能说和故事无关。双方各说各的，无所谓沟通。男孩母亲的诉说显得有点不搭调，但也反映她的心态。我们看到，"等候室"场景占了一页（中译的十分之一）篇幅。为什么要突出这样一个比例？毫无疑问，这对烘托全篇的氛围和意蕴是有作用的；细细体味，这种处理不乏微妙之处。

两次洗澡构成这篇小说的脉络，凸显男孩悬而未决的生死以及年轻夫妻的忧惧。两次洗澡中，电话扮演重要角色。第一次是面包师打来的，催促领取蛋糕，由于男孩父亲不接头，事情显得莫名其妙；第二次不知道是谁打来的，那个人叫得出母子的名字，按理说也应该是面包师，但是小说在这个节骨眼上戛然而止，男孩的生死问题便作为最大的悬念留了下来。电话里陌生男人的话语显得突兀，由于差池或隔膜，也显出几分荒唐，像是外界某种怪异而粗暴的力量侵入这个患难的小家庭。"电话"构成别有意味的一个主题性元素。

纳博科夫有个短篇《征兆和象征》，和这篇有点像（也是生日主题），写一对牵挂患病儿子的老年夫妻等候电话铃声响起，结尾也是悬而未决；电话带来的是佳音还是噩耗，两篇小说都没有交代。这种戛然而止的叙述强化的是一种未知而疑惧的气氛。《洗澡》大半篇是在写这种气氛：焦虑、迷茫、无助。医生的诊断使人疑虑不安。男孩母亲找不到电梯，在等候室和陌生人说话，这个细节染上混乱而荒凉的色彩，让人想起马尔克斯的短篇《雪地上的血迹》，主人公在医院里孤孤单单，找不到来看病的情人，仿佛医院和这个世界一样陌生而令人迷乱。

《洗澡》的故事本来很平常，由于叙述的处理显得不平常。结尾的收束未免有点生硬，其悬疑是人为的、强加的，却也给人"那种仿佛被人无缘无故一刀砍去脑袋抛开的无比荒凉的读后感"，在模糊的暗示中传达一种患难和绝望的气氛。从中可以看到海明威"冰山原则"的运用：重要交代被刻意省略，通过场景和对话的剪辑予以暗示；那种貌似琐碎的叙述方式是相当风格化的，仍包含着强烈的叙事革新的意图；换言之，传统的叙事美学即便没有完全老化，却也是被粗暴地废弃并丧失时效了。从这个角度讲，《洗澡》是给人深刻印象的小说，是文体上具有锋锐感的作品。它通过日常情境的错位捕捉生存的脆弱和焦虑，在语言中刻入一幅寓含恒常感的现世图景。是现代性和现代写作的一道微观风景。

三

卡佛重写的长版本，篇幅增加了近两倍。对比之下，风格的差异很明显。和《洗澡》相比，这篇的语言风格甚至略显钝感。因为卡佛的描写和交代相对老实，经编辑删削，完整的段落缩减为几句话，更强调留白和潜台词。而这种风格化的叙述并非卡佛的追求。

重要差异是情节。《洗澡》戛然而止的地方，《一件有益的小事》把故事才讲到一半！电话确实是面包师打来的，男孩母亲因忧虑过度而把生日蛋糕给忘了，她和丈夫一样以为是陌生人的骚扰电话。她洗完澡去医院，还顺便咨询了尼尔森的情况（长版本里"尼尔森"改叫"弗兰克林"），得知男孩已死亡。接下来是斯科特终于从昏迷中醒来，"呼出最后一口气"，也离开了人世。《洗澡》颇费猜测的悬念这里都有明确交代，包括医生的诊断，诸如"昏迷""休克""颅内出血""隐性脑阻塞"等等。而"等候室"场景并未涂上荒凉幽闭的色彩，双方是寻常的对话，那户人家的女人还解释说，他们的儿子是在派对上被误捅了几刀。这个插曲和主线之间构成呼应：两户人家同病相怜，两个男孩遭遇飞来横祸，结局都是伤重不治。类似例子可以举出不少，说明《洗澡》是如何将细节描写大幅删减，将情节拦腰斩断，从而改变故事走向，包括叙述的色调、氛围和意蕴。

《一件有益的小事》是在始终可以认定的节奏中讲述故事，读者感觉不到风格化处理所造成的压力。它被截断抛弃的后半篇是叙述的高潮部分。丧子的年轻夫妻回家，悲痛中又接到陌生人的电话。男孩母亲终于想起忘了取的生日蛋糕，她和丈夫去面包房，当面指责那个纠缠不休的"混蛋面包师"。一番交涉之后，面包师为自己的行为道歉，让夫妻俩坐下，请他们吃"热面包卷"，并安慰道："你们得吃东西，接着生活下去。这种时候，吃是一件有益的小事。"接下来是这样一段描写：

他们吃着面包卷，喝着咖啡。安突然感到了饥饿，面包卷又热又甜。她一口气吃了三个，面包师看了很高兴。而后，他开始说话了。他们仔细地听着。虽然他们既疲惫又痛苦，他们还是听着面包师说他要说的话。他们点着头，听面包师说起他的孤独，伴随中年到来的怀疑和无能为力。他告诉他们这么多年来没有孩子的滋味。日复一日，烤箱满了又空，空了又满，永无止境。派对食品，为他人庆典所做的。厚厚的糖浆。插进蛋糕的婚礼夫妇小人像。几百个，不对，到现在为止该有上千个了。生日聚会，想想那些点燃的蜡烛吧。他有一门必不可缺的手艺。他是个面包师。他庆幸自己不是卖花的。喂饱别人要更好些。任何时候，面包都比花要好闻些。

这个"热面包卷"的细节，对已经造成的悲痛和愤怒的情绪有着奇妙的纾解作用；也可以说，给人以童话或抒情诗的作用力。最后一句交代说："他们一直聊到了清晨，苍白的光高高地照在窗户上面，他们还没有离开的打算。"这个世界的灾难、不幸、痛苦和疲惫，便暂时被驱除、被遗忘了，只有面包房的灯光照耀着黑暗世界里的这三个人物：他们的空虚虽说未曾减少一分，但温暖的慰藉却也不容否认，因为，让孤独的心灵彼此靠拢的那条纽带已经牢牢建立起来。

小说大半篇叙述是低调的，结尾的处理出人意料。此处导入的救赎性意向，颇有分寸，仍是俗世而非宗教或道德的救赎，还带有一丝诙谐的喜剧感。故事的主体是悲剧，叙述却是在节外生枝的地方完成的；换言之，丧子之痛是悲剧，陌生人电话之谜却含有喜剧性；两股线索逐渐抵达悲喜剧的交汇点，那个有些啼笑皆非的诗意而温暖的结尾。拜读这篇小说，让人不由得对全篇构思及其展开的艺术感到钦佩。

26

四

尽管村上认为，作为小说的艺术成就，《一件有益的小事》高得多，可在《生日故事集》中他还是选了《洗澡》。选《洗澡》也没错。读者只需作出选择，不一定要充当仲裁。问题在于，《洗澡》算是谁的作品？

毫无疑问，这不能算是卡佛的作品；在编辑的大力改写中其创作已沦为"原始"素材。严格说来应该署上两位作者的名字，戈登·里什在前，雷蒙德·卡佛在后。事实上，它是以卡佛的名义发表的，后来又出了一个长版本。读者不明就里，以为作家是以截然不同的风格写了同一个故事。

这桩文坛奇案，着实让人哭笑不得。笔者见识有限，只能说这样的事情真是闻所未闻。"强势编辑"强势到此种地步，干脆越俎代庖，而作家忍气吞声，眼睁睁看着编辑大加改写。如此待遇，普通新手也难容忍，何况是卡佛这等优秀艺术家。

戈登·里什在20世纪七八十年代担任《时尚先生》和科诺普夫出版社的编辑，人称"小说统帅"（Captain Fiction），出版过唐·德里罗（Don DeLillo）、理查德·福特（Richard Ford）等人的作品。80年代初，卡佛开始让里什编辑他的手稿。据卡佛遗孀苔丝·加拉赫（Tess Gallagher）说，她丈夫反复修改创作，非常需要一位编辑，戈登·里什便成了那个编辑；在卡佛的职业生涯中，他们俩的关系多半是好的。

而《纽约客》编辑大卫·莱姆尼克（David Remnick）说，80年代初卡佛写给里什的信件显得有些情绪古怪，有一封信里说里什比他兄弟还亲，另一封信里则央求对方不要出版《当我们谈论爱情时我们都在说些什么》，此书令他辗转难眠。经过比较和审视，卡佛认为第一稿要比编辑的版本更好。

但此书于 1981 年以编辑的版本问世并大获成功。与集子同名的那篇，原题《新手》（"Beginners"），标题是编辑重新取的，很惹眼，很出名。编辑不仅改题目，也改人物名字，连结尾也改。北卡罗来纳大学的教授多丽丝·贝茨（Doris Betts）比较原作和编辑版，发现编辑添加段落，重写了结尾。细细检查，书中这样的例子很多。"沙发"（sofa）一会儿改成"睡椅"（couch），一会儿仍是"沙发"（sofa）。嬉皮士"耳朵上戴一个小金戒指"（he had a tiny gold ring in his ear），改成"耳垂上穿挂一个小金环"（a tiny gold loop through his earlobe）。几乎什么都要改，这是在创作而非编辑了。we got drunk 改成 we got pissed，两句都是"喝醉了"的意思，但 pissed 用语粗俗，变成了另一种味道。中文读者从《新手》（孙仲旭译，译林出版社 2015 年）一书的 17 个未删改的短篇，大致也可一窥究竟。显而易见，里什不认为自己是编辑，而是负责第二稿的合作者，写完便可定稿了。

读者打抱不平，指责编辑霸道。艾琳·巴特斯比（Eileen Battersby）撰文指出，戈登·里什就像学校老师，该怎么写由他说了算。卡佛何以允许此种极端的文体干预，使其作品意义肢解，结构变形？编辑该遭到质疑，而卡佛本人也该遭到质疑。那时作家已非新手，其处女作进入1976 年全美图书奖的短名单。为什么不捍卫自己的创作？为什么不拿回手稿一走了之？艾琳·巴特斯比推测说，里什作为《时尚先生》编辑，发表过卡佛的早期作品，也许是感恩和忠心使作家一忍再忍，不得不妥协；再说作家刚从积年的酒精中毒症中恢复，身心软弱，不够坚定似乎也可理解。而不管怎么说，此种妥协行为损害的是他自己的艺术。

五

也有读者认为事情没那么简单。大卫·莱姆尼克说，他"感觉卡佛是从里什那儿学到些东西的，并内化为有益成分，有助于发展我们所知的卡佛美学，他创作中贯穿的那个独特声音"。孰是孰非，需要更细致的研究和评判。此案牵涉的不只是他们两个人，说得宏观些，也跟美国20世纪80年代的小说复兴有关。卡佛的创作带动了潮流，而里什的编辑工作岂能只给予负面评价？

苔丝·加拉赫声称，重要的是让读者看到原稿，在不违反出版合同的情况下推出原稿，不是为了取代已有的出版物，而是让读者从两种版本的比较中受益。她说，对比《新手》和《当我们谈论爱情时我们都在说些什么》不难看出，"原稿有更多的描写，更多的对话，基调也没那么黑暗"。

这一点，我们在比较《洗澡》和《一件有益的小事》时也看得很清楚了。里什偏爱的是一种更为"粗粝"（crude）和"晦涩"（cryptic）的"极简主义"文体，用短句子和寂静的留白造成语义张力，色调较为阴郁，尤其反对明确的结尾。这种文体的特征是非常鲜明的。此前美国小说流行的是新闻体的"新现实主义"（neorealism），还有实验风格的先锋派，而极简主义介于这两者之间，自成一体：其"晦涩"不同于现代派的玄秘和象征，其"粗粝"不同于"新现实主义"强调透明性的再现。概言之，笔触简明，写熟知的平凡琐事，却呈示某种程度的暧昧和不确定性。卡佛早期的创作已经有这种风格，但是应该承认，在里什编辑的《当我们谈论爱情时我们都在说些什么》一书中，所谓的"极简主义"才有了众所瞩目的标记，变成一种迅速流行起来的招牌式风格。此种风格便是通常所知的"卡佛美学",严格说来,叫作"里什／卡佛美学"才更确切。

卡佛自己的文体并没有那么简约,对风格化元素的提炼也没有那么重视;用约翰·巴思(John Barth)的话说,他是一种"絮叨的极简主义"(long-winded minimalism)。这个概括是很贴切的。他的特点不是刻意省略,而是叙述相对详明,在明确的指代和无声的意向之间造成微妙融合。卡佛和"里什／卡佛"的区别不难辨认,诗学意义上也应该加以辨认。故而有必要问一问,谈论卡佛时我们究竟是在谈论谁?

戈登·里什是某种程度的"鬼作家"(ghost writer),像幽灵附着于卡佛的创作。他改写的《洗澡》,尽管有缺点,其水准却不一般。作家并不是个个都具有他那种文体创造性的。这桩文坛奇案令人哭笑不得之处也包含这一点,如此有创作才华的编辑是否难得一见?

村上春树热爱卡佛,创作上多少受后者的影响。而他喜爱的究竟是哪一个卡佛呢?从《生日故事集》中似乎不难找到答案,而且也耐人寻味。

2016 年

用契诃夫笔法写托尔斯泰小说

内米洛夫斯基《法兰西组曲》

一

《法兰西组曲》（袁筱一译，百花洲文艺出版社 2015 年）作为未完成的创作，在作者内米洛夫斯基死后 62 年得以出版，令人为之叹息。小说前两卷，即《六月风暴》和《柔板》，中译本 389 页，不仅篇幅可观，且已然是精品，足见作者过人的才气和功力。此书以 1940 年 6 月法国战败为背景，描绘巴黎民众逃难图尔的场景，将这"六月"的硝烟和溃逃巨细无遗地展示出来；可以说，以史诗般的画面描述法国溃败，类似的作品尚无第二部。作者预计全 5 卷完成应该有 1000 页，连她本人都忍不住惊叹："上帝啊！"

从今天的眼光看，内米洛夫斯基的"战争史诗"手法比较古典，属于传统编年体小说，在法国文学热衷于革新的年头显得有点另类。创作固然无须附和潮流，但独立于时代文艺气氛之外也未必可取。内米洛夫斯基是俄国犹太移民，用法语创作，对艺术趣味不会不予考虑，毕竟她需要获得认可。那么，从 1919 年移居巴黎，到写作《法兰西组曲》的

1941 年，此间的法国文坛是怎样一番面貌呢？

米歇尔·莱蒙的《法国现代小说史》（徐知免、杨剑译，上海译文出版社 1995 年）介绍说，两次世界大战之间的法国文坛主要是两股潮流并存：已故的现代主义大师普鲁斯特将小说"引导到完全表现自我的方向上"；另一个方面，随着 20 世纪 30 年代"长河小说"的崛起，以马丹·杜伽尔为代表的一代作家"转向描绘世界"，出现了一批复兴现实主义样式的作品，"力图通过个人命运的丰富性来描绘整个社会生活"。由此可知，《法兰西组曲》的创作不是孤立现象，当时有一批作家抱持相近的理念：马丹·杜伽尔的《蒂博一家》、儒勒·罗曼（Jules Romains）的《善良的人们》等皆为鸿篇巨制，后者长达 27 卷，规模是够宏大的了。

马丹·杜伽尔师法托尔斯泰。这位《蒂博一家》的作者声称，"我们所读的是托尔斯泰的译文，但这丝毫不损害他的伟大。这就是一种教诲。我们应当关心自己的人物，而形式将会自己照顾自己的"。这么说也是对小说形式革新施加的美学压力，对纪德的托尔斯泰批评发出回应。他认可纪德的批评，托尔斯泰的"全景图"中缺乏明暗对比，这是不足之处；但他对"任意卖弄文采"缺乏兴趣，而是试图向托尔斯泰学习，以朴实的语言刻画富于时代特色的人物肖像。

托尔斯泰也是内米洛夫斯基创作的关键词。《法兰西组曲》中译本附录有一份"手稿注释"值得注意，它是从作者的手稿中摘出来的创作笔记。关于创作上的参照，她提及的作家只有托尔斯泰一人。从笔记中可以了解到，她写作时随身带着《安娜·卡列尼娜》第二卷，并从《战争与和平》对"历史场景"的描绘中获得启示。

内米洛夫斯基和马丹·杜伽尔的这种关联并非偶然。宏大的编年体小说的最佳范例当属托尔斯泰的创作，确切地说，是"战争史诗"的范例。19世纪俄罗斯作家的"总体性小说美学",在巴尔扎克和左拉的传统中同样蔚为大观,足可调动新一代法国作家的雄心壮志,而托尔斯泰的"战争史诗"的启示似乎更具针对性。如米歇尔·莱蒙所言,马丹·杜伽尔的《一九一四年夏天》描写一战前夕的事件,冲破编年体小说线性特征,让不同的事件交错呈现,"成功地使人联想到某种越出一切个人命运的集体经历过的时间的丰富性",以此再现某些"历史风暴"。

这也是《法兰西组曲》的方式:以战争为扭结点的群像叙事,不仅"让同时发生的情节一齐向前推进",而且让小说回到它特有的情节模式,诸如家庭逸事、财产纠纷、爱情插曲等,使小说叙事图式又回到普鲁斯特之前的样子。换言之,作家叙述的不是自己的幻念,而是一个历时而现实的世界。

让情节回归旧有的模式,实质也是让小说这个文类重返19世纪有关道德和精神评判的概念。按照莱昂内尔·特里林(Lionel Trilling)的说法,是回到"道德或精神成就的现实性",在国家观念、历史意识及经济现实的基础上审视人类活动。内米洛夫斯基对时代境况的思考,着眼点在统治阶级和民众、爱国主义情感和民族自由意识、土地和财产等问题。她的创作笔记中出现"有产者"和"无产者"、"社会主义"和"资产阶级"等字眼,固然反映其社会学或政治学的视野,亦何尝不是体裁属性的一种规约。银行家和大资产阶级家族成员加入《法兰西组曲》的人物群像,这对"史诗"的构建是必要的;人物必须按照社会学的分层观念来配置,体现作家对道德状况的思考,而非某种超验性的思考。我们说内米洛夫斯基的"战争史诗"比较古典,指的就是这个意思——它再现的是十九世纪大师的思维模式。它不会出现普鲁斯特或是路易-费迪南·塞利纳(Louis-Ferdinand Céline)笔下的那种"孤独的个体"。

塞利纳的《长夜行》出版于 1932 年，比《法兰西组曲》略早些，两者的差异很明显。塞利纳的创作不仅挑战社会既定价值，对西方文明和人道主义精神也表示尖刻的疑虑。相比之下，内米洛夫斯基尽管对时代状况感到绝望（"手稿注释"对此有清楚的表述），却未动摇其人道主义观念。她对人性恶的揭示也很犀利（例如《六月风暴》中"神甫之死"的插曲），但并没有将读者带进深渊般的混乱和黑夜。她呈现的是一种人道主义的"温和而悲剧性"的意识，介于讽刺和祈祷之间的一种思想调和。米肖夫妇被塑造为"痛苦的高贵的人"，在《法兰西组曲》的群像中占据突出地位。我们看到，这种创作设计既服从于作者的人道主义观念，也服从于"史诗"整体布局所需要的客观性意识。

"史诗"的客观性意识乃是一种历史意识，或曰历史相对主义观念，不承认任何超历史的（无论是美学还是伦理的）作用。它其实也包含着一种乌托邦的思维，但不同于现代主义"反历史的乌托邦"。用卢卡奇《小说理论》（燕宏远、李怀涛译，商务印书馆 2012 年）中的话来说，它是"希望能从资本主义的崩溃中，从与这种崩溃相一致的、无生气和敌视生命的经济和社会集团的崩溃中产生一种自然的、合乎人类尊严的生活"。

这段话有助于我们理解内米洛夫斯基创作思想的实质。米肖一家作为小说的道德中心所展现出来的魅力，寄托着作者对"人类尊严"的理解。它体现综合的意图和努力，即在主要人物的心灵与现实的关系中寻求一种思想的抉择。卢卡奇把这个抉择过程称为"精神科学的抽象综合"，认为在托尔斯泰的创作中其效果最鲜明。英雄主义成为人物心灵与现实的关系中不可缺少的概念，不管是基于何种历史哲学，作者的思考是宽广还是狭隘，都在相当程度上决定小说世界观的塑造，决定其人物群像的配置和情节走向。"史诗"之为"史诗",基本的定义便是用一个英雄的故事来叙述历史。

内米洛夫斯基对"史诗"的理解,主要源于托尔斯泰的创作(包括"史诗"的整体概念的潜在设定)。虽说和马丹·杜伽尔等作家相似,但她对托尔斯泰"史诗"艺术的内在矛盾未必有深入的认识,更多是从人物群像和历史意识这两个方面获得类型学意义上的参照,用来打造其鸿篇巨制的创作。

二

这个创作的难度之大是可以想见的。和《战争与和平》不同,《法兰西组曲》写的是眼皮底下发生的事件,缺乏必要的时间距离。米歇尔·莱蒙指出,"为了理解第一次世界大战的意义",法国两代作家"不得不花去十多年的时间"。马丹·杜伽尔《一九一四年夏天》的第一卷也是要到1936年才问世。内米洛夫斯基意识到她的困难,在小说后几卷构思尚无着落时说,"一切将取决于周遭的事情如何发展"。德军占领巴黎只是战争序曲,而她和笔下的人物一样,对战争进程还难以作出判断。缺少时间距离的"史诗"创作就像被蒙上眼罩,必定是步履维艰。

困难之处还在于如何构筑"意义"的世界。卡佛在创作谈中说,写长篇小说必须"置身于某个意义的世界"。换言之,这里有一个思想倾向的要求。内米洛夫斯基在"手稿注释"中反复探讨这个问题,可谓煞费苦心。即便她没有死于纳粹集中营,能活着看到战争结束,这个问题也要纠缠她。托尔斯泰在《战争与和平》中大谈历史哲学,实在不能说是题外话。长篇小说总是露骨地要求观念的基质,以承载结构和故事的庞大肉身。

以此观之，"手稿注释"中的一系列表述就显得耐人寻味。从历史哲学的角度讲，作者对法国溃败的思考是清醒的，却并不包含形而上的或玄学的倾向（虽说作者自称信奉诺查丹玛斯预言），也不具有意识形态的纲领性倾向。她诉诸阶级分析，认为"世界越来越分裂为有产者和无产者两大部分"，"有产者什么都不想失去，而无产者什么都想得到"，但除了看到其间"深深的鸿沟"，似未洞见更多，遑论阶级斗争的历史趋向。她说"英国所代表的资产阶级体制已经完蛋"，目前只剩下"两种社会主义的形式"，而她对后者的看法也语焉不详。她把主人公让－玛利划为"资产阶级"，把伯努瓦这个人物划为"共产党"，但《六月风暴》对"无产者"和"有产者"的描绘，实质是以精神教养而非阶级属性来加以裁定的，隐含一种契诃夫式的启蒙立场。

内米洛夫斯基的可贵之处在于有一份冷静的抽离。身为大资产阶级的女儿，她对自己的阶级不抱同情。她的心智和洞察力不允许她抱持某种偏见，或者说不允许她只是从自身利益看问题，这是身为小说家的素质。而她的困难是任何一个"史诗"作者都会遭遇到的困难，即内在于创作主旨的观念形态的结晶。坦率地说，在这个方面《战争与和平》也帮不上忙。她处在一个不同时代，面对法国溃败和西方资产阶级社会危机。即便是对历史动力学缺乏深入把握，作为"史诗"作者，她也必须勾画出历史冲突及其演进的图式。我们看到，她的解决方案尽管总是在修修补补，却也不乏基本的轮廓。她试图以"两种命运之间的斗争"来解释历史：个人的命运与集体的命运。她认为，"要让整部作品的主题统一起来，……就应当在个人命运和集体命运的斗争中得到解决"。

"集体的命运"在这场战争中已有所昭示。眼看法国投降，她痛感这个国家失败的根源就是懦弱恐惧：占领军可以是德国人，可以是俄国人或意大利人；总之，它需要暴君庇护，免得孤零零地被抛入混乱深渊。"法国人就像厌倦上了年纪的配偶一样，厌倦了共和国"。她痛斥天主教议员菲利普·亨利罗、总理皮埃尔·拉瓦尔，说他们"残忍阴险""肮脏腐臭"；这些"法奸"当权派，宣扬"国家利益至上""个体应当为社会生存付出代价"，实质是在混淆概念，将社会生存等同于他们个别人的生存。她赞同"真正的集体精神"——"个体只有在感觉到其他人的存在时，自己才具有价值"，但"必须是'其他人'，而不是其他'某个人'"。这是她对个人和集体命运的一个阐释，属于启蒙哲学所宣扬的自由精神的范畴。

她的思想还有另一面，对"史诗"创作而言，这另一面似乎更值得关注。她说："集体命运比简单的个人命运要短（这也不完全正确。这是另一个时间范围：我们只关注重大变故。重大的变故，要么就是重大的变故要了我们的命，要么就是它们持续的时间没有我们的生命长）。"她用英语写下一个批注：All action is a battle, the only business is peace.（所有的行为都是战争，唯一的事务是和平。）

从这种解释看，她是在强调某种非历史主义的永恒自然观，即一切斗争行为都是以自身的善恶作用的方式体现出来，无所谓线性发展，无所谓终局式的解决；如果存在着终局式的解决，那也只是意味着斗争的解脱或安息。也就是说，内米洛夫斯基在现实地卷入历史进程（及其"重大事故"）的同时，亦求助于18世纪启蒙传统的另一条思想线路，即卢梭式的半是基督教半是自然和谐论的哲学，这一点和托尔斯泰也有相似之处。在她的构思中，英雄让－玛利的内心最终超越"仇恨"和"斗争"，走向统一的"协和与和平"。而此种祈愿式的构想更能反映她的精神气质和历史意识。

她的历史意识浓缩为这样一幅诗化观念的图像：

> 与其说这一切像是车轮，毋宁说像是潮涨潮落的波浪。在浪尖上，有时是一只海鸥，有时是恶的精灵，有时是一只死老鼠。完完全全是现实，我们的现实（没有什么值得骄傲的地方）。

这让人想起卢卡奇的断言："这个世界始终只是史诗塑造的一个要素，然而并不是史诗的现实本身。"理由很简单，现代史诗缺乏荷马史诗那个"广博的总体"，并不具有文化的有机形式。与其说现代人对历史的看法是客体化的，倒不如说是"抒情的和反思性的"，而且较容易倾向于"幻灭"。然而，说我们的现实"没有什么值得骄傲的地方"，终究是在暗示某种值得留存下来的信念；把历史进程视为潮涨潮落的循环，说明作家是在认同"生活的无目的性和无本质性"，也是在暗示自然的永恒性与精神的超越性；如作者所说，"总之，这是个人命运与集体命运之间的斗争。在结尾处，重点应该放在露西尔和让－玛利的爱情上和永恒生活上。还有那个德国人的音乐杰作"。那么从宏观的意义讲，这个经历"重大变故"的文明最终能存留下来的是什么呢？她在笔记中列举了如下三项："1）我们可怜的日常生活；2）艺术；3）上帝。"

客观地看，内米洛夫斯基的"史诗"创作缺乏必要的时间距离，也缺乏一种有效的观念支撑。个体命运和集体命运的交织本是"史诗"叙述的通则，能否等同于主题内核，是颇可商榷的。她向《战争与和平》借鉴"历史场景"的建构方法，而这种学习是有限度的。她说："一方面我希望能有一个总体的想法，可另一个方面……比如说托尔斯泰，他

38

的整体概念损害了其余的一切。"托尔斯泰的"整体概念"是否损害了他的艺术，这一点姑且不论，关键是创作意识的抉择——内米洛夫斯基似乎在强调一种与其美学气质更为吻合的取向。她在"手稿注释"末尾总结道：

> 历史事实、革命事实等都应当蜻蜓点水般带过，而真正应当深化的，是日常生活，令人感动的日常生活，尤其是它所具有的戏剧性的一面。

是否可以说，某种程度上她试图以契诃夫的原则写作托尔斯泰式的"史诗"？至少，在将"我们的现实"完全等同于"可怜的日常生活"和"令人感动的日常生活"时，她便是在召唤契诃夫的幽灵。一部"战争史诗"，如果仅聚焦于日常生活图景，并不展示作用于历史事件的人物，似乎只能称为"史诗"的变体了。内米洛夫斯基的创作试图贴近历史现实，亦流露非历史化倾向；而后者使她偏离"史诗"的既有范例，以"组曲"形式抒写战争中的日常生活，一种历史远景被截短压缩的、非典型化的状态。

于是在《六月风暴》和《柔板》中，我们看到蛛网式的结构和丰富的画面，看到作者对日常生活的深化，那种将叙述引向其静水深潭的间歇所带来的涟漪效应，那种日常戏剧性和叙述的音乐性所编制的织体，这些莫不是契诃夫诗学特质的表露。"手稿注释"中没有提到契诃夫，但在这个创作中，他的影响无疑更具渗透性。说"托尔斯泰的整体概念损害了其余的一切"，只有对照契诃夫的艺术，这句话也许才显得有意义。"史诗"的整体概念并非不可以放弃；而对"普通的人性材料"的处理则需要更精细复杂的切割，米尔斯基的《俄国文学史》论述契诃夫时就特别谈到这一点。可以说，日常情节剧蕴含的"对平淡无奇的欣赏"，将叙述导向细微分解的情感反应，这是内米洛夫斯基最可称道的特色。在文坛巴洛克风盛行的今天，此种契诃夫式的品质在长篇叙事中显得尤为罕见。

内米洛夫斯基声称"对世界历史感兴趣"。我们从她未完成的"史诗"中见到的，却不是历史车轮的辚辚牵引，而是某些交错的辙迹，新鲜的沉淀物，微生物发酵般的"人心泥潭"的气泡和反应。如果说"史诗"的变体更能捕捉历史的非典型化状态，呈现个人和集体的日常图景，《法兰西组曲》则不仅做得出色，理应在文学史上占据一席之地，而且给法俄文学体系源远流长的融合提供了又一个可供探讨的案例。

2018 年

马拉巴特之我见

关于《皮》《完蛋》

一

在《相遇》的最后一章中，米兰·昆德拉以"《皮》：一部原小说"为题评论库尔齐奥·马拉巴特（Curzio Malaparte）的创作，主要谈《完蛋》和《皮》这两本书。两部作品都有中译，好像论者寥寥，而昆德拉的评论是在提醒我们不要遗漏这个意大利作家。昆德拉的论著涉及的作家通常不多，像马拉巴特那样占据其 28 页的专章介绍，自是不一般。

《完蛋》（唐祖论译，吉林出版集团 2016 年）、《皮》（魏怡译，上海译文出版社 2018 年）写得深刻、精致，有分量，推崇它们是不过分的。对昆德拉来说，创作美学能否让非利士人不安是他的一个推选原则。也就是说形式上要有刺激性和原创性。《完蛋》和《皮》是纪实报道类写作，和昆德拉阐释的小说概念有距离。昆德拉认为《皮》是颇具独创性的小说作品。这一点我存疑。我认为《皮》和《完蛋》是文学化报道，不能算小说。但在现代主义之后，在小说规范遭到破坏的今天，论证这些作品的体裁属性好像也不是很重要了。昆德拉有昆德拉的看法。我想从不同方面补充他文章中没有谈到而我认为有必要提一下的东西。

主要是两点：一是象征主义的马拉巴特；二是基督教人文主义的马拉巴特。这是我在读《皮》《完蛋》时感受比较深的两个方面。前者是指这些作品的文体和语言风格，后者是指它们的思想基调。作为战地报道，它们和这两种东西结合在一起，产生的效果不仅是独特的，也是强烈的。

先来看作为象征主义的马拉巴特。

马拉巴特作品的语言不同一般，那是一种风格主义的语言，多棱镜式的语言，有着纤细入微的感受力和寄情狂想的特质。《皮》开篇写那不勒斯的街巷，就某种气味所作的描述，便是一例：

> 空气中弥漫着一种奇怪的味道。那不是太阳落山时，从托莱多的小巷、卡雷特广场、西班牙街区的圣特雷塞拉大街飘下来的味道。不是从托莱多大街开始一直向上到圣马蒂诺大街的那些恶臭而阴暗的小巷里掩藏的油炸食品铺、小饭馆、小便池发出的味道。不是汇集在小巷转角处圣母神龛脚下那些枯萎的花朵，在一天中的某些时刻散发出来，随即弥漫整座城市的那种由成百上千的香气、污浊的气息——就像杰克说的，上千种微妙的臭气——构成的黄色、不透明、黏糊糊的味道。不是从撒哈拉吹来，带着绵羊奶酪和变质的鱼腥的西洛可风的味道。也不是傍晚时分从妓院里传出来，而且飘满整个那不勒斯的那种熟肉的味道。一天，让－保罗·萨特走在托莱多大街上。那里阴暗得如同腋窝，笼罩在一片温热而又饱含模糊的猥亵的阴影里，他从中闻到了爱情和食物之间那种不洁的亲属

关系。不，那不是黄昏时分，当女人的肉就仿佛在污秽之下被蒸熟时，笼罩在那不勒斯上空的那种熟肉的味道。这种味道异常纯洁和轻盈。它纤瘦、轻盈、透明，是尘土飞扬的大海的味道，是带着咸味的夜晚的味道，是用纸折成的一座古老树林的味道。

如此铺陈，都可写成《气味赋》了。小号字体排印的短语和句子颇具波德莱尔的风味。说那不勒斯的街巷"阴暗得如同腋窝，笼罩在一片温热而又饱含模糊的猥亵的阴影里"，波德莱尔也不过如此了。马拉巴特的作品每隔几页都会出现这样的段落，这样高质量的描绘，尤其有着看似不可穷尽的隐喻的奢华，出现"是尘土飞扬的大海的味道，是带着咸味的夜晚的味道，是用纸折成的一座古老树林的味道"这种马拉美式的句子。从语言组合来看，其可感而不明确的美，有着音乐般的和谐与纯粹。

马拉巴特的战地报道，容易让人联想到巴别尔的同类创作。这倒不是说他们两个很相像或是存在相互影响的关系，而是说两位作家在语言上的精加工会让读者产生相似的怪异感，好像战地报道不应该这样来写，因为这种精加工不是指一般意义上的字句的修饰打磨，而是指它锻造了一种叙述语言，属于巫师（magician）或幻视者的语言，具有复杂的意识、新奇的比喻和意象，赋予叙述微妙的音调和含混的意义。简言之，这种诗学旨趣属于法国的象征主义。象征主义原先只限于诗歌，与散文类写作无涉；但在其影响扩展过程中逐渐渗入小说、戏剧的领域。马拉巴特的作品，和巴别尔的一样，是此种影响的又一个例证。

《完蛋》的第一部《马》中有个场景，写冰湖上无数死去的马头，如昆德拉所说，这个场景是令人难忘的。

入夜时分，北风劲吹（来自摩尔曼斯克的北风如同死亡天使一般，厉声呼号，大地骤然死去），天冷得可怕。突然，随着一声敲击玻璃杯的颤音，湖水顷刻间就冻住了。热的平衡被粉碎，大海、湖泊、河流蓦地冻住了，甚至波浪都在半空中凝结，变成一个个悬空的弯曲的冰凌。

接下来的一天，当芬兰别动队的首批巡逻队在还有余热的灰烬中，穿过烧焦的树干，小心翼翼地推进到湖畔时，一个恐怖而又美丽的景象跃入眼帘：洁白得如同大理石的湖面上，矗立着成百上千的马头——它们似乎都被锋利的斧头整齐地砍过，只有马头露在冰层上面，而且所有马头都面朝湖岸，骇人的白色火光还在它们瞪大的眼中闪烁。在靠近湖岸的地方，是那些从冰牢中跳出的马的混乱状态。

胥戈在《完蛋》的编后记中说，马拉巴特的写作"受到对普鲁斯特崇拜的困扰"。我们从其文体特质中不难看到普鲁斯特风格的烙印，即富于梦幻和象征色彩的"静物写生"风格。普鲁斯特之于马拉巴特，正如兰波之于巴别尔（《骑兵军》），马拉美之于穆齐尔（《没有个性的人》）。虽然这些作家受到的影响是复杂而多元的，并不存在简单的等式，巴黎的象征主义却无疑是关键。马拉巴特接受普鲁斯特的美学体系，除了印象主义的生动素描，隐喻的扩展使用之外，还包括精湛的人文教养，总的说来这种系统性的影响是深入骨髓的。所谓"困扰"是指诱惑和抵御诱惑的矛盾，作为作家他应该如何取得自己的风格。马拉巴特曾经参与同胞马里内蒂的未来主义运动及其机器崇拜，怕也有驱除困扰的意思在里面。不过，上面援引的"冰湖马头"那段描写，置于普鲁斯特的文字旁边可以说是毫无愧色了。

关于隐喻的扩展使用，昆德拉的著作已经有所分析。马拉巴特将"有形体的生物"——马、老鼠、苍蝇等——用作章节标题，寓含象征意图，这是《完蛋》一书的特色。有些隐喻的象征意义是复杂的，例如第六部《苍蝇》，其隐喻的指涉显然较复杂，苍蝇的繁殖当然是因为炎热、尸体这些现实因素，但也成为现实的某种象征，甚至还演变为一种能指般飘浮的精神气氛；有些隐喻的象征意义是明确的，例如第二部中的"鼠"象征遭受虐待的犹太人；有些隐喻的象征意义不明确、不具体，却以其美丽、神秘和恐怖而构成象征性，例如上面提到的"冰湖马头"。总之，马拉巴特善用隐喻构筑复合的象征体系，《皮》中的"瘟疫""肉玫瑰""黑风""火雨"等皆属此列。

《完蛋》和《皮》以象征性的隐喻为中心展开插曲式叙事，带有精心构思的特点，目的是要将丰富得几乎过剩的思想感知组织起来。昆德拉所谓的"形式的原创性"，我认为只能说是特色，谈不上特别的"美学企图"，不过是马拉巴特习于隐喻和联想的结构方式，做得十分考究罢了。他的长处是象征主义的长处，也就是说能够提供独特、丰富、奇异的感知，这个方面他达到了引人瞩目的境界。不仅让作品的每一章、每一节都变成美文，而且让叙述呈现微妙的游离状态，穿梭于物质意象、朦胧的观感和无定形的思绪之间。不单是描绘风景，也描绘风景的陷落、冻结和复活。什么是象征主义？简言之，就是比一比谁写得更奇特、更精致、更馥郁。毫无疑问，在象征主义叙事写作中，马拉巴特和乔伊斯、普鲁斯特、巴别尔、穆齐尔等人一样占有席位。

上面讲过，战地报道写成这个样子，难免会显得有点怪。报道是见证文字，是现场的、运用性的，战地报道更是一种血与火的经验，而语言的精加工则是精美的、沉思冥想的，是属于理论生活，这种结合是否会造就性质独特的"怪味豆"？答案毋庸置疑，这种结合产生的效果是独特的，使得战地报道蒙上一层梦游的幻影，读起来不会那么顺畅。事实上，在马拉巴特、巴别尔之前就已经有人这么做了，法国作家皮埃尔·洛蒂的《北京末日》（*Les derniers jours de Pékin*）便是一例。昆德拉在解释《完蛋》的文体特点时说：

> 这很怪，没错，但是可以理解，因为这份报导并非报导，而是一部文学作品，它的美学企图如此强烈，如此明显，一个敏感的读者会本能地将它排除在历史学者、记者、政治学者、回忆录作者所提供的见证文字的范畴之外。

这么说是有点问题的。没有必要将这些作品从见证文字的范畴中排除出去，它们始终是有关时代的"见证"，主要的功能是"见证"。它们那种打破时空、寄情狂想的叙述中，不存在一个自外于历史学和政治学的视角。两部作品的主角都是马拉巴特，正如《神曲》的主角是但丁。它们的结构形式——以象征性的隐喻为中心展开的插曲式叙事——有点像是《神曲》的一种投影。在比喻的意义上，马拉巴特既是但丁也是维吉尔，引导自己、伴随自己游历四方，充当现实世界的深切的见证者。

作家提供的是一个超虚构的视点，是同时属于诗人、梦游者、逸事作家、时事评论员的视点，是局部大于整体、在每一个片段中建立深刻寓意、有形而上的冲动但整体观已经撤离的视点，简单地讲就是巴洛克的视点，而这正是象征主义认识论的遗产：局部总是具有自治的孤岛效应，整体则变成一种不规则的暗示。卡夫卡、穆齐尔、巴别尔、舒尔茨、贝克特……他们都是靠这笔遗产滋养的。马拉巴特的写作，让战地报道具有浓厚的象征主义气息、象征主义语法、象征主义特质。总之，他试图在不脱离时事见闻的前提下谈论并且描绘一些深刻的东西，深刻晦涩，包罗万象。一个穿军装的普鲁斯特。

二

昆德拉说：《完蛋》的作者是"介入作家"，因为此人"很确定自己知道恶在何处，善在何处"；《皮》的作者则不是介入作家，而是"诗人"，因为他"只确信一件事：他确定自己什么都不确定"，"他的无知变成智慧"。

这是昆德拉评论的核心观点，我认为是站不住脚的。不存在这样的对立区分。两部作品的思想基调、风格和写法大体无差异，只是报道的内容不同而已。《完蛋》写第二次世界大战，大部分章节完成于德军占领下的乌克兰，出版于1944年，其时大战尚未结束。《皮》写盟军解放的意大利，作于战后头几年，出版于1949年。这两本书可视为姐妹篇。它们都是写欧洲的败亡——欧洲毁于德国纳粹，然后被美军和苏军接管，被羞耻地赐予自由；这是欧洲史上从未有过的大溃败，从纳粹侵略和盟军占领两方面看都是如此。马拉巴特以目击者身份书写这段历史，思想上有一个彻底清算的意图。他感知旧欧洲的灭亡，审视新欧洲的使命。他在《完蛋》序言中说，战争在书中扮演了次要角色；战争乃是欧洲总体命运的一种体现，也就是说，古老而文明的欧洲将成为一堆瓦砾。

马拉巴特不纯然是以叹惋和凭吊的心情写这个命运，他的描述有一种毫不回避的残忍，真实而富于刺激性。《皮》描写美军轰炸汉堡，居民纷纷跳进城市运河，以熄灭身上的燃烧弹火焰，火焰遇水即灭，遇空气则爆燃，于是人们只好不停地把脑袋浸入河水，连续几天都是这样，"成千上万颗头露出水面，转着眼珠，张着嘴巴，说着话"。这个场景堪与《完蛋》中的"冰湖马头"对应。或者可以说，这是现代版的《神曲·地狱篇》。

在马拉巴特的这两部作品中，叙述人用小说笔法组织对话和场景，叙述语调严肃真诚，又常因插入反讽而近于嘲戏。不能因为叙述人的声音忽而戏谑忽而哀恸，如此委婉曲折，让人哭笑不得，就断言他"只确信一件事：他确定自己什么都不确定"。涉及意识形态，诸如盟军的占领和欧洲人的羞耻之类的主题，作者很清楚自己在讲什么。我觉得这一点可以略微展开说一下。

马拉巴特在书中宣称："盟军带来的不是奴役，而是自由"；"我爱美国人"，因为他们"有正直的心灵，比我们的心灵正直得多"。他从个人的体验和认识出发，评论种族文化和政治文化的问题；而他毕竟是被占领国成员，对占领军大唱赞歌多少会显得犯忌，从当时的欧陆舆情看，他的论调也不合时宜。

托尼·朱特（Tony Judt）在其《未竟的往昔：法国知识分子，1944—1956》（李岚译，中信出版集团 2016 年）中指出，在 20 世纪初欧洲人批判"盎格鲁－撒克逊资本主义"的浪潮中，美国成了"现代性、唯物主义和自利的资产阶级的代名词"，"浓缩了西方生活中所有不受欢迎或者令人不安的部分"。第二次世界大战前的欧洲就已经处在两难的处境，要么接受它所认为的最糟糕的结局，即以美国为其未来的样板，要么奋力维护自身的价值，对抗美国。战后的萨特、穆尼埃、雷蒙·阿隆等一代法国知识分子反美，既有"被解放者"的耻辱心理作祟，也有文化激进主义的根源。诚如克洛德·罗阿所说："20 世纪四五十年代，美国并不十分为欧洲人所喜爱，尤其是法国人……"对于热爱法国、熟习法国文化的马拉巴特来说，他不可能不知道当时这股反美主义潮流。

马拉巴特的"崇美"论是一种带有刺激性的反潮流宣言。身为意大利人，也许他不会像法国人那样因自尊心严重受挫而愤怒，但未尝不感到刺痛，甚至会"以充满痛苦而恶毒的笑的尖刻言语"作出回应。当那不勒斯妇女以"两美元一个男孩、三美元一个女孩"的价格和美军做性交易时，当卖淫、怯懦、背叛的瘟疫四处蔓延时，当美军上校咒骂那不勒斯人是"杂种"时，马拉巴特的叙述更是以痛苦、嘲谑的忧郁显示一种毫不回避的真诚。他直面战败民族的耻辱心理，并试图在此种心理的咀嚼之中细化其道德判断力。书中写道：

> 在我的美国朋友中，有许多聪明、有教养、富于情感的年轻人，但是他们鄙视那不勒斯、意大利、欧洲，他们鄙视我们，因为他们认为只有我们要对我们的悲惨和不幸，对我们的懦弱、我们的罪行、我们的背叛、我们的羞耻负责任。他们不理解我们的悲惨和不幸中所具有的那种神秘的不人道的东西。有的人说："你们不是基督徒，你们是异教徒。"并且在"异教徒"这个词里加一点鄙视。我喜欢杰克，因为只有他理解"异教徒"这个词不足以解释我们的苦难的那些深刻、古老、神秘的原因；理解我们的悲惨、不幸、羞耻，我们作为悲惨者和作为幸福者的方式，我们的伟大和我们卑鄙的动机本身是在基督教的道德之外的。

另一位意大利作家朱塞佩·兰佩杜萨（Giuseppe Lampedusa），在其名作《豹》中也有类似的批判性反思，甚至抱有相似的民族绝望感，不同的是兰佩杜萨谈西西里仅限于西西里，而马拉巴特谈那不勒斯也泛指欧洲。也就是说，他的视角是彼特拉克式的而非加里波第式的。这一点使他能在相对宏阔的视野中看问题，突出其价值观的来源，但有时也会让他的看法流于宽泛。在他看来，笛卡儿的理性不能解释那不勒斯，不能解释欧洲，不能解释希特勒；希特勒也是"欧洲之神秘的一个因素"，体现出难以解释的荒诞性；统治欧洲的不是理性和良心，而是"黑暗的地下势力"。

但这样说是否稍嫌笼统？说欧洲人疲惫且怀疑宗教，大体而言是没有错的，而"黑暗的地下势力"具体包括哪些成分，这个并没有说明。只说是理性和良心的对立面，这是不够的。但是我们能够理解作者的基本观念，他认为欧洲背离了基督教价值观，偏离了文艺复兴以来的人文主义传统。在他的笔下，尽管欧洲"神秘的不人道"因素是处在基督教道德之外，对这种状况的感知却必须通过基督教道德的神经和触角。例如，那不勒斯的奴役和孤独等同于基督教之前的古代史；那不勒斯的存在被描述为一系列超时间的隐喻："黑色淤泥""移动的沙地""神秘图像""赤裸幽灵"……而在这种描述中，"黑暗的地下势力"近乎超验，显示出永恒、神秘、冷酷的面影。

《皮》第一章《瘟疫》是解读此书的钥匙，包含几个相互联系的主题。杰克·汉弥尔顿上校作为贯穿全书的人物，把这些主题串联起来。杰克上校是否实有其人（昆德拉认为是虚构的）姑且不论，这个形象的描绘适合于文化意识形态表达。作为"笛卡儿信徒"，杰克上校是欧洲文明的产物，他却无法以欧洲的理性来认识欧洲，这是多么具有讽刺意味！作为"基督教绅士"，他代表着马拉巴特最为欣赏的一种立场，即对欧洲抱有"尊重与怀疑并存的爱的态度"。也就是说，将基督教的爱和怜悯与人文主义的熟思结合起来。

基督教价值观贯穿于《完蛋》《皮》的叙述。作者为美国人唱赞歌，这也是一个因素，美国是作为一个信教的国家而得到尊崇的，它是信仰方面的新鲜力量，质朴真诚，光芒四射。作者说，他喜爱杰克上校，因为面对大自然"那种残酷的不人道的美"，上校是"感到自己有罪""充满着羞愧和痛苦的人"。换言之，上校的真挚深厚的人道主义，是以基督教精神为内核的；辅之以高贵的人文主义教养，上校成了两本书中难得一见的灯塔型人物。

《完蛋》第二部见证了犹太人的集体命运（以鼠为隐喻），对此昆德拉在文章中感叹道："说到犹太人，除了他，还有谁写过如此撼动人心的文字，见证那些每天在被占领的国家发生的对犹太人的迫害？而且在1944年，那时关于这些事的谈论还不多，人们甚至对此还一无所知！"确实如此，马拉巴特对这个问题的认识，和他身上的反纳粹倾向一样敏锐。他是了不起的时事观察家，又是很有勇气的记者，当时发回意大利的揭露性报道就使他招致牢狱之灾。昆德拉的文章以此为例，说明马拉巴特是一个有明确善恶观的"介入作家"。而此处有必要说明，这种善恶观的具体内涵是什么（或者说是属于什么范畴）。

不妨说，是属于基督教人文主义范畴。

按照教材的定义，基督教人文主义亦称为"圣经人文主义"，是文艺复兴时期人文主义的一种表现，以伊拉斯谟等为代表，借助古典语言校正中世纪对《圣经》的误译及经院学者对《圣经》的误释，赋予《圣经》人文主义色彩。这个术语有特定的历史意蕴，适用面较窄。但在一般使用中，可以理解为两种成分的结合，即基督教精神和人文主义思想的结合，常与"基督教人道主义"混用；其中的基督教多半是从道德角度诠释的，推崇博爱、同情、谦卑、负罪感等精神质素，构成一种特定内涵的人道主义。我是在这个意义上，把马拉巴特的思想基调概括为基督教人文主义，而且认为他在这个方面是接近于雨果而非普鲁斯特。

必须指出，基督教人文主义是属于思想基调而非创作主题，不能将它直接理解为是《皮》《完蛋》所要表达的主题。通常说来，马拉巴特笔下的每一个段落的意蕴都是丰富深刻的，其偏爱反讽、嘲戏和怪论的表达给思想戴上狂欢节的面具，散发出小丑的机智活泼和痛苦的暗示。我们不能以古典的方式去理解其作品，以为它们预设了立场或倾向，每个句子和段落都是导向结论的铺垫，诸如此类，而是应该接受其梦幻和怪异的象征主义风格。然而，这些作品毕竟是报道和见证文字，需要文化意识形态的论断和总结，面对棘手的现象要作出迅速有力的思想应对，简言之，要有一套评判善恶的道德哲学。马拉巴特的做法不仅是让思想以委婉、纯粹的旋律线呈示，而且是以时事评论员、战地记者和人文主义者的身份进行判断和归纳。面对复杂的情势，面对重大纠结的议题，他总是乞灵于基督教思想和基督教道德，从中找到回应的立场和方式。《皮》和《完蛋》着力描绘战时欧洲的文化意识形态，尽管叙述"宛若盲者摸索前行"，可作者是以文化基督的立场探讨历史、政治和战争中的道义问题，这一点我认为是不可忽视的。

需要强调的是以下两点：

他是世纪末颓废艺术熏陶出来的文人，精于赏鉴，习于思想家的孤独和艺术家的孤独，而且是一名具有贵族气质的军人，而他的思想却完全不倾向于尼采，而是倾向于基督教伦理，把后者当作治疗的药方、行动和处世的指南。这一点比较像维特根斯坦。这种世界观是如何协调的，也许值得进一步研究和阐释。可参看《完蛋》第十九章《血》，尤其是关于"怪物崇拜"的描述以及关于"苦难"的论述。

他酷爱怪论和警句（这方面昆德拉无疑也受他影响），但和同样爱好怪论和警句的贝克特、贡布罗维奇相比，简直大异其趣。他是典型的"介入作家"，而非荒诞派作家，他的面目却反倒显得特别，随着时间的推移更显得独特了，尽管可以说，他们的写作都是在表达对荒芜时代的深刻体验和思考。可参看《皮》最后一章《死去的上帝》，关于"基督""死者"及关于"打赢战争是一个耻辱"的论述。

2019 年

小事情的史诗

雨果·克劳斯《比利时的哀愁》

一

雨果·克劳斯的小说《比利时的哀愁》（李双志译，译林出版社2020年），中译758页，一部"史诗"级别的大厚书。第一印象是结构好像不那么考究，让人觉得是在翻阅厚厚的一大沓札记，从作者的手提箱里刚取出来。作者像是出于纯粹的写作冲动，记录童年和青春期的往事，叙述和笔调似乎少了一种腾挪变化。

小说分成两部，第一部的标题是"哀愁"，共分27章，每一章都有标题；第二部题为"比利时"，不分章节也不加标题。为什么第一部分章节加标题而第二部不分章节也不加标题，原因是不清楚的。就叙述本身而言，第一部和第二部之间看不出什么区别，这就更让人觉得这种前后的处理有点像是出于权宜之计。

我怀疑，雨果·克劳斯是仔细琢磨过小说的结构问题的，可能是没有想出一个更好的方案，就只能这样来写了。或者说，诗人和小说家不同，诗人在更为精致的体裁中耗费心血，写作散文时反倒倾向于自由而质朴的处理方式，也就是说，结构上往往不那么精心。但更恰当的解释或许是，诗人雨果·克劳斯像《天使望故乡》的作者托马斯·沃尔夫（Thomas Wolfe），沉溺于五色缤纷的印象和细节，怀抱书写一方世界的冲动和野心，没有耐心去等待和谋划，便鼓起修辞的风帆、激情的炉火，在汪洋的记忆中载浮载沉，几乎被海量的细节吞噬……

是的，雨果·克劳斯就是比利时的托马斯·沃尔夫。他是一个吞噬生命的人。

《比利时的哀愁》写的是第二次世界大战前后的比利时，比利时弗拉芒语区，主人公路易斯生活的小镇瓦勒，路易斯外婆家的小镇巴斯特赫姆，还有他的寄宿学校所在的西佛兰德省等等，套用福克纳的话说，作者写的是地图上邮票那般大的故乡（比邮票还要小得多呢）。那还是教会控制国民教育的时代，是四轮马车和蒸汽火车并存的时代，是小镇的风俗尚未被发达的通信技术稀释而全球化的微风已经吹拂的时代……简言之，是凡事都从乡土社会的窥视孔瞭望，但年轻人开始喜欢美国的电影和爵士乐的时代。诚如少年主人公从寄宿学校回到家乡瓦勒小镇时的感受：

> 路过菲利克斯的理发店时，他走得很快，因为你永远不知道会不会有脸上挂着剃须肥皂水的高嗓门大猴子冲出来和你握手，打听学校宿舍和妈妈的一切可能的私密信息。在宏泰斯，一个纺织厂老板家门口的篱笆边上，他尽可能地跳到高处，往花园里看去。在屋顶平台上躺着一个女人，直接躺在地板砖上。她就戴了一顶草帽，挂着一串珍珠项链，此外一丝不挂。……他穿过了彤杰斯大街，这里住着靠国家福利生活，把所有的钱都花在酗酒上的一群无赖，女

人们抱着长满疥疮的孩子坐在门槛上。这条街居然离圣安东尼教堂这么近，真是永恒的羞耻。那些人只要不是受到警察追捕，根本就不会踏进教堂。路易斯嫉妒地看着四处飞跑，嗓音成年人般粗哑，耳朵和睫毛里粘着煤炭的男孩儿们，他们正在踢一个用纸和细绳做成的球，一边大声叫嚷着骂人话。虽然他知道这是重罪，可他还是远远地望着他们，让自己感染他们的罪。

我们在阿兰–傅尼埃（Alain-Fournier）的小说和费里尼的电影中也见过此类场景，它们是从作者记忆的宝库中提取的，含有童年的被囚禁的意识，以及伴随这种囚禁感的微微开启的一瞥。故乡的一种含义也就体现在这里：所谓的"重罪"之感或秘密的犯禁也都是发生在一家三代人的祖屋周围，在"父母结婚、自己受洗的教堂"的阴影底下。成年人的罪孽带有孩童色彩，而孩童的罪孽则是永恒的返祖现象，构成一座微型的亚当和夏娃的乐园。仿佛时代的灾变和战争风云永远都是外来的——拿破仑的骠骑兵或纳粹德国的坦克师，突然间跨过金色画框的国境线，要将这幅田园小镇的风俗画撕个粉碎。

在评论雨果·克劳斯的一篇文章（见库切《内心活动》，黄灿然译，浙江文艺出版社 2010 年）中，库切认为，这位比利时作家的诗歌创作具有"独特的荷兰式视域"。文中定义说：

> 他秉承希罗尼穆斯·博斯的精神，思考被践踏的祖国，回到充满童话寓言故事和格言式谚语的中世纪末民间想象力，博斯也正是凭借这想象力来建构他眼中的疯狂的世界。

库切在文章结尾处又修正道，虽说雨果·克劳斯的诗风"清新而尖锐"，但他不是"伟大的讽刺家或警句作者"，而是"以才智和激情的非凡糅合而瞩目"——这个修正是必要的，使得定义趋于精准了。上述评价如果移用到雨果·克劳斯的小说创作上，也应该是贴切的。我想略微展开解释一下。

所谓的"荷兰式视域"，是指专注于风俗和日常生活的视觉呈现。这一点正是《比利时的哀愁》的特质。这部小说丝毫不像希罗尼穆斯·博斯的"寓言画"——画上骷髅成堆的恐怖，那种末日的死亡景象，总之是颇为怪诞和刺激的——《比利时的哀愁》不具有"寓言画"的超时间的性质和怪诞讽刺的色彩。它是散发着浓郁的时代气息的风俗画，嚣杂、幽默、乐生、坦诚，是描绘第二次世界大战前后弗拉芒语区的一幅历史长卷。

小说以战争为背景，却不写大事，不侧重悲剧。我们看到小镇的众生相，婚丧嫁娶饮食男女，和别处似乎并无差别。我们看到修女主持的寄宿学校，男生的秘密社团"使徒会"，路易斯的祖父家和外婆家；我们看到布尔乔亚市民每日上演的剧目，包括战时的表现，透出张爱玲所说的那种"兴兴轰轰"的劲头，在"被践踏的祖国"他们打牌、吹牛、通奸、吃喝、恋爱、争吵；我们看到，在一幅人物众多的大型风俗画上，每个人物都是主角，都在讲述自己的故事，而每个故事都像雨点落进大海，加入循环……这幅日常生活的画卷是一种巴洛克风格的描绘，信笔挥洒，泼辣生动。海量的细节令人耽溺。叙述如此丰富，富于谐趣。语言和结构并非如我们第一印象所认为的那样有欠考究，而是像鲁本斯的巨幅画作，斑斓之中有着细致浑厚的肌理。

二

这部描绘特定时代和风土的巴洛克风味的"成长小说",让人想起第二次世界大战后涌现的一些创作,也都采用家族编年史的框架,如君特·格拉斯的《铁皮鼓》、加西亚·马尔克斯的《百年孤独》、萨尔曼·拉什迪的《午夜之子》、阿摩司·奥兹的《爱与黑暗的故事》等。在这些长篇作品中,孩童的视角被置于一个突出的位置,显得有些过于早熟和孤独,这一点迥异于传统成长小说的模式;它是受到存在主义思潮的影响,对成人世界采取一种怀疑、抵制和不合作的态度,以桀骜不驯的声音主宰叙述。这种叙述从一开始就是自我分裂的,奇怪的睿智、奇怪的清醒、奇怪的天真,同时也导向某种综合。换言之,它总是呈现一定比例的奇幻和一定比例的写实主义,总是渗透孩童的梦幻和视觉,以及富于洞察力的艺术家的那一份悲悯和幽默。

这个主人公兼叙事人看到的世界,因而是一个由热切地关注和旁观的距离所造成的喜剧性世界。也就是说,即便是严肃的、接近悲剧性的内容,也会以福楼拜的那种细致冷静而不乏轻谑的笔触展示出来。

突然,路易斯透过灌木丛看到了他母亲。她穿着一套他从来没有见她穿过的优雅的米色套装。她也和他一样,是在别处换的衣服?在艾尔拉工厂里?她用一把闪闪发光的金属勺子舀了榛果冰激凌放进嘴里,她转着舌头舔掉一半这个绿甜品,同时把这把发光的勺子送到了一个男人的嘴唇边,一个四十多岁,短头发,长鼻子,穿着白色短袖衬衫的男人。这个男人用牙齿夹住勺子,妈妈大笑,试着拔出这把让男人变成长嘴鹭鸶的金属短棍。

路易斯撞见母亲和她的德国老板有染，这个场景获得细致有序的描绘。书中这样的描写不胜枚举，通过一个孤独的孩童的声音，似在提出这样的问题——

面对生活的真相或耻辱，该用怎样的语调和语言报道见闻？尤其是这种生活的耻辱不可避免地要和历史的耻辱掺杂在一起，即，身为比利时的中产阶级的儿子，不仅要在战争年代，而且要在和平年代或日常生活的时时刻刻去面对自身的历史，面对被压抑的弗拉芒语的梦呓，诸如此类，那么一个自诩为年轻艺术家的孩子该如何去作出反应？

《比利时的哀愁》以其尖刻的质疑提出这样的问题。本来这只是一个有关艺术家成长的故事，而当故事被置于历史语境加以描绘时，有关国族／乡土的文化意识形态的思考就成了一个必须正视的课题了。

比利时是欧洲的小国。且不说北部弗拉芒语区，即便是整个比利时，夹在强大的德国和法国之间，也不过是一条随时都会被穿透的走廊。正如俄国作家阿·弗·古雷加指出，"一个民族所处的地理位置，是其历史生活的组成部分"，比利时的地缘状况造就了它的小国寡民的历史和现实的处境。在政治和文化方面，它一会儿被日耳曼人梳妆打扮，一会儿被法国人调教熏染；处在两大强权的拨弄之下，其脆弱的独立性总是岌岌可危。雨果·克劳斯的小说不仅写出了那种显然薄弱的独立性，并且牢牢把握住"小国寡民"的全景透视画的基调，即，投注于那片弱小故土之上的真实的悲悯和幽默。

小说的标题叫"比利时的哀愁"而不叫"路易斯的哀愁"，由此也就不难理解了。该篇的语言（视角和基调）促使我们去思考小说的真实性问题。真实性有赖于复杂的文化意识形态的分析，它涉及历史意识、精神存在和个体自由等命题。虽然艺术的自由绝非等同于主观性的任意增长，但对主体性的思考无疑有助于视角的确立。

通常说来，小国家的历史总是会让它的子民伤透脑筋，因为无足轻重，因为战绩不佳，因为那种连自己都看不起的无所作为，真不知该如何来叙述一个有意义的事件。然而，意义的问题却是不会因为这种弱小而被取消了追问的。至少在雨果·克劳斯笔下，个体独立性的意识被赋予极大的权重，仿佛通过艺术想象的努力，在诗性真实的意义上，这种个体的独立性就会给国族的独立性以有力的支持和承诺。

三

与君特·格拉斯的《铁皮鼓》相似，这种将主人公变成"早熟"的思想代言人的处理难免导致叙述的此消彼长：小说在展示线性的"成长"主题时会弱化，在表现空间化的历史主题时则像多棱镜那样闪烁辉映。这是该篇的视角设置所决定的。路易斯作为人物是不够动人的，作为叙述视角则富于表现力。主人公已被同化为叙事人，被作者最大限度地利用。主人公被转化为深刻的叙述者，集经验、观察、反思和评判于一身。在雨果·克劳斯的小说中，这个视角既允许分裂也包含了综合，甚至让小说完成一种越界的交流或交互，也就是说，将作者清醒的历史意识与主人公朦胧的现实感交织，其结果是展开叙述的那个视角一半嵌入历史，一半超然其上，从而编织出一幅虚实相间的"忧乐园"的图景。

与视角有关的这种空间化的叙述，决定了该小说的结构模态。我们第一印象认为是缺少腾挪变化的结构，正是它营造的一种特质。这部小说细品之下是有点怪的，篇幅这么长，其叙述却不是被情节推进的。译者李双志在译序《那一场青春，有别样的烟火》中指出，小说"并没有向上的进步或向下的幻灭的线性叙事，而是如小说后半部的行文格式，沿时间轴线串联起的零散碎片拼合成斑驳迷离的个人兼家国往事"。这个说法颇有见地。所谓"向上的进步或向下的幻灭"的情节进程，无疑是成长小说或家族编年体小说的主导性叙述动机，而在雨果·克劳斯的小说中这个动机却被削弱了。其实，"向上的进步"的轨迹还是有的，小说结尾便可证明，但该篇的情节线从不提振，而是发酵出一个个五彩气泡似的东西。换言之，在摒弃常规动机的同时实现一种叙述的膨化结构。

上文提到的君特·格拉斯、加西亚·马尔克斯、萨尔曼·拉什迪、阿摩司·奥兹等，他们的那些作品都没有这么做过；虽然就历史意识而言，他们和雨果·克劳斯是颇为接近的。这种空间化叙述或叙述的膨化结构，似乎最能代表雨果·克劳斯对长篇小说的一种构想。实际上，它并不是当代艺术家的新实验，而是欧洲小说在过去三个世纪里刻意经营的一种属性，即小说如何艺术化地处理"社会新闻"的属性。小说不是传奇。小说更接近于流言和琐事的报道。雨果·克劳斯试图把这种特性加以发挥，将其特有的塑化能力再作抟揉拉伸。

按照梅洛－庞蒂在《论社会新闻》（姜志辉译）一文中的观点，"社会新闻"有公开和隐秘的两个层次。小说依靠公开的社会新闻构筑情节和背景，但小说更喜欢揭示事物背后隐秘的细节；公开与隐秘两者互为依存，而后者无疑更加牵动社会敏感的神经。正如梅洛－庞蒂在文中指出："需要掩盖的东西是血、身体、内衣、屋内的隐私、成鳞片状剥落的绘画后面的画布、有形物体后面的内容、偶然性和死亡……"总之，这些有待于从隐私状态披露的事物，这份构建关联的隐喻式的清单，正是《比利时的哀愁》空间化叙述的组织原则。它不是以长远、持续、起伏的情节线，而是以断断续续、像是掉了一地的零散动机组织叙述的。

我们讲过雨果·克劳斯对细节的沉溺。或许，把"细节"一词换成"小事情"会更恰当些。我觉得梅洛－庞蒂如下的论断适用于雨果·克劳斯的这部小说："真实的小事情不必是传奇的和优美的"；"它可能是淹没和消失在社会过程中的一种生活"；"小说只能依据真实的小事情"；"小说利用它们，像它们那样进行表达，即使小说离不开编造，它所编造的东西仍然是虚构的'小事情'"。可以说，《比利时的哀愁》诠释了小说的一种定义，在梅洛－庞蒂阐释的意义上。它是一部由"小事情"敷衍而成的史诗。

从这些虚构的"小事情"的叙述中，我们看到对生存的肯定。雨果·克劳斯喜欢被他描述的一切事物，尤其喜欢描述食物和衣料，气味和质地，喜欢视觉中构成形象和色彩的东西。这个膨化状的被描述的生活空间，散发出温暖、乐生的能量，具有心理的治愈力，证明历史虽不堪回首却总包含生存的努力和欲望，而这正是小说能够提供的一种超历史的价值。

《比利时的哀愁》名为"哀愁"，实质是一部喜剧。喜剧并不意味着严肃事物的对立面。一个喜剧性的逐渐解体的世界，也会成为生死转换中一切可悲可怜可叹可敬的人和事的纪念。文学是一种纪念小事情和小人物的仪式。我想，读过这部小说，我们不会忘记路易斯的父亲斯塔夫，那个嘴里含着糖果的印刷厂老板，不会忘记阿尔曼德舅舅、维奥蕾特姨妈和残疾的婆妈妈，更不会忘记路易斯的母亲，那个风月俏佳人，她的名字叫康斯坦泽（意为忠贞不渝），但我不认为这个命名是讽刺……

四

　　雨果·克劳斯是诗人、导演、剧作家、小说家、画家和评论家，是才华横溢的跨界多面手。在《内心活动》一书中，库切评论他的创作，将《比利时的哀愁》誉为第二次世界大战后最伟大的欧洲小说之一，但库切的文章关注的主要是雨果·克劳斯的数量庞大的诗作。

　　《比利时的哀愁》出版，填补了弗拉芒语文学译介方面的不足。随着雨果·克劳斯的小说译为汉语，弗拉芒语区的文学景观便将和他一起进入我们视野，诗人圭多·赫泽拉、小说家赫尔曼·特尔林克等，这些我们感到陌生的名字在小说中频频出现。谈起第二次世界大战后的欧洲文学，现在就不只是有君特·格拉斯、伊塔洛·卡尔维诺、费尔南多·阿拉巴尔等，还有雨果·克劳斯，堪与他们比肩的一个作家。

2020 年

在词与词之间

托卡尔丘克《云游》

一

《云游》（于是译，四川人民出版社 2020 年）引起议论的首先应该是它的碎片化写作。由 116 个片段组成的叙述初看好像不成其为叙述，难怪出版社以为是作者误将文件夹里的素材交上来了。托卡尔丘克在书中交代说，她师法麦尔维尔。将故事、哲学和历史熔于一炉，那种百科全书式的叙事意图是有点相似。但是，《白鲸》的"离题话"都是围绕着主干故事，所以毛姆认为不妨将它们从故事的本体上摘除。那么《云游》呢？它有好些个互不相干的故事，没有所谓的故事本体，即便想摘除好像也无从下手。这是《云游》的显著特征：没有"恰当的"结构，没有"恰当的"文体，它是从云端俯瞰或许才能够看见"整体"的一个大杂烩。

题为《库尼茨基：水》的故事，讲去一个岛上旅游的三口之家，妻子和儿子愣是在这个芝麻大的岛上失踪了，丈夫和警察当局苦苦寻找而未得。读者不知道这个故事想要讲什么，它的谜一般的气氛以缓慢的节奏在字里行间弥漫开来。叙述人声称："我始终没有成为真正意义上的作家。生活总能与我保持一臂之遥。我顶多只能找到它的尾迹，发现它抛弃的旧皮囊。等到我可以确定它的方位了，它早已逃之夭夭。我能找到的，只是它曾经逗留此处的标记，俨如公园树干上某些人留下的'到此一游'的涂鸦。在我写下的故事里，生活会演变为不完整的故事，梦一般的情节，会从不知其所在的遥远场景，或一看就知道的典型场景里浮现出来——因而，几乎不可能从中得出所谓的普世定论。"

一边叙事一边对叙事行为发表评论，甚或兜售某种写作的形而上学，这在后现代小说中是常见的。认为生活的本质总是在被辨认之前就逃逸了，它留下的痕迹只是提供本质不在场的证明，这是德里达的解构主义观点，因此上面引用的那些话不妨看作是小说版的德里达。它是想给那个有头无尾的故事作出辩解或说明吗？如果是，则未免有点乏味。虽然叙事人并不等于作者（按照韦恩·布斯的说法），但我们会把那些杂七杂八的议论当作是托卡尔丘克的发言。叙事人说"我观察不到界线""我不相信恒定的假设"……口气颇似迷宫中徘徊的作者——她可能是一位聪明而跃跃欲试的女博士，把德里达的理论翻译成心情日记，也可能是一位深刻的"盲视者"，像博尔赫斯那样凝视一朵玫瑰。《云游》的前六十页（或前一百页）让人觉得，作者更像是前一种人。

这样下结论当然是草率的，而且失之于夸张。《云游》前一百页并非德里达的理论的翻版，更非新手的尚显稚嫩的探索。它是远航的起点。我们有理由在启程阶段感到不适，而真正的航行总这样开始。前一百页中嵌入的第二个故事《圣灰礼拜三的盛宴》，讲一名退役水手在一座小岛上开渡轮，为观光客和上下班的职员服务。不妨将这个故事视为此书写作的一种象征。有一天，渡轮驾驶员冷静而坚定地（或许更是狂热而幽默地）偏离航向，将渡轮驶向公海，置全体乘客的呼声于不顾。这

65

个有麦尔维尔气息的故事，某种程度上能够反映托卡尔丘克的作风：机敏，大胆，壮实而有爆发力。

还应该加一个词：时尚。选择碎片化的形式写作也是一种时尚行为，作者说："这就是我发挥想象的方式，而且我认为读者在这些碎片化的文本中畅游也会很轻松。……我们和电脑的关系已经改变了我们自身的感知——我们接受了大量迥异的、碎片化的信息，不得不在头脑中将它们整合起来。"这是对《云游》的创作形式的一个较通俗的解释。电子时代的技术文明及其衍生的生存状态，是这部小说着力表达的主题，富于浓烈的时尚气息，这一点稍后会有论述。

回到碎片化写作。在使用电脑之前这种创作形式就早已存在。例如，福克纳的《野棕榈》、克洛德·西蒙的《三折画》等，将两个或两个以上的不相关的故事拼接起来，形成虚构作品的一种变态形式，作用于读者的感知。广义上讲，不是按照线性的体系化框架架构的文本都属于碎片化写作，例如尼采、齐奥朗的作品。此种文体的历史渊源可追溯至18、19世纪的德国浪漫主义，耶拿浪漫派和施莱格尔兄弟，所谓"渐进的万象文学"和作为"断片"（fragment）的理论表述形式或"语录体散论"等等。经过现代主义洗礼，这种形式可以变得非常随意又包含创意，例如胡里奥·科塔萨尔《跳房子》第三部《在别处》，其大杂烩的拼贴带有玩笑性质，诸如报章或书籍的摘录、故事里套故事、美学思考或逸事报道等等。总之，都是一些不加论证的陈述和取消矛盾律的反讽；精神还是耶拿派的精神，怪论和叛逆的色彩更辛辣了。托卡尔丘克的同胞维托尔德·贡布罗维奇（Witold Gombrowicz），在其《费尔迪杜凯》（易丽君、袁汉镕译，人民文学出版社 2018 年）第四章《孩子气十足的菲利陀尔的前言》中宣称：

因而正是这些原则的、基本的和哲学的道理，促使我们在各个部分的基础上构筑作品——将作品作为作品的细小部分对待，也将人作为部分的组合物对待——在我将整个人类作为部分和一大堆部分的混合体对待的时候。但是假若有人指责我，说这种细小部分的概念，老实讲，根本就不是任何概念，只是胡诌、挖苦、拿人开涮；又说我不是遵循艺术的严格规则和标准行事，而是试图用那种挖苦话来挖苦他们……我就会回答说，是的，正是如此，我的意图正是这样，而不是别的。而且，上帝保佑，我会毫不迟疑地承认："先生们，我渴望在多大的程度上偏离你们自己，就在多大的程度上偏离你们的艺术……我无法忍受你们的艺术，因为我也不能忍受你们——连同你们的观念，连同你们的艺术观点，连同你们整个的艺术世界。"

　　这段话的前半段适用于《云游》。"将作品作为作品的细小部分对待"，说明是有一个整体的概念，否则就无所谓"构筑作品"了。贡布罗维奇在哲学和人类学的意义上强调他是一个部分论者或部分主义者，则是在表达讽刺和藐视。托卡尔丘克不是这样。她要温和得多。她虽然投身于技术文明，却连温和版的马里内蒂都不是。她既不可能有科塔萨尔的先锋姿态（就碎片化写作的形式而言，能玩的科塔萨尔都玩了），也不具有贡布罗维奇的极端文雅和极端道德所催生的傲世之情。她谈论"复发型脱瘾症候群"，谈论"人体标本"，表示对"畸形学、非常态"感兴趣。她那个叙事的声音，如布克奖的评委所言，"从机智和快乐的恶作剧渐渐转向真正的情感波澜"，还是相当讨人喜欢的。对她来说，"将作品作为作品的细小部分对待"符合碎片化写作的一般定义；而"将人

67

作为部分的组合物对待"则碰巧像是一个隐喻的说法，暗示了她对人体解剖学的兴趣。在《云游》中，"人体解剖学"是一个重要的主题。

《云游》看似杂乱无章，却显然在突出两条主题线，一是旅行心理学，一是人体解剖学。可以说，此书正是从这两个主题的反复书写中成形的。看似有头无尾的故事，其实是有结尾，库尼茨基的遭遇在全书结尾时再续写——妻儿失而复得，只是妻子对失踪一事讳莫如深，加深了那种谜一般的暗示，暗示是夫妻之间的男女关系而非劫匪之类的其他缘由。也可以说，此书的中轴线就是那个题为《云游》的章节，写苏联女公民安奴斯卡变成流浪女的故事。《云游》的波兰文版的书名是"Bieguni"，该词的出处和俄罗斯东正教有关；英文版先后译为"Runners"和"Flights"，两个词都含有"跑"的意思。安奴斯卡的流浪伙伴说："摇摇，走走，摆摆。只有这一个办法能摆脱他。他统治世界，但没有权力统领移动中的东西，他知道，我们身体的移动是神圣的，只有动起来，离开原地的时候，你才能逃脱他的魔掌。他统治的是一切静止、冻结的物事，每一样被动、怠惰的东西。"点题之笔，寓意不难领会，这和开篇的议论形成呼应。书中一些片段细看是有呼应的，例如《人间天堂》是写对波兰的逃离，而《肖邦的心脏》是写对波兰的回归，两者属于同一个母题，构成互补的阐述。凡此种种都让人感到，《云游》的碎片化写作不可能是我们所说的大杂烩，它在相当程度上受制于语言的逻各斯，成为一种碎片化经营。

坊间谈及《云游》的碎片化写作时，常援引此书提出的"星群组合"的概念。它强调说，"我们在想象中不应该屈服于任何一种恒定整体的表象"；是"星群组合，而非定序排列，蕴含了真相"；"生活是由各种境遇组成的"，"无须试图让人的生活有连续性，哪怕是近似连续的状态"；云云。这是旅行心理学的阐释，倒也切合此书的一个构成方式：许多个故事和人物进进出出；"非定序"、非连续的境遇的组合；有历史故事，有当代故事，有精心虚构，有简笔速写；凭借旅行心理学（其实是解构主义）提供理论的合法性，不同片段的叙事就能构成一个长篇了。其实，托卡尔丘克（以及贡布罗维奇、科塔萨尔）知道，为非常规的形式寻找理论合法性，不如坦陈恶作剧式的幽默更有趣一些。《跳房子》第三部《在别处》，标题下面有括号注明"可以放弃阅读的章节"。《云游》作为一种"碎片化经营"，虽然有主线有呼应，毕竟是非连续性的组合占上风，造成难解的裂隙和关联。这么做，某种程度上是否如《赫拉克利特著作残篇》中所言，"隐蔽的关联比明显的关联更为牢固（或：更好）"？

叙事人有一个说法值得重视。她在《维基百科》一节中说："我们应该有一些其他类型的知识积累，以便和百科全书里有的那些知识相抵触——那些知识的反面或内在线索，我们所不知道的一切，所有无法被任何一种目录框住的事物，不能被任何一种搜索引擎处理的内容。因为这种内容广博无边，无法以词语转述——你必须站到词与词之间，立于想法与想法之间深不可测的深渊。每迈出一步，我们都会跌坠。"

托卡尔丘克相信，只要坚忍不拔地在一种非常规的形式中冒险，就会钻探到事物的要义；但是要付出代价。所谓"站到词与词之间，立于想法与想法之间深不可测的深渊"，这难道不是对碎片拼接的诗学意义的阐释吗？或许是一种最佳的阐释了。和贡布罗维奇、科塔萨尔一样，托卡尔丘克站在象征主义的立场看待语言和精神哲学的关系。"隐蔽的关联比明显的关联"更值得尝试。寻找理论的合法性不如投入冒险。换言之，为了"无法以词语转述"的事物，你必须跨越深渊。

二

《云游》是用波兰语创作的。据中译者于是女士介绍，此书能蜚声国际文坛，英文译者詹妮弗·克罗夫特（Jennifer Croft）功莫大焉。她不仅将作品译成英文，而且在屡遭拒绝的情况下坚持不懈地向出版社推荐，使英文版终得以问世，很快就拿下国际布克奖，然后助力作者荣获2018年诺贝尔文学奖。可以说，两个大奖把它从小语种和小受众群中推举出来，推动更多的读者去阅读它的谜一般的碎片叙事及其"恋尸癖"的故事。

该篇广博的文化视野和流动的时代气息，使它注定不会冻结在小语种小受众群里。与其说它是一部波兰小说，不如说是一部数码时代的欧洲小说。从视野、身份、选材性质及范围看，出生于1962年的托卡尔丘克属于新一代东欧作家；她的视野和身份就是全球化时代的无国界流动的身份。《云游》写欧洲公民，民族国家的色彩不浓厚，母国波兰也不占据特殊地位。一种新的技术文明景观及其积极的潜能吸引了作者的兴趣，主要是由现代交通和通信所构成的景观，给人们的生活带来的变异，在纯文学领域还未被如此集中地描写过（米歇尔·维勒贝克、帕维奇、波拉尼奥的作品已经写到了），《云游》便成了这些新生事物的代言。

在旅行心理学这条线索上，该篇串联起当代生活的景观：航站楼、青年旅行社、民宿、手机、互联网、背包族、维基百科……它集中书写了近半个世纪以来的新生事物，电子时代和互联网时代的生活表现。书中定义说："可迁徙、流动性、虚幻性——正是因为这些素质，我们才变得文明。"可见作者是从正面描写数码时代的表征。她说："机场不仅仅是旅行中的交通枢纽，更是一种特殊类别的城邦。"又说："网络之

70

外，只有寂静。"她以逆论的轻快给出自身的身份定位："我是安泰俄斯的对立面。"这话什么意思？意思很简单，一反希腊神话中的大地之子的定义，表示只有离开土地才会拥有生命力。

托卡尔丘克喜用逆论。诸如"灵魂是会消亡的，肉体将永生"这种极端无神论的戏语，将天主教的耶稣基督称为"塑化技艺的守护神"。她说："世界上的复制品越多，原画获得的力量就越大。"此言显然是针对本雅明的《机械复制时代的艺术》，该书声称机械复制技术导致古典艺术"灵光"的消失。所谓"描述即破坏"（《旅行指南》）是德里达话语的活学活用，而《旅行心理学：结语》则是尼采的"上帝之死"的改写版。文本中随处镶嵌的逆论戏语，表明托卡尔丘克和贡布罗维奇、齐奥朗、昆德拉等酷爱反讽的东欧作家一脉相承，是该传统的后继者。

由于此书是以正面立场描写数码时代的碎片化生存景观，它至少在两个层面上构成观念的反动：一是和海德格尔、维特根斯坦所宣扬的科技时代的文化末世论大异其趣，直面技术文明带来的生存景观的变迁及差异，甚至公然否认"大地"一词的诗歌和哲学的古老意义，宣称"我是安泰俄斯的对立面"，即主张无根的自由化生存，将"可迁徙、流动性、虚幻性"定义为文明的要素；一是和英美保守主义哲学家（列奥·施特劳斯、阿拉斯戴尔·麦金泰尔等）格格不入，这些当代思想家把现代性视为灾难，把倡导个体独立的现代性定义为"价值虚无"，而《云游》宣扬"移动的个体"，将移动公司的广告语改写为文化意识形态的口号，所谓"移动的个体"就是跨国界、跨文化的可迁徙的个体，是处在逃逸状态的个体。叙事人模仿《新约》的语气说："暴君想缔造固化的秩序。离开的人有福了。"安奴斯卡变为流浪女的故事便是一个注脚，这个故事虽然颇具葡语作家李斯佩克朵的创作风味，但支撑其叙述的东欧背景还是相当明显的。

　　叙事人的东欧背景在《云游》《人间天堂》《肖邦的心脏》等章节中尤为突显。应该说，她更能接受跨国界的后现代生存策略，这亦有其政治文化方面的根由。另一方面，托卡尔丘克却不是昆德拉、诺曼·马内阿或萨尔曼·拉什迪那样的流亡作家或移民作家，她是用波兰语写作的波兰公民，受到欧美后现代学术观点的熏陶；她的文学教育则属于萨尔曼·拉什迪在《想象的家园》一文中所说的"异花授粉"（cross-pollination）和"多国语家谱"（polyglot family tree），或是法国学者帕斯卡尔·卡萨诺瓦（Pascale Casanova）所说的"世界文学空间"（卡萨诺瓦以"飞毯"为喻，认为"世界文学空间"是赋予文本形式以意义的背景构成，换言之，它已经成为文学生成的必然现实。她阐释说，"这就是飞毯的整体形状或构成，也就是说在文学秩序中，唯有'世界文学空间'才能够赋予文本形式本身以意义和一致性"）。其中，后现代文学的影响更直接一些。毫无疑问，没有博尔赫斯的"幻想文学"传统，《云游》的另一条主线（人体解剖学）恐怕就未必会以这种方式来处理。"幻想文学"强调执念、奇趣和文化知解力，在"人体解剖学"这个有点怪异的题材中得到了精彩的体现。可以说，《云游》中最可瞩目的是有关人体解剖学的叙述。

　　《云游》包含的那些解剖学故事有虚有实，其中纪实的部分已加入杜撰，而虚构的部分也肯定是深入利用了文献档案。这种虚实相生、虚实转换的叙述，带有颠覆性和奇幻性，像是在开玩笑，又像是在谱写知识神话，让人想起博尔赫斯以及塞尔维亚作家米洛拉德·帕维奇（Milorad Pavić）和丹尼洛·契斯（Danilo Kiš）的创作。也就是说，她的精神和方法主要是从当代讽喻叙事的顶尖作家那里学来的。书中有关解剖学的章节是精心编织的讽喻叙事，在玄秘的意义和世俗的意义之间移步换形——确切地说，是在词与词之间注入讽喻和冥思的意味，当这种叙事达到一定的长度时，貌似玩笑的东西也就具备了不可阻挡的启迪力量。

17世纪弗拉芒解剖学家和医生菲利普·菲尔海恩，史上实有其人，《云游》写他一条腿截肢，却长年感到膝盖以下皮肤痒，脚趾痛，这种虚空部位的痛痒令他辗转难眠，思考肉体和灵魂的关系，并且以其友人斯宾诺莎的泛神论哲学推断和发问——"我的疼痛是上帝吗？"书中有一章题为"写给截肢的信"，把医生的形而上的痛痒写得妙不可言。

题为"肖邦的心脏"的章节，写肖邦死后心脏被挖出（又是和解剖学主题相关的细节），鼓鼓囊囊塞进玻璃罐，玻璃罐藏在裙子底下，确切地说，是顶在了女人的阴部前，躲过边境岗哨的盘查，得以回归祖国波兰。这一章写得庄谐并作，技法精湛，昆德拉想必会击节称赏，其讽喻的力度直追罗贝托·波拉尼奥《荒野侦探》中描写墨西哥诗人奥克塔维奥·帕斯的章节。托卡尔丘克写解剖学，就像普里莫·莱维（Primo Levi）写化学，并不是要把作品写成科学。她挥洒笔墨，气度不凡，展示想象力和文化知解力的一个高水准。

这部用116个片段拼接而成的小说，反映一个不断形成不断崩溃的世界。有趣的是，它在瞬间（活在碎片化的瞬间）和永生（让尸体长存的古老执念）之间维持着某种张力。因此，也不能说作品的两条主线之间是缺乏关联的。

从诗学原创性的角度讲，可以说当代已无先锋派；从文化形态学来看，科技文明主导下的当代生活景观却还未必真正进入了纯文学的视野；而《云游》提供了这方面的关注、思考和描绘。它以谜一般的片段拼贴告诉我们，不仅美学和感知方式在分化，文化的概念也在分化，价值、信念、生活方式、社群归属感等无不如此。该篇的关注和思考是多方面的。面对数码时代的科技文明所形成的景观，它以权利价值论为导向，突出个体的选择的一面，却未在发生学的意义上谈及承受的一面，后者同样能够（当然不一定全都）体现权利价值论，对命运和存在的探究却更深刻、感人，像卡夫卡、李斯佩克朵（Lispector）等人的创作所体现的那样。《云游》的政治和文化意识形态比卡夫卡、李斯佩克朵更具现实针对性，不像后者那样更多是在寓言和存在论意义上展开。另一方面，主张个体价值优先的现代个体权利论（权利论优先于真理论），倾向于虚无主义的肉身轻逸的狂欢，使得《云游》无论是精神还是形式都跟卡尔维诺《新千年文学备忘录》中倡导的"轻逸"美学颇为一致。可以说，基于肉身轻逸的狂欢，似乎难以延续卡夫卡式的对绝境和悖论的追问，因此从文学表现的角度讲，仅仅强调新文化景观中的个体自由的一面，视界和深度似还有待于拓展。再说，新文化景观中的个体自由本身也是一个值得探讨的议题。就此而言，《云游》的文化意识形态表达有着可供进一步讨论和辨析的空间。

后现代小说当然不会像 19 世纪现实主义小说那样探讨历史、精神哲学和信仰的方向；至少是不具备这种意志，或者说，对体系化的归纳可能缺乏兴趣。三岛宪一在其本雅明评传（《本雅明：破坏·收集·记忆》，贾儌译，河北教育出版社 2001 年）中指出，"本雅明基本上没有黑格尔那种要在大潮流中捕捉历史的意志"，然而，"本雅明自称在这篇论文（《机械复制时代的艺术》）中以'世界史的尺度'捕捉近代艺术机能的变化，却颇有些评述大潮流的欲望"。这句话可移用到托卡尔丘克身上。诚然，她没有提出"灵韵说"那样影响广泛的论断（只是提出种种轻谑的逆论），但《云游》的创作同样遵循本雅明所说的"世界史的尺度"（欧洲人眼中的"世界史"），试图对文明的节点和潮流的变化予以评述，这是它的一个引人瞩目的特质。有关旅行心理学和人体解剖学的创作构想，既不属于波兰题材，也不局限于欧洲的畛域，而是以欧洲的文明景观为基础感知世界潮流的趋向及其意义。能否这样说，以"世界史的尺度"来观察和描述这个世界，这是讽喻作家（博尔赫斯、贡布罗维奇、齐奥朗、帕维奇、昆德拉、波拉尼奥等）固有的一种思辨倾向？所谓讽喻正是从普遍性的寓言角度而非只是从某个现实的角度观看世界的。

书中叙事人声称："只有碎片化的世界，因为不会有另一个世界，生活刚形成就崩解，没有生活，我看到的只有线条、平面、实体。"

这部讲述新景观的小说，丝毫没有纯文学依然流行的那种怀旧的鸵鸟主义，而是吸纳并渗透着世纪交替之后更加高速发展的新生事物，以令人振奋的智性和开放面对这个世界，体现了一种超越故乡的普遍性精神。这也是阿尔弗雷德·韦伯（Alfred Weber）所强调的"海德堡精神"："这种精神把历史、哲学存在和所有的古老传统带到它的法庭面前；最特别的，是这种精神同时质疑一切平凡的事物，到处寻找新的深度和新的深层基础。"

定义《云游》的作者是一个什么性质的作家，必须考虑的是这两个因素，即"世界史的尺度"和"超越故乡的普遍性精神"。它们指向托卡尔丘克作品的精神及智性的活力。可以说，这份活力是属于边界不甚明确的跨国多元文化的生成，属于帕斯卡尔·卡萨诺瓦描述的"世界文学空间"。

2020 年

辑 二

潦倒巴黎伦敦

乔治·奥威尔《巴黎伦敦落魄记》

谨以此文纪念孙仲旭，一位素不相识的译者

一

20 世纪 20 年代去巴黎流浪的文人艺术家，几乎都有一段贫穷落魄的经历。吃了上顿没下顿，千方百计拖欠房租，硬着头皮进当铺，和穷人、酒鬼为伍……何止是巴黎，任何地方，穷艺术家的日子都是难过的。像毕加索，穷到冬天烧画布取暖，简直是没辙了。相比之下，保罗·奥斯特的自传《穷途，墨路》，其描述的境况堪称优越。穷途也者，穷字当头，其物质性贫困首先就令人不堪承受。有人说毕加索穷归穷，还是要画画要做爱。但毕竟是饿着肚子画画做爱。这个方面乔治·奥威尔是深有体会的。说起流浪艺术家的贫穷经，他不忘引用乔叟的话，"贫穷之境况，害人真不浅"。究竟是怎样害人法，他写了本书说明，写他在巴黎伦敦辗转流浪的故事，所述种种细节，都离不开一个穷字。

他说一旦遭遇贫穷，就不得不掉入"谎言之网"。碰到卖烟的问你，

79

为什么烟抽得少了，碰到洗衣妇问你，衣服是否送去别处洗了，你都支支吾吾讲不清。吃饭时间装作出门去餐馆用餐，其实是去公园看鸽子。反正整天要撒谎，并且为谎言付出代价。去面包店买一个法郎一磅的面包，女店员切了不止一磅，而你口袋里只有一个法郎，想到有可能要多付两个苏，只好落荒而逃。街上遇见混得好的朋友，赶紧躲进咖啡店，而进咖啡店就得花钱，你用剩下的一点钱要一杯黑咖啡，里面却掉进一只死苍蝇。人一穷，倒霉的事也会多起来。等到每天连六法郎花销都难以保障，活着就纯粹是"难挨加无聊"了；因为填不饱肚子，在床上一躺就是半天。见到商店橱窗的丰盛食品，"一种几欲泪下的自悲、自怜感袭上心头"，想抓起一块面包就跑。有这种念头是很自然的，没这么做是因为胆小。要知道，连续一星期吃面包和人造黄油，人就不成其为人，"只是一个肚子，附带几件器官"。饥饿、卑怯、无聊，像波德莱尔诗中所说的"年轻的骷髅"，这便是贫穷赐予的东西。

当时同在巴黎，海明威、亨利·米勒也都受穷，读一读《流动的盛宴》和《北回归线》便可得知。可以说，海明威描写的贫穷是浪漫的，奥威尔的却是辛酸的，亨利·米勒的则是浪漫和辛酸兼而有之。从他们的自传性作品看，奥威尔对贫穷这个主题的描绘最为集中，其流浪艺术家的境况最为不堪。《巴黎伦敦落魄记》（孙仲旭译，译林出版社2010年）揭示物质性贫困施加于生理和精神的作用，堪比挪威作家克努特·汉姆生的《饥饿》。汉姆生写的虽是小说，而且是颇富想象力的小说，可那种饿得想吃自己手指的细节，怕是有实际体验为基础的吧。

奥威尔在巴黎住了两年（1928—1929年）。此前他辞去帝国警察的公职，打算搞写作，此举遭到家人反对，他便只身前往法国，做起了流浪艺术家。他有积蓄，有时教英语贴补用度。后来不幸染上肺炎住院治疗。医院公共病房这段凄惨经历,在其《穷人如何死去》(1946年)一文中有动人的记述。出院后又遭到抢劫,也真是倒霉。旅馆房客中有一个自称是排字工的意大利小伙子,配了多把钥匙,洗劫了众人的房间。奥威尔的财产只剩下口袋里未被掏去的四十七法郎,他在巴黎的日子便十分落魄了。

落魄并不仅仅是指每天靠六法郎为生。对中产阶级知识分子来说,沦入底层而与穷人粗人为伍,这才是更不堪的境地。说到这一点,奥威尔的独特之处便显示出来。他去巴黎是搞文学,其间写过两部小说,可他基本上不和作家、知识分子来往。巴黎乃人文荟萃之地,固然不是穷人的天堂,却是文人艺术家扎堆冒险的福地,比在别处都更容易获得成功,否则不会有那么多人争着去过那种忍饥挨饿的生活。奥威尔去巴黎没有追求浪漫和时尚,而是混迹于乞丐、游民、妓女、酒鬼、劳工中间,与所谓的"被社会排斥者"(social outcasts)为伍。他在自己那个阶层几乎没有朋友。虽说穷困潦倒是出于无奈,可他对物质境遇的改善确实也抱着无所谓的态度。他的生活方式是有些怪异的。一个审美的纨绔子弟,亦即具备良好艺术感觉的人,恐怕只有在左拉和陀思妥耶夫斯基的意义上才会接受辛酸龌龊的生存,而左拉和陀思妥耶夫斯基又何曾像他那样,饿得比旅馆里的臭虫都不如……总之他流落底层,实实在在体验了穷困的滋味。

他住的旅馆房间,"墙壁极薄,只比火柴盒厚一点儿,为了遮住缝隙,墙上用粉红色纸糊了一层又一层,但是已经松脱,里头臭虫藏得密密麻麻。靠近天花板那里,整天有长长的臭虫队伍在行进,像是一队队士兵。夜里就下来了,像饿死鬼一般,让人不得不每隔几个钟头就起来对它们大开杀戒。有时臭虫闹得太厉害,房客会点硫黄把臭虫熏到隔壁，这样一来，隔壁的也会以牙还牙地用硫黄熏他的房间，把臭虫再赶回来……"

房客不比臭虫体面多少。"有一对夫妇四年没换过衣服，他们的房间臭得从楼下那层就能闻到。"房客主要是外国人，来来去去尽是些古怪角色，组成贫民窟离奇污秽的"众生相"。巴黎贫民窟并非新生事物，在欧仁·苏、巴尔扎克、左拉（甚至在狄更斯）笔下就有过大量描绘，而奥威尔熟悉的外籍流民生活，此前的作家鲜有涉及。例如酒店洗碗工，这个职业就没有被好好描述过。巴黎饭店的厨房佣工清一色是外籍流民，其生存状况少为人知。奥威尔走投无路时在两家饭店做洗碗工，每天干十一或十四个小时，挣二十五个法郎。在厨房干活像是置身于但丁的地狱：

> 来到地下一处狭窄的过道，那里低得要弯着腰，热得让人透不过气来，还很暗，隔几码才只有一个昏黄的灯泡。那里像是阴暗的迷宫通道，有几英里长——事实上，我想总会有几百码长——奇怪地让人想起大客轮上靠下面的几层，二者同样既炎热又狭窄，食物热气腾腾，厨房锅炉如发动机一般发出隆隆噪声。我们经过几个门口，不时听到一声咒骂，或者看到火炉的红光，从冰库里还吹出一阵叫人发抖的穿堂风。

洗碗工是酒店里最低贱的工种，其秽恶让人不堪忍受，但总比躺在床上饿肚子好。《巴黎伦敦落魄记》的巴黎篇章写得最详细的是洗碗工的部分。奥威尔的英国口音和小胡子与周遭环境有些格格不入，而这只能更加突出他潦倒的境遇。

英国人在国外通常被视为体面人，像他这样在巴黎做洗碗工是够沦落的。而一个人饱尝失业和饥饿的滋味，也就顾不得体面了。落魄也有给人安慰的一面："知道自己终于真正到了穷困潦倒的地步，会有种如释重负的感觉，几乎感到愉快"；"可以说身上越没钱，越是少担心，……你浑身上下只有一百法郎时，你会吓得魂不附体，等到你只有三法郎时，你就很是无所谓了。因为三法郎会让你直到明天还有吃的，你也不可能考虑明天以后的事"。

若非亲身经历，不会有此心得。

当贫穷像麻醉药一样渗透全身时，人们对这种处境的特殊性是没有意识的，即便你是一个艺术家或观察者，也不能减轻这种处境在你身上的效用，除了屈从于它的既像是麻木又像是极乐的感觉，不会再有额外的伤害或补偿了。而这种状况在任何乞丐和流浪汉身上都会有所体现。丧失体面也就丧失了欲望，丧失了正常的一切。

奥威尔写出了贫穷的状况及危害。书中形形色色的人物和细节莫不告诉我们，被遗弃的境地最像是一剂麻药，人们首先是透过那层药效感受自我的，每个流浪汉都是如此。在伦敦收容所，奥威尔半夜被同屋弄醒，那个手无缚鸡之力、邋遢猥琐的家伙居然想跟他搞同性恋，被制止后那人便乖乖顺服了。他并不是怕奥威尔的拳头，也不是出于内心的羞惭，实质是他对这种处境中任何额外的羞辱或补偿已经没有感觉了。

二

《巴黎伦敦落魄记》揭开底层生活鲜为人知的一角，其形象和细节新颖，描述栩栩如生，从写作角度讲是有原创性的。

奥威尔在《我为什么写作》一文中宣称，"好文章就像一块窗玻璃"，"如果作家不能持续努力地抹掉自己的个性，那他所写的东西就没法读"。也就是说，他崇尚清晰、准确、客观。成熟的奥威尔文体便是如此：具象的画面、清澈冷静的短句、精准的细节，有着上乘的新闻体写作所具备的优点。但他的语言从来都不像是"一块窗玻璃"那么简单。

以《巴黎伦敦落魄记》为例，此书讲述凄惨的贫困和绝望，让人感同身受，但无可否认的是它的叙述相当有趣，甚至夹杂着巴洛克式的怪诞和幽默。不止一篇英语评论文章拿它和卓别林的电影作比较，指出其叙述所包含的喜剧性特点。

有个章节讲如何瞒过房东把衣物送去当铺。房东怕房客提了箱子开溜，坐在门房里监视。奥威尔的朋友鲍里斯心生一计，上去套近乎，用他宽阔的肩膀挡住房东的视线，以咳嗽一声为暗号，奥威尔提了衣箱溜出去。鲍里斯胆量过人，有说有笑，嗓门大得足以压过奥威尔的脚步声，两个人表演一出双簧戏，成功地骗过了房东。由于身份文件不齐，当铺拒收衣物，结果白忙乎一场，两人还是饿肚子。这类滑稽场景还能举出不少。有论者指出，奥威尔"把喜剧推向愁惨和痛苦的边缘"，这一点和卓别林相似。

有些场景还带有闹剧的特质。伦敦的游民去教堂吃免费茶点，一边吃喝，一边听人宣讲教义，吃完了不许离开，得做祷告，"和我们的天父说几句话"。他们在一片脏茶杯中间跪下来，挤眉弄眼，开荤玩笑，而且把圣歌唱得乱哄哄的。说是免费吃喝，谁知会这么麻烦，有个游民当场咒骂道："操蛋！不过管他妈的！反正都是打发时间。"

伦敦收容所浴室，"五十个脏兮兮、一丝不挂的男人挤在二十平方英尺左右的房间里，人挤人，只有两个浴缸和两条黏糊糊的擦手毛巾可用"，轮到奥威尔时，他问，"用之前可不可以先洗一下浴缸，上面有一道道灰垢"，门房说："闭上你的臭嘴，赶紧给我洗！"

"浴室"一节让人想起陀思妥耶夫斯基的《死屋手记》。那种自然主义的、骇人的低俗场景中不乏喜剧和闹剧元素，这一点颇有俄罗斯文学特色。你也可以说是法国或爱尔兰的，但不是典型的英国文学。米歇尔·莱蒙在《法国现代小说史》（徐知免、杨剑译，上海译文出版社1995年）中指出，法国文学是"在1918年之后进入世界主义时代"。奥威尔这本书的一个文学特色便是其世界主义色彩，耐人寻味的是，他并非通过与巴黎的精英文学圈接触而获得的。这一点相关研究或可加以关注。奥威尔的人格和思想方式有浓厚的英国特质，而他在写作中融入的观念和趣味已经超越自身传统，以其特有的方式汇入时代文化潮流。

不知是凑巧还是设计，书中两个角色鲍里斯和帕迪，带领作者游历巴黎和伦敦底层社会（像维吉尔带领但丁游历地狱），一个是俄国人一个是爱尔兰人。尤其是鲍里斯，这个角色简直像是从俄国小说里跑出来的，给此书巴黎部分的叙述增添令人发噱的戏剧性。

奥威尔是在住院时和鲍里斯认识的，两人成了患难之交。鲍里斯做了酒店洗碗工后，把食物藏在大衣里偷出来给奥威尔饱餐一顿。他介绍奥威尔做洗碗工。第一天干完活，酒店要和奥威尔签一个月的工作合同，可后者想到过两周要去鲍里斯朋友开的饭店做工，怕这样做不够地道，便拒绝了合同。鲍里斯听说后大发雷霆，对这个英国佬的迂执深感痛心。

"笨蛋！没见过这样笨的笨蛋！有什么用！我给你找到活干，你却马上搞没了！你怎么会这么愚笨，竟然提起另一家餐馆？你只要答应干一个月就行了。"

"我觉得我说我也许不得不走,这样可能显得诚实一点。"我争辩道。

"诚实!诚实!谁听说过洗碗工是诚实的人?我的朋友——"他一把抓住我的衣服翻领,非常恳切地说,"我的朋友,你已经在酒店干了一天活,看到了那儿是怎么回事。你觉得洗碗工有多少荣誉感可讲吗?"

……

"可是如果我毁约,工资怎么办?"

看到我如此之蠢,鲍里斯拿拐杖在人行道上猛捣,嘴里喊着:"你要求每天付工资,这样你一个苏也亏不了。你以为他们会去告洗碗工违约?洗碗工的地位低得不值得告。"

这种令人暗自捧腹的段落,和果戈理的小说放在一起也不会逊色多少。有时作者像冷静严肃的新闻记者,有时像颇有喜剧天分的小说家,很难区分这两者的界限。

《巴黎伦敦落魄记》的体裁属性似乎不易确定,作者本人也不知该如何归类,是自传、报道还是游记?看起来似乎都像。此书讲述作者的亲身经历,说自传是恰当的,但风格有点像小说。奥威尔有些作品,像《绞刑》(1931年)、《射象》(1936年)等,究竟是纪实还是虚构,让学者也产生争议。应该说,经验和意图是实在的,细节和剪裁有所加工,大凡自传类作品均有此特质,奥威尔的也不例外。

就体裁属性而言,《巴黎伦敦落魄记》和笛福的《瘟疫年纪事》较为接近,是一种独特的混合体裁:有第一人称报道,有故事里套着故事的叙述，有非连续性的逸事、评论和离题话；其社会学、人类学和政治学的关注决定它对素材的处理和运用。第三十二章研究伦敦的俚语和脏话，第三十六章引用官方统计数字列表说明赤贫男性和女性的比例，这些做法和笛福的如出一辙，甚至语气也像，例如，"就流浪汉问题，我想谈几点粗略的看法""下面谈谈可供伦敦的无家可归者选用的住宿方式"等等。

没有必要区分奥威尔是新闻记者还是小说家，他写报道时总是发挥作家特有的洞察力，正如他写小说时身上始终活跃着一个社会评论家的角色。虽说是自传性作品，奥威尔的底层书写却有其冷静务实的意图，也就是说他要对社会问题发表看法。

以洗碗工而论，因为肯定有人要去餐馆用餐，所以就得有人一星期擦洗八十个小时盘子，他认为这种观点是不对的。洗碗工的实际工作效率和待遇都大可提高，社会消费心理和消费结构也存在诸多可改进之处。在酒店干过活就知道，所谓高档享受是名不副实的。员工累死累活，顾客花大价钱，真正得益的是老板。洗碗工每天工作十到十五个钟头，就没空闲思考如何去改善处境，他们实质成了"餐馆的奴隶"，并不比可供买卖的奴隶自由多少。而社会让苦力和贫困存在的一个根本原因是"害怕群氓"，认为只有让人忙得没时间思考才更安全，因此精英人士对改善工作环境、解决贫困现象多半是持保守立场，即便他们不喜欢富人，但跟穷人相比，更愿意站在富人一边，不想冒险改变现状。奥威尔认为，对群氓的恐惧心理，对富人和穷人的差异性认识，都是出于想象，因为人们对实际状况缺乏真正了解。

人们鄙视乞丐，但有多少人真正了解乞丐呢？因为这些人不能像教师或文学批评家那样"挣"口饭吃，就是一无是处的寄生虫？奥威尔说，乞丐这一行确实没有用处，但许多高尚的行业其实也没用处，和卖专利药品的推销员相比，乞丐的为人更不诚实吗？恐怕不见得。其实我们并不真正关心行业是有用还是无用，我们关心的是牟利。他责问道："现代人谈了那么多精力、效率、社会公益服务等等，但是除了'挣钱、合法地挣钱、挣更多'，别的还有所指吗？"

这倒不是说流浪汉都是好人，他们不过是普通人而已。"要是他们比别人坏，那是他们的生活方式使然，而非他们选择那种生活方式的原因。"原因在于现行体制，造成流浪汉的种种不幸还是跟法律问题有关。伦敦的游民无所事事，靠收容所解决不了问题。他建议每间济贫院都经营一个小农场或一块自用菜地，让身体健康的游民都有活干，这样就可以给他们提供更好的饮食。简言之，现行体制必须设法让流浪汉自食其力，而不是让他们毫无目的、毫无必要地受穷、受罪。

奥威尔喜欢谈论法规、法案的问题，从法律的角度提出建议，这是英国人的习惯。相信社会可以在协商和立法的基础上改进，相信一本书或一种观点所带来的舆论建设作用，因此他（和笛福）才会那样认认真真地写书探讨问题。就此而言，写作旅行报道的 V. S. 奈保尔是继承了奥威尔的衣钵，而且也真的是像英国人那样思考和说话。谈到流浪伙伴帕迪不敢偷牛奶，奥威尔评论说："是因为饥饿而产生的畏惧让他讲究品德。只要有两三顿填饱肚子，他就有胆量偷牛奶。"针对帕迪那种自卑自怜的气质，他总结说："两年吃面包和人造黄油的生活不可救药地降低了他的境界，他靠吃这种以次充好的差劲食物活着，直到他在思想及身体上都等而下之。夺走他男子气概的，是营养不良而不是自身恶习。"我们也常常在奈保尔的书中听到这种口吻的议论。

有人说，奥威尔是"贫困的临时居民"（a temporary dweller in

poverty），并非真正的流浪汉和乞丐，他比巴黎伦敦的游民更容易摆脱困境。此话不假。事实上也是如此，他摆脱贫困的一个途径是写书，包括这本以贫困为主题的书，1933 年出版时获得成功，正值大萧条最低落的时期，而它的读者应该是中产阶级而非流浪汉阶层。和编辑讨论此书标题时，他认为"落魄者"（down & out）一词不合实情，说"洗碗工"（dishwasher）才更确切。他并没有把自己当作游民的一员，也"没有为此书感到骄傲"，出版时还要求以笔名发表，于是笔名乔治·奥威尔（George Orwell）便替代了原名埃里克·阿瑟·布莱尔（Eric Arthur Blair），从此广为人知。

奥威尔的观点有时接近马克思主义，实质是左翼中产阶级立场，带有中产阶级知识分子的使命感。讲到洗碗工被奴役的问题，他的表述和《哥达纲领批判》相似："一个除自己的劳动力外一无所有的人在任何社会和文明中都必然成为那些拥有物质劳动条件的人的奴隶。"而他认为，关键在于中产阶级精英的觉悟，如何以较完善的法规和保障制度让穷人都获得工作。

如果是波德莱尔写他的波西米亚艺术家自传，观点会不一样，至少不会那么务实和理智。他可能会说：游民真的想要法规意义上的自我改造吗？人们固然需要工作，但人们也需要自杀，因为自杀（或堕落）是一种内在的需要……绝望总是有着另一种含义，而自我唾弃想必也包含着某种奇特的愉悦。谁说不是这样？但这么说，离奥威尔的思想就远了。

奥威尔可以写一个游民恶毒诅咒上帝，转眼间又跪在屋里祈祷，将贫穷的歇斯底里症状写得入木三分，但他是不会从撒旦主义的立场看问题的。魔性或神性的问题，波西米亚艺术家的"特殊敏感性"问题，同时代人的这些关注都不在他观察的取景框之内。他只是试图传达"从被动的普通人那里发出的声音"。谈到亨利·米勒的《北回归线》(参阅奥威尔《在巨鲸肚子里》),他称赞作者"能够从有限的素材发掘出最大的成果",却为该书写的不是普通人而感到遗憾。

他在自传末尾宣称:"我想弄清楚洗碗工、流浪汉和河堤路上的露宿者心灵深处的思想。目前,我觉得自己只不过对贫困有了些皮毛的认识而已。"他让我们相信,他在流浪岁月中看到、接触到的都是一些普通人,要了解这些人并不是一件容易的事,而要不作夸饰并且不带过滤地把他们写出来,恐怕就更为不易了。

2016 年

试炼永无止境

比拉－马塔斯《巴黎永无止境》

一

读比拉－马塔斯的《巴黎永无止境》（尹承东译，浙江文艺出版社2013年），正好也在读扎加耶夫斯基的《自画像》以及刚出版的海涅的《佛罗伦萨之夜》，看到那些不同时代不同国籍的诗人，拿起笔来都要情不自禁地提到巴黎，赞美巴黎。

波兰诗人说："我喜欢在巴黎街头长时间散步……"德国诗人说："巴黎使我十分高兴，这是由于它那欢快的气氛……"而西班牙作家说起他的"喜欢"来，用上一连串排比句："我喜欢巴黎，喜欢福斯坦堡广场，喜欢弗勒吕斯街二十七号，喜欢莫罗博物馆，喜欢法国诗人和随笔作家特里斯坦·查拉的陵墓，喜欢纳德哈街的玫瑰色连拱柱廊，喜欢'抽烟的狗'酒吧，喜欢瓦什饭店的蓝色正面墙，喜欢码头上的书摊……我对巴黎所有一切都是如此地喜欢，以至于这座城市对我而言永无止境。……"

如果读者有兴趣，可以把这三个文本找来，将上面引文中的省略号补全。说巴黎的好，自然是海涅说得好，他从剧场里遮挡其视线的某女士的"玫瑰红罗纱礼帽"写起，让巴黎的欢快蒙上一层"玫瑰色光"，笔调亦庄亦谐。海涅到底是海涅，毒舌毒可敌国，美言仪态万方，此乃大诗人的本色。他不像19世纪的斯拉夫先知，总嫌花都轻佻儇薄，也不像20世纪的后殖民理论家，理直气壮地心怀不满，而是懂得那里的"空气"给予外来者的甜美祝福，欣然领受其"大度包容、广施仁爱、殷勤好客的祥和气氛"。哪怕此行收获的是空气，带回的只是一点空气，也没有理由不让自己提笔赞美一番。

好吧，让我们一起赞颂巴黎！这倒不是因为最近那个让巴黎受难的事件而必须再次予以声援。赞美巴黎本是诗人和艺术家的老生常谈，不讲国籍，不分时代。海明威的名著《流动的盛宴》，让那些还没有去过巴黎的人心生羡慕，以为"盛宴"永在，只等着你去入座，时间无论如何总还是来得及的。"一切都会结束，唯独巴黎不会。"比拉－马塔斯的书中这样写道。

此言是在呼应海明威的追忆和叙述（never any end to Paris）。海明威说，他在巴黎过得"非常贫困，非常幸福"。《流动的盛宴》记录这种贫穷而幸福的波西米亚生活，显得魅力十足。海明威之后，任何想去巴黎满足流浪癖的青年艺术家，都没有理由不读这本书，一般说来也不可能不受其影响。《巴黎永无止境》便印证了这一点。

作者说他在20世纪70年代第一次去巴黎，某日在一家酒吧避雨，意识到这个场景是在重演《流动的盛宴》的开篇，于是他像海明威那样，点了一杯牛奶咖啡坐下来写作，这时一个姑娘走进来坐下（像海明威曾经看见的那样），而且像海明威描写的那样，她模样俊俏，"脸色清新，像一枚刚刚铸就的硬币，如果人们用柔滑的皮肉和被雨水滋润而显得鲜艳的肌肤来铸造硬币的话"。作者说，他把雨天和姑娘都写进了正在创作的故事中（像海明威做过的那样），等到走出那家酒吧时，他感觉自己变成了一个"新的海明威"。

二

《巴黎永无止境》是一部自传体小说，读来让人惊讶，因为到处都有那种真假难辨的"神奇的巧合"。主人公第二次到巴黎，打算做一个定居的波西米亚艺术家，在圣贝努瓦街租了一间阁楼，房东居然是玛格丽特·杜拉斯。没错，是那个戴黑框大眼镜的小个子女人，《印度之歌》的作者，说一口让人听不太懂的"高级法语"（因为我们的主人公只能说一点让房东听不太懂的"低级法语"）。

有点奇怪是吧？但也不尽然。那间阁楼许多人曾住过，有作家、画家、异装癖女性、女演员等，"甚至还有未来的总统密特朗——在1943年全面抵抗时期，他曾在那间阁楼里躲藏过两天"。某日早晨，我们年轻的主人公经过房东的楼梯口，看见一个"非常漂亮的中年女子"在打扫房间和楼梯。她的名字叫索尼娅·奥威尔，是乔治·奥威尔的遗孀，那段时间住在玛格丽特·杜拉斯家中。年轻人打算告诉孙辈，他是"那个看到乔治·奥威尔的妻子打扫楼梯的男人"。

难怪他要说"巴黎永无止境"……

这本书有特别的亲和力。这倒不是说我有过相似的经历或愿景，而是说，出于职业和兴趣的缘故我读过一些书，记住了一些典故、逸事和名字，偏巧在读这本书时它们像老朋友一样纷纷露面了。海明威、菲茨杰拉德、马拉美、兰波、玛格丽特·杜拉斯、于连·格拉克、让·科克托、本雅明、罗兰·巴特、博尔赫斯、马尔克斯……一份很长的名单。像是在某个文学共和国中游历，或者说像是收到一份阅读书单。如果你对这些名字不仅眼熟，而且还怀有一份敬仰，你自然会觉得别有一番趣味——它们忽然都失去了距离，在书中变得格外亲切了。

说来也是，巴黎若不是和一连串文学传奇联系在一起，那还叫巴黎吗？

丁香园咖啡馆的"绿牛魔鬼"，杰拉德·奈瓦尔（Gérard de Nerval）的故事里出现过的妖魔，能让空房地窖里的酒瓶跳舞。他化身为"司各特"（菲茨杰拉德）的幽灵，和"新的海明威"说话："你应该记得我曾是你的保护人……"他的笑声低哑，声音有气无力；他记得菲茨杰拉德和海明威之间的恩怨，他们那种关系的所有细枝末节。这个司职记忆的幽灵，住在几度拆迁的老地方，历经沧桑而不会老去。可爱而古怪的"绿牛魔鬼"！

还有电影和时尚。一大群异装癖女性，吸毒的佛教徒，毕加索的女儿帕洛玛开着敞篷车在巴黎狭窄的街巷招摇过市……我们的主人公还在玛格丽特·杜拉斯举办的家庭晚会上见到了伊莎贝尔·阿佳妮，当时她刚出道。事实上，他是一见钟情（！）并且当众出洋相，遭到大美女冷若冰霜的奚落。"天花板上的电扇在不停地转着，但是慢得如噩梦一般"，众人将目光投向他，禁不住纵声大笑，"仿佛那个噩梦般的电扇居然转得更慢了这件事让他们很开心"，而他面对美人那道"冷冰冰的可怖目光"，只能瘫痪在沙发上……可怜的年轻人！他以为只有他才有本事发掘未来的大明星，夸口说要马上给她一个角色演演，"试图以深邃的目光目不转睛地死死盯着她"……

伊莎贝尔·阿佳妮可不像"绿牛魔鬼"，把他看作是"新的海明威"（"非常贫穷，非常幸福"），在他耳边絮叨丁香园咖啡馆的前尘旧梦。我们年轻的主人公，为晚会上的可笑举止感到痛苦，却也能找到安慰。因为葡萄牙诗人佩索阿说过，"只有那些没有体验过难忘聚会的人才是滑稽可笑的"。请注意：重点不是"滑稽可笑"，而是"难忘"。他牢记这句格言。

《巴黎永无止境》确实是在讲述各种形式的聚会，只有那个年代的巴黎才能体验到的过剩的希望与绝望。哪怕是西班牙来的无名小卒，兜里没钱，作品写得还不像样，只要房东碰巧是玛格丽特·杜拉斯，在文艺聚会上叨陪末座的机会还是有的。如果运气好，不仅可以遇见伊莎贝尔·阿佳妮，还可以从她嘴里听到冷冰冰的讥嘲："谢谢您这么会献殷勤。"

三

比拉-马塔斯被译成中文的三本书：《巴托比症候群》引起较大反响，网上可见到的书评多一些；其他两部，《巴黎永无止境》和《似是都柏林》（裴枫译，浙江文艺出版社 2015 年），似乎应者寥寥，而这两本书写得都很有趣，值得一读。

一种可以称之为"引文写作"的写作，构成比拉-马塔斯作品的叙述动机乃至叙述织体。可以说"引文写作"是这位作家的主要特色所在，是维系并伸展其灵感、思想和情感的媒介。它大致包含两个层面的运作：一是叙述的主导动机源于对其他作品的引用，使之适用于新的语境，例如，《巴托比症候群》的主题是出自麦尔维尔的一个短篇小说，演变成对当下群体生存状态的一种喻指，而《巴黎永无止境》也是如此，它的主题和海明威的作品密切相关；二是各种引文的嵌入，小到某句格言，大到某个段落的摘引，穿插在故事情节中，而且往往是在引导或编织叙述，其密度之大，让人感到这位作家的写作极易辨认，说白了他的风格就是在掉书袋。有时会让人觉得，这是蒙田在写后现代小说，或者也不妨认为，这是本雅明的设想终于变成现实：写一部纯然用引文和碎片构筑的作品。虽说比拉－马塔斯的作品并没有那么极端，但是一部没有大量引文的比拉－马塔斯小说则肯定会让人觉得陌生，甚至有点难以设想了。

作者谈到阿根廷流亡作家埃德加多·科萨林斯基的小说《巫毒之城》，"充满了铭文和题词式的引文，读来让人想到戈达尔那些充满引言的电影"。这本书对他影响很大，他承认他的某些作品是由戈达尔的电影引申而来，也借鉴了《巫毒之城》的结构。他认为，"这种结构中那些看上去随心所欲、别出心裁的引文和移植成分赋予语言一种绝佳的感染力：引言，或者说文化垃圾，以奇妙的方式进入作品的结构，它不是顺畅地与作品的剩余部分相衔接，而是与其相碰撞，上升到一个不可预见的强势高位，变成作品的又一个章节"。因此，不能简单地认为他的风格就是掉书袋。"引文写作"的旨趣不在于卖弄博学，而是试图在作品中加入新的成分，产生某种结构性的活力和趣味，在"随时策划情节"方面对叙述产生特别的影响。这在比拉－马塔斯的小说中是不难感受到的。

以《巴黎永无止境》为例，"绿牛魔鬼"的故事富于妙趣，如果没有典故的引申，就不会有这个段落。寻访"秘密书店"的插曲也是如此，那扇让人迷乱的"白门"，是对"神奇的博尔赫斯的空间"的一种巧妙戏仿。即便是写到母亲，也会适时插进卡夫卡的一段引言，在叙述中造成奇突的结蒂（变得和卡夫卡一样有才气的母亲），一种颇为机巧的喜剧性。写这种插曲式故事是比拉－马塔斯的拿手好戏，看似信手拈来，实为精心结撰，并且由于巧妙的引申、随机的策划或成功的杜撰而显得乐此不疲。

被各种引文阻断、穿插和诱导的叙述，成了一盘后现代"大杂烩"，有哲学和文艺学，有自传和杜撰，有此消彼长的情绪和体验，有奇想怪谈和逸事。通篇读来似乎没有一个气韵完整的故事，说不清是一种什么味道，像是在没有重力的月球上练习升降动作，摆脱了寻常的紧张状态（叙述的推进所必需的精神状态）。如果是在阅读扎加耶夫斯基的一首诗，那种被空气般的冥思抚触的景观，无论多么细节化和散文化，我们会感到其内在的法则也都不同于叙事。而《巴黎永无止境》作为一部自传体小说，它的着眼点与其说是叙述，还不如说是在叙述被打断的地方；换言之，作为叙述的一个基本法则，即记忆的还原（也包含心理的还原），是被有意削弱了，而这种现象在格拉斯、库切和阿摩司·奥兹等人的同类创作中是看不到的。

书中引用博尔赫斯的一番陈述："我努力不去想过去的事情，因为如果我去想，我知道那是我在进行回忆，脑子里出现的不是第一批形象。这让我感到悲哀。一想到也许我不会有对我青年时代的真正回忆，我就不免伤心起来。"作者对此引申道："过去永远是一种回忆的集合体，而且那些回忆是非常不牢靠的，因为它们绝不会符合原来的事实。"

普鲁斯特之后的文学，这种对记忆还原论的质疑不能算是新鲜，而类似的质疑被用于一部自传体小说则还是不多见的。比拉-马塔斯给出的是一种独特的处理，它不是在叙述，而是在叙说，打破记忆的统一性的逻辑，使得写作和生命被片段化。将"回忆的集合体"以看似任意的方式粘贴起来，实质也是在裁定"记忆的统一性原则"所具有的任意性。因此，这个写作主体已经不是通常的传记作者或自传体小说作者，而是更接近于书中自我界定的"讲座作者"（他交代说《巴黎永无止境》是他的一个讲座笔记）。我们看到，它是完全由他本人的阅读和幻想、分析和记忆编织而成，是一种杂糅性的叙说，其文类的性质似乎改变了——用罗兰·巴特的话讲，它更像是主体的区分化、片段化和碎裂化的写作中导入的一种"传记素的东西"。有关巴黎生活的追忆，凸显的是写作主体的位置，渗入大量反讽和评注式的补述，而那个写作主体没有和他过去的体验完全融合起来，结果是我们并没有读到一部我们想要阅读的自传类作品，而是进入一种"你不知道它会在哪儿停下来，也不知道它是不是要结束了"的散漫叙说，一种在织锦般的"引文写作"中自我繁衍的话语体系。

一个西班牙文学青年，在巴黎度过两年的波西米亚生活，他是"新的海明威"，是玛格丽特·杜拉斯的房客……这是让人期待的一个故事。对自传而不是对文艺学感兴趣的读者，也许会感到某种程度的失望，因为书中多的是评析而非浪漫的体验。作者声称，写这个故事主要是"以讽刺的心态回顾我的青年时代，驱除那个时代的邪气"。也就是说，他是以理智和反讽的距离，处理写作主体的内部所纠结的、仍然过剩的希望和绝望。

四

将《巴黎永无止境》和库切的《青春》（王家湘译，浙江文艺出版社 2004 年）对照阅读，会发现这两部作品有不少相似之处。两位年轻主人公都是文学朝圣者，去大都市学习写作，而且都想离开"狭窄的民族主义小道"，逃离自己的国家，到"世界的中心"去做一个流浪汉，永远不要回去。他们有着相似的自我关注和疑问："为什么现在我还不是一个优秀的作家，而是要等到将来？我还缺少什么？缺少生活和阅历吗？……如果我永远成不了一位优秀的作家怎么办？……"两个人的绝望感也相似："青春是美妙的，而我的流浪生涯将一无所成，我在扼杀自己的青春。"而且他们最后都承认自己是"失败的诗人"："本来想写出伟大的诗篇，现在已经压低了雄心壮志，甘愿做一个讲故事的人。"总之，两者的相似度之高，让人有理由认为它们是在处理同一个精神主题。

《青春》英文版出版于 2002 年，《巴黎永无止境》西班牙语版出版于 2003 年，差不多是同一时期的创作，只能说是巧合，不存在相互影响或借鉴的问题。因此，其相似性显得耐人寻味。

两者都是在写一个试炼的主题——年轻的主人公为了成为作家所经历的痛苦和考验。为了逃离母国的文化生态，为了寻找价值的确定性，他们不得不经受严酷的精神考验。

这个主题的基本意涵在乔伊斯的创作中可以找到，《一个青年艺术家的肖像》便是表达"试炼"主题的自传体小说的先例。扩大一点看，乔伊斯、贝克特的创作都构建了"流亡"和"试炼"的主题关联——尤其是在"分离"和"焦虑"的层面上探讨"唯我主义者"的精神体验——他们为这个主题的写作开辟了路径。库切和比拉－马塔斯的笔下都出现乔伊斯、贝克特的名字，绝非偶然。

这是一群孤立于社会而以自我为中心的作家，因其自由的选择而处于流离失所的状态。作为新生的一代人，库切和比拉－马塔斯还遭遇这样一种境地：神话已然结束，"流动的盛宴"差不多收场。事实上，"新的海明威"在那个传奇的中心过得"非常贫困"又"非常绝望"。我们看到，《巴黎永无止境》的叙述尽管充满"神奇的巧合"，却也伴随着忧郁的自嘲：青春是虚幻的，阁楼里的绝望倒是实实在在；绝望尽管高雅，街头的持续徘徊却总是灰头土脸。问题在于，波西米亚艺术家的生活即便是如其所愿，我们年轻的主人公就一定能够想当然地"如其所是"吗？别忘了，逃离母国的目标不只是追求自由，还要试图成为"优秀的作家"。

母国（政治和文化生态）的分离虽已实现，而其自我意识的确定性却变得疑窦丛生。此种情形有点像是从天主教转移到新教，在缺乏有效（或外来）指导的状况下，内心的焦虑却大大增加了——你不知道如何被救赎，你也不知道是否确定会被救赎。在抵御陈规陋习的个人体验中，你不得不专注于价值的确定性，也就是说，不仅仅要成为能够写作的作家，更重要的是如何"成为其所是"。

寻找价值的确定性，其前提也就意味着"价值的未定性"，意味着"自我保证的欠缺"。用罗兰·巴特的话讲，这是在进入语言活动"无证据的领域"。非但自我保证没有着落，自我认识难以定形，就连写作本身也在疑虑中延宕，在希望和绝望之间徘徊。没有一种意义是充分的，没有一个标准是可靠的，没有一种意志是稳固的，没有一个时刻是入眠的……这是典型的"自我主义决疑论"的孤独。

也许疑虑本身会有助于深化，在作家身上培育敏锐的道德意识，一种绝不陈腐的感性力量，甚至在其阴郁而圣洁的精神火花中，催生神秘的召唤……但是从青春体验来看，这是一种巨大的孤独和磨难。与其说"巴黎永无止境"，还不如说"试炼永无止境"，而这就是我们在两部小说的主人公身上看到的那种压倒性的绝望和忧郁，一幅沉重的青春自画像。

同样是回溯青年艺术家生涯，构建一幅不成熟的肖像，库切的还原式叙述（尽管精简），对于孤凄情调的传达是要感人得多，而比拉－马塔斯的笔触则含有诙谐和游戏的意味，是在一个透彻的层次上所作的种种夸张，其魅力是在于保持一种清醒和反讽的距离，而其无序的实验风格仍是在呼应着卡夫卡日记中的一句话："只有写作是无助的，它不安居于自身，它既是游戏也是绝望。"卡夫卡、乔伊斯和贝克特之后，此种"无助感"的传达逐渐成为一个难以回避的文化面向。无助，却也不乏执着，那种自我突围的英雄主义的昂奋，还有那种看似永无止境的试炼和自我救赎……

比拉-马塔斯的创作意识根植于他的世界主义立场，和现代主义美学思潮保持亲缘关系。后来他定居巴塞罗那，出版了近30部作品，却始终声称自己是西班牙文学的"陌生人"（stranger），与现实主义和乡土观念格格不入，正如《巴黎评论》的采访人所言，其著作的中心主题是旅行（journey）——"作家总是在旅行并讲述其流离失所的状态"，而这种"流离失所的状态"（displacement）亦可视为"价值未定性"的延续而非完结。作家在垂暮之年创作的这部自传体小说，讲述的不只是年轻时代的经历，巴黎特有的文化和魅力，同样包括精神上尚未终结的流亡状态。它是一份鲜有怀旧色彩的自叙状，一种像是永远处于组合状态的解构与重构的行为。

罗兰·巴特在《小说的准备》（李幼蒸译，中国人民大学出版社2010年）中所描画的那个徘徊在"各种风格的苦恼"中的写作主体，也可以说是《巴黎永无止境》的写作主体。游离于希望和绝望、实然和应然之间，在"无证据的领域"中感受"自我保证的欠缺"，这固然是不成熟的文学青年的所为，但又何尝不是成熟作家所应该做的？——如果他是一个真正的作家。

其实，《巴黎永无止境》的叙述并不散漫，也非无序；其复杂的"引文写作"所具有的流畅、和谐与精确，让人领略到作者掌控文体的能力。他的文学修养是引人瞩目的。他不仅善于引用，也善于评述，包括文学评论。对自传和文艺学均感兴趣的读者，会从中获得乐趣。谈到海明威的那个颇难诠释的短篇《雨中的猫》，他总结说："我不喜欢把事情都写得清清楚楚的短篇小说。因为理解可能成为一种判决，而不理解则可能是一扇敞开的门。"谈到科萨林斯基的《巫毒之城》，他认为，作者舒舒服服地安于"局外人"的位置，这是其"混合结构"得以施展的秘密。

《巴黎永无止境》贯穿对海明威和玛格丽特·杜拉斯的评述，而《似是都柏林》贯穿对乔伊斯和贝克特的诠释。这些评论都很值得关注，它们从敏感的创作意识中分娩，和迂回的叙述缠绕在一起，显得透辟、欢悦而不失意趣。

2018 年

马尔克斯的"睡美人"故事

关于《苦妓回忆录》

一

《苦妓回忆录》（轩乐译，南海出版公司 2015 年）是加西亚·马尔克斯的最后一篇小说，其创作灵感得之于川端康成的《睡美人》。此前在《飞机上的睡美人》（见《诺贝尔奖的幽灵》，朱景冬译，中央编译出版社 2001 年）一文中，作家便毫不掩饰地表达对这篇日本小说的兴趣。他讲述客机头等舱里的一次邂逅：身边坐着一个美女，旅程中她戴着眼罩睡觉，而他坐卧不宁，情思绵绵，"不得不克制着随便找个借口摇醒她的诱惑"，明知界线不可逾越，那颗蠢动的心却跃跃欲试，为徒然的钟情和欲念备尝折磨。他于此体会到川端笔下的"日本老人"的痛苦：无所作为地陪伴"睡美人"，只准看不准碰。用《睡美人》（叶渭渠译，漓江出版社 1998 年）中的话说，"活像与秘藏佛像共寝"。

川端的带有几分荒唐的淫冶构思，其引人注目之处还在于原创性，除他之外似乎没有人写过这种"老丑"的故事（"还有什么比一个老人躺在让人弄得昏睡不醒的姑娘身边，睡上一夜更丑陋的事呢？"那些老年嫖客的行为，"难道不正是为了寻觅老丑的极致吗？"）。

也许没有作家像马尔克斯，对川端的构思发出实实在在的回应，在一篇散文和一篇小说中借用"睡美人"的意象。川端笔下服了麻醉药、赤身裸体的年轻姑娘，在《苦妓回忆录》中以更撩人的姿态袒露出来：

> 她有着深色的皮肤，让人感觉温暖。已经按照程序给她做了清洁和美容，甚至连她阴部初生的绒毛都没有忽略。还为她卷了头发，用天然的甲油给她的手、脚指甲染了色，但她糖蜜色的肌肤却显得有些干燥和缺乏保养。刚刚开始隆起的乳房还像男孩子的一样，但看上去即将因某种隐秘能量的涌动而爆发。她身体最好的部分是那双会迈出悄无声息步伐的大脚，脚趾修长、敏感，如手指一般。尽管开着电扇，她却浸在闪着磷光的汗水中……无法想象出那张被胡涂乱抹的面孔的原本模样……但任何妆扮都无法掩盖她的特点：挺拔的鼻梁，相接的双眉，热情的唇。我想：真是头幼嫩的斗牛。

厄普代克在一篇书评中指出，马尔克斯的妙语连珠的描述"读起来有种天鹅绒般的快感"，同时也令人感到不安，因为这些文字流露出的"恋尸癖倾向"，让人想起作者长期以来对"活死人"的兴趣。

库切的评论（见《内心活动》，黄灿然译，浙江文艺出版社2010年）则认为，这篇小说"目标是勇敢的：替老年人对未成年少女的欲望说话，即是说，替恋童癖说话，或至少表明恋童癖对爱恋者或被爱恋者来说不一定是绝境"。

小说开篇交代说，"活到90岁这年，我想找个年少的处女，送自己一个充满疯狂爱欲的夜晚"，故而库切的文章有"恋童癖"一说。比起

"恋尸癖"，这个说法更贴切些。但小说读下去就知道，这癖那癖（包括"处女癖"）其实均无关宏旨，关键在于九十高龄要最后一搏，试图让肉体和精神获得新生。

开篇第一句话概括了故事要旨，且能反映马尔克斯一贯的风格特色：大胆、夸张、淫猥并饱含幽默。虽说创作灵感是得之于《睡美人》，构思却有明显差别。《苦妓回忆录》撤除了川端小说中的禁忌，等于是取消了"睡美人"这个构思的内在张力。换言之，90岁老人花钱找小处女睡觉尽管荒唐，但仍是普通的嫖妓行为，谈不上涉足一个幽深而变态的魔性世界；而那些欲念的魅影（连同罪感的冷酷和哀感的缠绵），只有进入这个魔性世界才会对人绽放出来。这当中，禁忌扮演重要的角色。构成"睡美人"诱惑的本质是由相关的禁忌所定义的。一旦禁忌消除，其独特的诱惑力（美感和哀感）便不复存在，其密室的剧场效应（罪感）也就无从产生了。川端的作品大量涉足潜意识，探索一个深渊般的官能世界，便是和它内在的禁忌意识密切相关。而在《苦妓回忆录》中，这一层关系的处理是弱化的，它撷取"睡美人"意象，敷陈一个颇具拉美特色的故事：妓院鸨母善解风情；嫖客按清单付费，尽可以对雏妓为所欲为；出租车司机会大声祝福嫖客"干得愉快！"……一个情欲旺盛、咋咋呼呼、鲜廉寡耻、火热生动的世界，人们为解除禁忌的狂欢而生存，其巴洛克式的浓艳中别有一种单纯明快。将川端的小说移植到这个汗涔涔的热带背景，还能不被烤煳吗？那种密室独白的清苦气息，非戏剧性的诗意的升华之美，岂不是要蒸发殆尽？

马尔克斯当然只能讲他自己的"睡美人"故事，也必定要改写川端的构思。他让老人与处女共寝的情节加以发展，添加了老人遭遇滑铁卢的细节，由此呈现不同的叙述逻辑：不是隔着禁忌的面纱孤独地陪伴睡

105

美人，而是因身体无能而不得不放弃行动，陷入赤裸裸的羞耻和伤感。川端的"老丑"主题到了马尔克斯笔下进一步现实化了，变成什么都可以干却没能干成的尴尬遭遇。

鸨母指责老人对妓女缺乏尊重，并答应再给他一次机会。但第二夜和第一夜一样，他能做的是替女孩抹去身上的汗水并唱道："黛尔加迪娜，黛尔加迪娜，你会是我亲爱的宝贝。"老人体验到"无尽的欢愉"，那就是替妓女擦汗并且唱歌。他认为自己不仅从长期奴役他的性欲中摆脱出来，而且遭遇了一个奇迹，"一个在90岁时逢遇人生初恋的奇迹"。作为报纸专栏作家，他开始改变写作宗旨，无论什么文章都是在为黛尔加迪娜而写，事实上他把专栏写成了一封封大众情书，受到读者的热烈反响。他继续和他的黛尔加迪娜共寝，为睡梦中的她读书。她是工厂的缝纽扣工，不是童话里的公主黛尔加迪娜。但只要他活着，她就是他的"真爱"，他的"睡美人"，他的公主黛尔加迪娜。

和川端试图表现"老丑的极致"相比，这种重述和改写终究是要低一个档次。诠释性的构思总是试图破解原创性的构思所包含的谜，因此艺术上会有不同程度的弱化和冲淡，或是出现更为圆熟的解答或补充。川端的小说抑制戏剧性的变化，所要避免的或许就是那种过于圆熟的处理；它执着于"性的不可估量的广度和性的无底深渊"，不去减弱这个主题的黑暗性质。作者的创作勇气也体现在这里。

但也不能只是将《苦妓回忆录》视为对《睡美人》的回应。马尔克斯的写作有其自身的特点和渊源。他的作品，只要读上几页就能确认是他的手笔，正是出于那种令人一望而知的口吻和风范，无可置疑地包含着艺术及思想的教谕性质。从渊源上讲，《苦妓回忆录》和他此前的创作一脉相承，主要是遵循他自己的创作逻辑，这是下文要讲到的一点。从特点上看，马尔克斯的夸张和幽默在这篇并不魔幻的小说中仍显得很突出，不仅是细节和语言，也包括整体构思。他要诠释的命题是，90 岁的老人能否遭遇初恋？回答是肯定的。可以说这是带有嬉戏的夸张，也可以说是含有教谕的幽默。对看似不可能的可能性的关注，将他的构思和川端的完全区别开来。虽说《苦妓回忆录》不是一篇魔幻风格的小说，但它那种构想的方式，将狂想和现实熔于一炉的做法，正是马尔克斯的鲜明标记。

二

库切写过一篇长文（见《内心活动》，黄灿然译，浙江文艺出版社 2010 年），对《苦妓回忆录》的创作作了全面的评价。他认为，该篇是在续写《霍乱时期的爱情》中的一个情节，即弗洛伦蒂诺和阿美利加·维库尼亚的不伦之恋。由于弗洛伦蒂诺移情别恋，阿美利加自杀，这个被年长者引诱然后被遗弃的女孩，将内心的秘密带进了坟墓。库切的文章指出，马尔克斯没有去探讨"弗洛伦蒂诺因伤害她而给自己造成的后果"，这是小说在道德处理上的漏洞；而新作试图弥补这一漏洞，让"处女信任的破坏者变成她忠实的崇拜者"，促成人物的道德新生，因此（库切认为），把该篇"视为《霍乱时期的爱情》的某种增补，是最有意义的"。

新作中的"无名叙述者"和弗洛伦蒂诺的形象如出一辙，都是"终身王老五""胆怯和其貌不扬""业余诗人""忠诚的音乐会的常客"，而且都有一份征服女性数量的备忘录（前者有"514 个"，后者有"622 个"）。此外，阿美利加 14 岁，新作中的雏妓也是 14 岁。库切认为，"两

107

本相隔20年的书之间的呼应，瞩目得无法忽视"。

鉴于马尔克斯的创作主题的持续性和模式发展的阶段性的特质，对其创作源流加以归纳显然颇有必要。如果说《百年孤独》综合了前期创作成果，尤其是和《枯枝败叶》构成呼应，《霍乱时期的爱情》和晚期作品之间则同样是建立了主题性关联，正如库切的文章所指出的那样。将《苦妓回忆录》视为《霍乱时期的爱情》的"某种增补"，这是一个独到的发现。但是，我们的考察还不能停留于此，不能局限于作家晚期"带有秋意色彩"的喜剧所包含的道德框架。

马尔克斯的创作主题可以概括为两个关键词："孤独"和"爱情"。前期侧重于写"孤独"，后期偏重于"爱情"，这从他两部代表作的标题中也能反映出来。这些都是大主题，常见的文学主题，并非为他一人所专擅，但也确实构成了他颇具标志性的主题链。可以说，《霍乱时期的爱情》是承上启下的一部作品，将"孤独"和"爱情"的主题重新诠释，而且让"爱情和老年"的主题出现在叙述中，书写其情感浓烈的新篇章，从诗学上讲也是一次引人瞩目的凯旋：《百年孤独》的愤世嫉俗的洪流终于汇入明净宽广的河床。作家对加勒比地区的反复书写，呈现出一条深入反思基础上的诗学变化的脉络，在《霍乱时期的爱情》中抵达一种诗与思交融的圆满之境。同时代的小说创作鲜有这种经典品格。这也是他最后一部史诗型作品，其后的创作大抵是延展和增补。《苦妓回忆录》续写"爱情和老年"的主题，是一次回顾和重述。这部篇幅短小的夕阳之作，将作家长期以来颇感着迷的形象和心理情结再度串联起来。

该篇的"无名叙述者"的形象不仅和弗洛伦蒂诺相关，也和《百年孤独》中的奥雷良诺上校以及《枯枝败叶》中的法国医生相关，甚至和《族长的秋天》中的独裁者也不无关联。他们是从同一个想象的源泉中

108

诞生的形象，不妨称其为马尔克斯式的浪荡子。作家终其一生为这个形象着迷：单身汉、诗人气质、女性征服者。不管赋予怎样一种身份（存在主义者、军事独裁者、船务公司经理或报刊专栏作家），其形象的内在定义是不变的，如作家本人所阐释的，"胆怯"是源于（和性征服有关的）大男子主义，"孤独"是源于"爱的无能"。在《百年孤独》为代表的前期创作中，蕴含此种心理情结的形象以悲剧的方式刻画出来，而在《霍乱时期的爱情》为代表的中后期创作中，喜剧取代了悲剧，爱的力量战胜了胆怯孤独。创作逻辑的这种变化却并未改变形象的固有特质，无论是弗洛伦蒂诺还是"无名叙述者"，其孤独的表征仍是一种含有悲剧性的精神疾患，丑陋而阴暗——阿美利加·维库尼亚和《苦妓回忆录》中的女仆都成了此种心理顽症的牺牲品——这是不可救药的"爱的无能"，正如90岁的"无名叙述者"所说："我从来没有爱过。"

那个"异性鸡奸"的细节岂不说明问题？"无名叙述者"长期和他女仆发生关系，总是 en sentido contrario（从背后）骑上她，以至于她变成老妇时仍是个处女。这个细节在《族长的秋天》《霍乱时期的爱情》等篇中都出现过。

马尔克斯的可贵是在于淋漓尽致地揭示人物形象的属性，而非像库切所说的那样去弥补道德漏洞，让弗洛伦蒂诺或"无名叙述者"成为"道德上改过自新的人"。这倒不是说，他是个不道德的作家，对人物的"道德新生"不抱关注。他和同时代的拉美大师（博尔赫斯、卡彭铁尔、科塔萨尔等）的一个区别，正是在于他对人物形象和主题的重视。他的创作不仅更多地保留小说体裁的经典品格，甚至大有主题先行的意味，而他对"孤独""爱情"等主题的思考，是基于一个现实主义作家的关怀，具有浓厚的意识形态和道德批判的性质。在他看来，奥雷良诺上校、弗洛伦蒂诺这些人物，包括马孔多所喻指的加勒比地区，不仅在道德和政治上不具有救赎的希望，在性欲和爱情方面也是严重的人格不健全。他从未离开"爱的无能"的范畴去探讨爱和新生，将人物纳入一个欧化的道德忏悔的框架，而是以独特的悲喜剧方式，诠释"孤独"这个词所包含的文化现实心理。"奥雷良诺们"的孤独是能够救赎或缓解的吗？小说给出的答案是否定的。而对弗洛伦蒂诺、"无名叙述者"来说，爱情则更像是一种生机论和原始繁殖力的表达，带有轻喜剧的特点；与其说是"道德新生"，不如说是对死亡的抗拒；爱情如同劫数、瘟疫和鬼魂附体，也是一种令人恐惧和令人怜悯的社会生活的写照。

马尔克斯书写"孤独"和"爱情"的长篇小说，无论是否打上魔幻现实主义的印记，其本质都是属于提供全息立体画卷的社会小说，包含作家深刻的洞察、悲悯和反思。《苦妓回忆录》尽管篇幅短小，但仍是一部社会小说，涉及文化时尚、爱欲、老年和死亡等多个主题，它富于"秋意色彩"的轻喜剧风格，能够反映作家晚期风格的特质。

三

爱德华·萨义德未完成的论著《论晚期风格——反本质的音乐与文学》（阎嘉译，生活·读书·新知三联书店 2009 年），探讨艺术家自我发展的最后阶段，即有关"晚期作品""晚期风格"的现象，提出一个"适时"的概念。在他看来，"人类生活在实质上的健全，与它同时间的契合、彼此完全适合，有着极大的关系"。那么，艺术家的"晚期"能否算是一个"适时"的阶段？如果通常情况是，衰老和死亡的阴影侵入创作，那我们还能作此断言吗？

在莎士比亚的《冬天的故事》《暴风雨》等剧作中，在索福克勒斯、威尔第等人的创作中，萨义德认为可以找到肯定的答案：显而易见，一种"作为年龄之结果"的"特殊的成熟性"，一种"新的和解精神与安宁"，在他们后期创作中反映出来，能够恰当地说明"某种被公认的年龄概念和智慧"。他认为，在一些艺术家（例如伦勃朗和马蒂斯、巴赫和瓦格纳）身上甚至能看到"晚期作品使一生的美学努力得以圆满的证据"。但是，相反的例证也并不难找，例如晚期的贝多芬，其"不合时宜与反常"的创作，造成令人瞩目的"断裂的景象"；还有易卜生、格伦·古尔德等，他们均非"和谐"的例证，"适时"的概念对他们是不适用的，没有多大意义。

萨义德追随阿多诺的思想（"晚期风格"的论题是后者提出来的），把"晚期"理解为"一种放逐的形式"，作为艺术家超越时间、表现死亡的诸多形态中的一种，对此予以特别的关注，而"不和解"的精神正是构成《论晚期风格》一书的主旨。在他看来，那种与适时的成熟迥然不同的晚期，无论是悲剧性的、喜剧性的、讽刺性的还是其他性质的，均须突显其内在张力和"不可调和性"，而非顺当地解决自身与时间的抵牾。

以此观之，马尔克斯的晚期创作具有双重性质。一方面是"它同时间的契合"所形成的"适时"状态，其感知特质与表现形式均可作为"年龄之结果"的"特殊的成熟性"来考量；一方面它又保持"自身与时间的抵牾"，以喜剧风格传达精神上的不和谐。

《苦妓回忆录》通过一个 90 岁专栏作家的遭遇，"适时"地描绘有关衰老和死亡的末期体验。它蕴含着一个古典的时间框架，那种求得人生阶段性平衡的观念，"老年和爱情"的主题正是协调于这个时间框

111

架。马尔克斯不像科塔萨尔——后者的创作始终呈现为"一种放逐的形式"——马尔克斯末期创作的双重性，其实是一种折中主义，似乎并不具有不可调和的内在张力。《苦妓回忆录》尽管写得大胆而淫猥，却没有什么"不合时宜与反常"的东西，因为，艺术创作"不合时宜"的本质是在于思想性对世俗性的超越，正如萨义德评论阿多诺时所指出的，"对阿多诺来说，没有任何思想可以被解释为任何别的对等物，而思想的严格性却促使他传达出精确性与绝望"。即便在川端的《睡美人》中，我们也能领略到一种溢出现实对等物的"精确性与绝望"的表达；因此，使作家显得怪异难解的所谓晚期症状的表现，是不能离开这种内在本质来谈论的。

马尔克斯的晚期作品，既非对自身创作的超越，亦不能被视为思想性对世俗性的超越。其喜剧手法的运用，在《霍乱时期的爱情》中是一种再现社会生活的手段，在《苦妓回忆录》中则成了抵御衰老和死亡的面具。换言之，社会生活的宏大背景一旦缩减，成为故事中点缀的有限衬景，其叙述的能量也就相应衰减，这是《苦妓回忆录》显得不太有分量的一个原因。这么说并非要给作品挑刺，而是试图强调：像马尔克斯那样依赖"世俗性"的作家，风格化的精练其实并不重要（这一点他和米兰·昆德拉不同），艺术再现的幅度和综合性才是关键；当喜剧成为仪式化的面具而非客观化的调解手段时，喜剧便沦为幕间插曲式的表演，逗趣、诙谐，其感伤的色彩加重，冷静观照的程度便降低了。说《苦妓回忆录》的叙述有些主观，欠缺内外的综合性，便是就这层意义而言的。

萨义德形容阿多诺的一番话，适用于马尔克斯——"一个世俗的人，即法语'尘世'（mondain）意义上的世俗性。他是都市的、有教养的和深思熟虑的，令人难以置信地能够找到要说的有趣的事情，甚至在说起一个分号或感叹号那样的事情时也能毫不装腔作势"。马尔克斯作为小说家的禀赋和气质，这样来描述是恰当的。

可以说，这是典型的人文主义知识分子的特征。现代意义上擅长讲故事的人，是有教养的都市人；只是他们不再处于伏尔泰发现"世俗性"那种单纯的解放意义的时期，而是处在思想的相对性和多元性的境地中，因此，他们（马尔克斯、昆德拉等）时而成为"世俗性"的敌对者，时而成为"世俗性"的协同者。当他们的趣味和倾向契合于某种文化意识形态的气候时，艺术上便具有引人注目的教谕性质，反之则容易遭到忽略。

马尔克斯的晚期创作不乏佳作，像《爱情和其他魔鬼》，就其叙述语言的精妙而言，并不亚于托尔斯泰的中篇佳构，但没有引起足够的反响。其中一个原因是"反天主教"的主题显得有些过时了。虽说作家对"性和激情"的关注，对"老年和爱情"的探讨，还远不能说是过时的。

2016 年

博尔赫斯的乡愁

一

《对话博尔赫斯》（韩烨译，漓江出版社 2019 年）收录了维多利亚·奥坎波（Victoria Ocampo）和博尔赫斯的对谈。其实是一篇采访，都是由奥坎波提问，博尔赫斯作答。除对话之外，还置入一些文字材料，有博尔赫斯遗孀玛丽亚·儿玉（Maria Kodama）撰写的序言，奥蒂勒·菲尔吉内讲述两位作家"复杂友谊"的导言，博尔赫斯和奥坎波互相评述的文章，等等。附加的内容并不比对话缺少意义，它们都有助于了解博尔赫斯的生平，尤其是他和《南方》杂志社的关系。

玛丽亚·儿玉在序言里强调了"照片"，即博尔赫斯的家庭相册。这些构成对话的线索，展示作家的童年背景，隐没在庭院的晚香玉和铸铁栅栏后面的世界，普鲁斯特的世界。总之，上海译文出版社 1983 年版《博尔赫斯短篇小说集》的中文读者，创作上受其影响的一代作家，并未见识过"照相册"里那种生活。还有维多利亚·奥坎波的玉照：希腊式脸庞，20 世纪 30—40 年代好莱坞流行发饰，高冷的知性气质，像普鲁斯特的小说或约翰·理查德森所著的《毕加索传》第三卷中出现的人物，巴黎文艺沙龙的主人。

博尔赫斯的成长和发展，离不开布宜诺斯艾利斯的精英文化圈。这个圈子可细分为四代人：博尔赫斯的父亲及父亲的文友，年长于他的维多利亚·奥坎波，他自己这一代，还有比他年轻的比奥伊·卡萨雷斯（Adolfo Bioy Casares）那一代。从对话中可以看到，博尔赫斯在父辈的筵席上叨陪末座，受益匪浅；其象征主义诗学诀窍得之于父亲的传授；说起对他一生影响最大的作家，他提到父亲的朋友马塞多尼奥·费尔南德斯（Macedonio Fernández）；还有埃瓦里斯托·卡列戈（Evaristo Carriego），也是他父亲的朋友，博尔赫斯为他写了一本书，评论其诗歌创作。小字辈中，被博尔赫斯叫作"小阿道尔夫"的比奥伊·卡萨雷斯，投在博尔赫斯门下学艺，却被博尔赫斯称为"大师""经典作家"（毫无调侃的意思）；他俩合作写小说，笔名布斯托斯·多梅克（罗贝托·波拉尼奥热爱的作家名单中就有布斯托斯·多梅克）；博尔赫斯声称："小阿道尔夫将我带向了一种更为简洁的表达，一种对巴洛克风格的蔑视。"此人碰巧还是奥坎波的妹夫。所以说，博尔赫斯要和奥坎波的小圈子不发生关系也难。诚如导言的作者所言，阿根廷文学"更像是一部家庭史"。连博尔赫斯的母亲和妹妹也都不是局外人，她们和奥坎波书信往来，嘘寒问暖。

奥坎波年长博尔赫斯九岁，后者尊其为前辈，未尝没有一点客客气气的距离感。关于他俩的关系，奥蒂勒·菲尔吉内的导言中有详细描述。而在埃德温·威廉森（Edwin Williamson）的《博尔赫斯大传》（邓中良、华菁译，华东师范大学出版社 2014 年）中，博尔赫斯与创刊之初的《南方》杂志社的关系，其重要性低于他与恋人、情敌（情敌碰巧是《南方》编委之一）的关系。换言之，奥坎波的存在及意义几乎被抹去了。这个意义在博尔赫斯的两篇文章中表达得清清楚楚。他说："所有的阿根廷人都对《南方》有无尽的亏欠。"《南方》之于阿根廷的文化价值不容低估，而他本人则对她的提携之恩铭感不忘。博尔赫斯的颂扬固然有投桃报李的意思，他所阐发的意义却超越人情，显示了文化上深刻的纽带关系。博尔赫斯用一个斯多葛哲学的词语来描述这层关系，那就是"世界主义者"。

二

在《维多利亚·奥坎波》一文中，博尔赫斯指出：

> 成为世界主义者，不意味着对某个国家无动于衷，而对另外一些国家关心备至，不是这样。它意味着关心所有国家、所有时代的宏愿，对永恒的渴望，对可以成为千千万万的人的想望，正是这样的想望，将人引向灵魂轮回的理论。

在给"世界主义者"下定义时，博尔赫斯将一个哲学词语转化成了一个诗歌概念。这种无边界的"想望"有点像是惠特曼和毕达哥拉斯的混合。茨维塔耶娃在《三诗人书简》（刘文飞译，中央编译出版社 2007年）中以惆怅、惊叹的口吻表达了相似的宏愿："上帝啊，我是多么爱我不曾是和不会是的一切啊！我只是一个我，这叫我多么悲伤。"
毕达哥拉斯式的灵魂轮回或灵魂不朽并非投向一个无差别的自我的海洋（雨果式的群众观念），而是一种灵魂净化的爱智慧（哲学）的生活方式。就博尔赫斯而言，这两种观念，雨果式的和毕达哥拉斯式的，对他一样有吸引力。

"世界主义者"的概念自然有其实际的外延，而且会碰到问题。博尔赫斯指出，奥坎波"既感受到了祖国，也感受到了其他的祖国，主要是欧洲"，但这里有一个问题，"我们感受欧洲的方式是欧洲人难以感受到的"：在欧洲，"一个人更倾向于先认为自己是法国人、英国人或德国人，之后才自认为是欧洲人"；相反，作为美洲人，"由于过着充满乡愁的生活，我们能够感受到欧洲"，而这种超越民族和血缘的感受却显得并不重要。这让博尔赫斯不满，他引经据典，把民族主义视为"时代之恶"而加以驳斥：

> 什么是国家？汤因比曾指出，如果缺乏背景知识，英格兰的历史将是无法理解的。我记得丁尼生——切斯特顿将他誉为"外省的维吉尔"——的一句诗，"撒克逊人，凯尔特人，丹麦人，都是我们"，也就是说，所有英国人都可以说自己是撒克逊人，是凯尔特人，也是斯堪的纳维亚人。……我相信种族纯洁其实是一个伪概念。比我们身体的血统更重要的，是灵魂的血统。

博尔赫斯的这一番辩驳，尤其是他的"灵魂血统论"，铿锵有力，是值得记诵的格言。无论是文化上还是血统上，鼓吹种族纯洁无疑是一个笑话。不过，此种表述细思之下也不见得没问题；"灵魂的血统"固然比身体的血统更重要，但"灵魂的血统"难道就无国族之别？换言之，一种超越种族界域的欧洲身份岂非不可思议？即便灵魂插上翅膀，翻动扶摇而上，有惠特曼或鲁文·达里奥（Rubén Darío）之力，具体降落时也总需要有一个可以认领的目标吧？欧洲除了是法国人英国人的欧洲、西班牙人葡萄牙人的欧洲、德国人奥地利人的欧洲、瑞典人丹麦人的欧洲……还能是谁的欧洲？难道是阿根廷人哥伦比亚人智利人墨西哥人的欧洲？倘是后者——那也不是不可能——则欧洲一词亦需重新界定了。总之，灵魂在附体于欧洲时，后者不大可能是一个抽象的概念，它难以摆脱国族的相对区分而存在。

不过，博尔赫斯也并未说欧洲是一个抽象概念。他的文章是在描述一种错位：拉美人所感受的欧洲和欧洲人的自我认知不一样，前者属于普世主义的立场，后者更多是以民族主义的面目出现。这种说法不排除有神经过敏的成分，是否以偏概全尚可存疑，但足以突显一种单相思式的关系，而这一点在他看来才是重要的，说起来还真不无怨尤。之所以如此，其中的一个原因是"我们过着充满乡愁的生活"。是的，"乡愁"是关键词。

在《梦中的欢快葬礼和十二个异乡故事》（罗秀译，南海出版公司2015年）中，马尔克斯描写了一位罹患重症的下野总统，他去瑞士寻访旧迹，镇日盘桓于公园、酒吧，向记忆中清贫而欢乐的学生时代，向文明富庶的欧洲——他的第二故乡做临终告别。从其情调和细节的描述看，第二故乡实乃"总统先生"的精神故乡。与主干情节关联不大的闲笔，即有关其文化情趣和生活观念的教育诗的主题，换个叙事动机，完全有可能升格为重要主题。"总统先生"对欧洲的感情，若用一个字表达，应该是博尔赫斯和奥坎波对话中说到的那个英文字 wistful（渴望的，留恋的），博尔赫斯认为西班牙文找不到对应词，只能用 nostálgico（乡愁的）之类的近义词移译。

和马尔克斯笔下的"总统先生"相似，博尔赫斯也是在预感到自己在世之日不多时回到欧洲告别。1985 年 12 月中旬，他偕玛丽亚·儿玉下榻于日内瓦十字弓旅馆，玛丽亚·儿玉原本以为博尔赫斯是来最后看一眼这座年轻时居住过的城市，不料后者宣布说，这次来了就不回去了。他把日内瓦选作最后的归宿和下葬地，不仅是出于怀旧。他深知这个选择将会产生的舆论风波，尤其是在阿根廷国内，少不了争议和谩骂。他是出于政治影响作出这个决定的。《博尔赫斯大传》引用传主的诗歌《密谋》解释说："瑞士联邦是一座'理性和坚定的信仰堆砌起来的塔'，在那里不同的种族、不同宗教信仰，还有说不同语言的人'在一起求同存异'。"堪为对照的是，在"肮脏战争"、马尔维纳斯战争中愈演愈烈的民粹主义、极端民族主义狂潮，则使阿根廷丧失理智。博尔赫斯对玛丽亚·儿玉说，他希望能够让自己的祖国从"自以为是的沉睡中醒过来"。晚年流亡的博尔赫斯，作出了一个符合其"世界主义者"身份的举动，和乔伊斯、穆齐尔、纳博科夫等人一样最终葬在了瑞士联邦。

埃德温·威廉森的传记说，博尔赫斯"在自己的出生地布宜诺斯艾利斯和自己最为珍贵的虚拟祖国日内瓦之间铸了一道纽带"。这是通过死亡缔结的纽带。这个"虚拟祖国"成了归葬地之后，是否萦绕他一生的"乡愁"也随之消散了？

这个问题似乎不好解答。"乡愁"（nostálgico）之于博尔赫斯，从来就不止于一个向度；这个主题会让我们落入陷阱，陷于复杂的分析。然而有时它也会像阿里阿德涅的线团，若隐若现地通向迷宫深处。

三

博尔赫斯的作品向我们展示了多重意义的"乡愁"，这既源于他的二重文化背景，也源于他的个人气质。他对欧洲的怀恋，基于经历和血统（其祖母是英国人），也有拉丁美洲作家的欧洲情结的作用，是自然而然，易于理解的。在观念上，一个抹除国族界线的欧洲未必就是荒谬的；如果乡愁的一种意义是指缺失和距离，那么所有的拉丁美洲作家实质都是在思念一个欧洲人感到有些陌生的欧洲，这又有什么奇怪的呢？

二重文化背景是博尔赫斯无法摆脱的命运。阿根廷和欧洲之于他，可以说前者是土地和情感，后者是教育和智性。他向布宜诺斯艾利斯奉献河流和街道的抒情诗，对欧洲诉说语言、逻辑和观念的记忆。维多利亚·奥坎波的文章引用《圣马丁札记》（王永年译，上海译文出版社2016年）《布宜诺斯艾利斯激情》（林之木译，上海译文出版社2016年）等集子中的诗句，说它们就像"摊开的镜子"让阿根廷读者看到自己：

> 布宜诺斯艾利斯的街道
> 是我灵魂最隐秘的部分
> 城市在我身上
> 像一首无法付诸语言的诗（韩烨译）

说到对阿根廷的认同，恐怕没有比《城郊》一诗最后几行的醒悟表达得更直白了："原以为这座城市是我的过去，/其实是我的未来，我的现时；/在欧洲度过的岁月均属虚幻，/我一直（包括将来）都生活在布宜诺斯艾利斯城里。"在晚年的散文诗《梦》中，他不无幽默地写道："我可能置身于卢塞恩、科罗拉多或开罗，但每天早晨又恢复了博尔赫斯的习惯，总是从布宜诺斯艾利斯的梦中醒来。"也就是说，博尔赫斯的一部分将永远和这座城市连在一起。那么，只要存在着轮回和另一个时空的醒觉，对博尔赫斯来说，布宜诺斯艾利斯就像一座永恒的城市蠢立在长眠之梦的边缘。

每一个诗人都会对其出生地表达一份眷恋。博尔赫斯的初试啼声之作《布宜诺斯艾利斯激情》，如题目所示，便是献给其故土的颂歌。如果先读博尔赫斯的小说，熟悉了其叙述的风格之后再去读他的诗，准会觉得有些吃惊。包括《面前的月亮》在内的那几本早期诗集，风格上属于质朴的颂歌（或是最终写成挽歌的颂歌），气质柔弱文静，调子伤感低回，兼有谣曲的旋律感。这些诗以描述为主，其情感是散文化的，不像他的小说那样词采精拔、别开生面。仿佛存在着两个博尔赫斯，一个是纯真感伤的诗人，一个是通晓魔法的小说家。或者说，当博尔赫斯在感伤的低吟中注入魔法和博学时，他就成了我们熟悉的那个博尔赫斯，其凝练而吊诡的叙述显得光彩夺目、扣人心弦。

值得注意的是，博尔赫斯写了大量短评，而专为同胞诗人（埃瓦里斯托·卡列戈）写一本专著（《埃瓦里斯托·卡列戈》，王永年、屠孟超译，上海译文出版社 2015 年），还是罕见的。他写但丁的评论也没这么长。将《埃瓦里斯托·卡列戈》一书和博尔赫斯的早期诗歌对照，似不难找到缘由。卡列戈的"市郊之歌"，关于"失足的女裁缝、手摇风琴、房屋拆迁的街角、盲人、月亮"的诗作，蕴含着博尔赫斯早期诗歌和小说的母题；较之于惠特曼、卢贡内斯等，博尔赫斯和卡列戈的联系更显得一目了然，尤其是在表现城郊生活的主题这个方面。

　　……昨晚你走后，

　　整个郊区又归于阒静

　　——多么凄凉——

　　盲人的眼里流出泪水。

博尔赫斯在这些诗句下面写上评注："柔情是漫漫岁月的光环。"从卡列戈的动人的诗篇中他找到共鸣，或许可以说是找到他自己的青春、诗情和忧伤的注脚。

将"市郊之歌"的内容延展至牧场、庄园、草原，就能较完整地对应博尔赫斯的另一层乡愁，即作为布宜诺斯艾利斯城里人对阿根廷风土的思慕。虽然这种乡愁听上去有点奇怪——住在阿根廷的阿根廷人对阿根廷本质的一种渴念——但对博尔赫斯而言，这也并无可怪之处。所谓本质是指人所公认的某种常在之物的定义，而有点尴尬的是，总有一些人并不符合这些定义。好在世上还有诗歌、小说，作为补赎或梦幻的手段也不乏灵便。《马丁·菲耶罗》的潘帕斯草原的高乔骑手，家族记忆中富有英雄气概的军人祖先，城郊贫民窟的米隆加乐曲和斗殴，等等，这些是贯穿博尔赫斯一生的创作母题。自幼在花园铁栅栏后面阅读和做梦的诗人，为虚度时光而歉疚，渴望真实的鲜血和男子气概。维多利亚·奥坎波在其文章中写道："毫不好战的博尔赫斯，总是带着感伤的愉悦回想起他的祖先们——身披战袍，为解除桎梏与赢得永恒的桂冠而战。"而在《南方》这篇著名的小说中，打动我们的则是倒霉而虚怯的主人公像是领受宿命一样默默接受了决斗的挑战。

作为博学的和想象的生灵，拥有多重乡愁——对欧洲文化和世界文化的乡愁，对布宜诺斯艾利斯的乡愁，对布宜诺斯艾利斯城郊的乡愁等等——乃是命中注定。对博尔赫斯而言，成为世界主义者，对此产生自觉意识，并不只是意味着一个身份标签，更是意味着发现某种想象的方式。这在《维多利亚·奥坎波》一文的第三个自然段中有清楚的交代。也就是说，"从耽于城郊的神话转向同时光及无限的游戏"（《博尔赫斯和我》）。这种想象的方式据称是从斯多葛派、托马斯·德·昆西（Thomas

122

De Quincey）、托马斯·卡莱尔（Thomas Carlyle）、莱昂·布洛伊（Léon Bloy）和卡巴拉学者的几个观点中推导出来的。他承认这些都是"为迷信辩护"的观念，却不作等闲之观，而是在"较小的事物是较大事物的秘密镜子"（德·昆西语）之类的表述中玩味神秘的统一体观念——像炼金术师，提炼一种将阿根廷内嵌于世界共同体的文学方法，一种名为宇宙主义的游戏。

<h1 style="text-align:center">四</h1>

奥蒂勒·菲尔吉内的导言《小径分岔花园中的复杂友谊》中提到一个名叫罗歇·凯卢瓦（Roger Caillois）的人，是维多利亚·奥坎波从法国请来的年轻学者，到布宜诺斯艾利斯举办社会学讲座。他成了文化推广大使，向法国的出版机构推荐博尔赫斯，促成后者在欧洲的传播。他在举荐信中说，"他是这儿最有趣的作家"。

然而，罗歇·凯卢瓦的评价还有另一面。他赞赏博尔赫斯的才智，又嫌其"卖弄学问"。收有《特隆，乌克巴尔，奥比斯·特蒂乌斯》的《幻想文学选集》出版时，他一如既往地提出批评意见，主要是针对博尔赫斯的"博学"和"道义上的匮乏"。

因此，他尽管有举荐之功，而且"一直不动声色地仰慕"博尔赫斯，他们却是合不来的。维多利亚·奥坎波也感觉到趣味上的分歧，她说："我在文学中寻找的生命食粮……博尔赫斯无法给予我。"而博尔赫斯干脆和奥坎波的小圈子划清界限，声称"我们从来就没有相同的文学品位"。

真诚的友谊也无法弥合文学品位上的差异，只因为他们都是真诚的，并不满足于一般性的认可。罗歇·凯卢瓦在一封信中这样谈起博尔赫斯：

> 我见过博尔赫斯多次：他非常聪明，但我觉得很遗憾，他要写很多类似在《度量》上发表过的东西。这让我想到寓言中不断大喊"狼来了！狼来了！"的牧羊人。我恐怕，等他真正想要表达自己时，人们会告诉他这样行不通。但也许他永远都不会想真正地表达自己。

导言的作者对此评论说，罗歇·凯卢瓦这种"极具巴黎特色的""充满优越感的语气"是"不成熟的"，暴露出"对拉美文学的不熟悉"，体现了一种欧洲人的"狭隘文化命运"。

但罗歇·凯卢瓦的意思不过是说，这种"宇宙主义"的文学游戏是虚张声势，这样做很危险，这不是真正的自我表达，就怕这样下去就永远找不到自我了，云云。意思很清楚，这跟"巴黎特色的优越感"有什么关系呢？

其实，马尔克斯表达过类似的意见，说得更直接：

> 我认为博尔赫斯的文学是一种回避文学。我有过这样的经历：博尔赫斯是我过去也是我现在读得最多的作家之一，同时也可能是我最不喜欢的一位作家。……我觉得博尔赫斯是在内心现实的基础上创作，是纯粹的回避……

这是马尔克斯在《拉丁美洲小说两人谈》（申宝楼译，见《加西亚·马尔克斯研究》，林一安编，云南人民出版社 1993 年）中对博尔赫斯的评价，他认为后者的作品不属于阿根廷文学，甚至不属于拉丁美洲文学，而是属于世界主义文学。他定义说："回避文学是一种逃避具体现实、逃避历史现实的文学。"而罗歇·凯卢瓦所说的"道义上的匮乏"应该也包含这一层意思，简言之，作家被指责为不再承担现实主义的创作使命了。正如人们谈论维多利亚·奥坎波的《南方》杂志时曾说"这是本关于外国的杂志"，世界主义者的创作同样被视为外在于拉丁美洲的产物。

奥克塔维欧·帕斯对此类观点殊难苟同。他在《弓手、箭和靶子——记博尔赫斯》（刘习良译）一文中指出："博尔赫斯不是一位民族主义者。可是，他的很多诗和短篇小说除了阿根廷人谁写得出？"

帕斯片言折狱，可谓明断。论及博尔赫斯的世界主义，帕斯定义道："他的作品表达了一种自拉丁美洲诞生那一刻起就已隐含在拉丁美洲身上的世界性。"

拉丁美洲的特性是否只适合于几个传统的文论概念，这恐怕是个需要争论的问题。有些议题，涉及诗歌、小说等领域的关键议题，难的是观察的恰如其分。帕斯指出：

> 博尔赫斯没有像他一些同代人那样，发现诗学高度或深度。可是，他的诗作仍然是独特的，无可挑剔的；只有他才能写得出来。

这是公允的论断。可以说，博尔赫斯的诗歌只在很短一段时间里追随潮流，很快就写得像他自己了，有其独特的习语（"庭院空洞如碗"）和敏感的心弦。晚期诗作雍雍穆穆，自成一格。罗歇·凯卢瓦也许应该读一读博尔赫斯的诗，它们在"诗学的高度或深度"上尽管难以称雄折桂，可难道不是在"真正地表达自己"吗？

谈到博尔赫斯的小说创作，帕斯总结说：

> 不错，博尔赫斯并没有挑起我们的感情和激情的或明或暗的复杂关系：虔诚、感官享受、愤怒、同情。同样地，他的作品很少或没有向我们提示种族、性别和权势的种种谜团。也许文学只有两个主题：一个是人置身在人群、同胞和敌人之中；另一个是人单独面对宇宙面对他自己。第一个是史诗诗人、戏剧家和小说家的主题；第二个是抒情诗人和玄学诗人的主题。

这样的概括不仅透彻，而且耐人寻味。

20 世纪是存在主义流行的世纪。在这个竞相驰骛、脱落桎梏的世纪，"自我"既受到尊崇又极易迷失，显见的是诗海无涯，灵肉纷繁。即便如《荒原》横空出世，在大西洋两岸齐声博得喝彩，也难称得上是时代的最强音。萨特的《理智之年》中的女主人公在高更画展上看到画家的自画像，称其有"终极之美"，此中透露的消息，或许值得伯纳德·威廉斯（Bernard Williams）或玛莎·努斯鲍姆（Martha Nussbaum）仔细思量。伯纳德·威廉斯对高更的论述，玛莎·努斯鲍姆对尼采的评论，说明他们对存在论意义上的英雄主义缺乏共鸣。"终极之美"那种与行动终端相邻的沉默，在兰波的诗作及经历中同样会得到辨认。我们说，这个世纪似乎给聪明人提供了更艰难的哲学：古典主义的明哲等同于迂腐（或者说一本正经的迂腐等于一本正经的滑头）；博学的安逸意味着可疑的超脱；游戏和玄想难免于道义的匮乏；世界主义立场则是一种自我逃避——非得将笔尖磨得像艾略特、奥登的一样锋利，把诗写得像时事评论，那一颗诗的良心仿佛才稍稍得以安息。

帕斯的"两个文学主题论"，给博尔赫斯的创作作了妥善归置，圈内人（如马尔克斯、罗歇·凯卢瓦等）想必还是会另眼相看，觉得玄学加幻想的叙述，妙则妙矣，终究不够分量。"博尔赫斯并没有挑起我们的感情和激情的或明或暗的复杂关系：虔诚、感官享受、愤怒、同情。同样地，他的作品很少或没有向我们提示种族、性别和权势的种种谜团"——这句话实质也是表明，博尔赫斯小说在两三百年的欧美近代小说中，尤其是在 20 世纪的叙事文学中几乎完全是个另类。

其作为另类的独创性、艺术价值及深远影响（拉美之外有帕维奇、契斯、埃科、帕慕克、托卡尔丘克等）在此姑且不论。帕斯的评论隐然触及 20 世纪文学的精神气候、良心法典和竞技规则——说得具体些，什么样的文学才算得上有分量，为何小说超越诗歌成为文学主流，等等，此中意涵是颇值得玩味的。博尔赫斯对此心知肚明。他对《百年孤独》的赞赏（据说只听了小说前两章的朗读）也说明了这一点。

博尔赫斯是福克纳的译者。他在关于《野棕榈》的评论中指出，福克纳"能力远在其他作家之上"，可他的小说"总有一股黑色的淫欲"。类似的评论表达了对当代叙事潮流（广义的存在主义文学）的一种观感，可以说，在赞赏其冲力、迷狂和个体深度的同时，何尝没有显示一点距离感。

在唯名论的、存在主义的 20 世纪，博尔赫斯不可以说没有分享这个世纪的文化气候，而他对典籍、奇趣和文化知解力的强调则表明，他的乡愁还有一个维度，指向那种超脱现实的途径（玛丽亚·儿玉在序言中以"禅宗公案""东方特质"比拟），一种古典主义式的冷娴和熟思，如木心在《罗马停云》中对贺拉斯的赞许，"有人太息贺拉士规避生命 / 何不说是他黾勉了尔等 / 莫让生命带走我们绝妙的自己"。此种睿智的观念则不同于迪伦·托马斯、T. S. 艾略特等人对自我存在的定义，他们会将其视为"老人的睿智"。

是的，博尔赫斯的迷宫里居住着的，不是那头嗜血的牛首怪物，而是一位优雅的白发长者，秉持老式的虚荣心和分寸感，恐惧并且讨厌镜子和繁殖……

在致维多利亚·奥坎波的信中他说："我生活，或者说尝试着，以一种非个人的方式生活：我确信自己进步得非常少……"这番表白俨然是别有寄托的。而在和奥坎波的对话中，他又重申了这个说法。

2021 年

小说在"现在"展开

爱丽丝·默多克《在网下》

一

想起大江健三郎作品中，有一组名为"鸟"系列的小说，即一个绰号叫"鸟"的主人公贯穿其间的短篇故事，因其描绘青年底层生活的流荡与不安而为我所喜爱。长篇小说《个人的体验》的主人公也是"鸟"，软弱恐惧的"鸟"——有一次喝醉酒去他岳父的学校代课，在课堂上胡言乱语，几乎瘫倒在讲台下，类似的细节读来令人忍俊不禁。这篇故事也预示"鸟"系列小说的终结，因为"鸟"结婚生孩子了，那种虽然贫乏悲酸却也不乏自由感的岁月宣告终止了。这和萨特的《理智之年》的主人公马蒂厄的状况有些相似，一个终结近在眼前，而终结前的挣扎，散发着垂死小动物的疲弱的气味。

爱丽丝·默多克的长篇小说《在网下》（贾文浩译，北京燕山出版社2018年），和上面提到的作品属于同一个家族。当然，源头都是在萨特这里，这一点是不难辨别的。用迷离恍惚的纯精神的语言刻画官能和物质环境，此种写法尤可见出萨特的文脉。大江健三郎笔下的20世纪

60年代的东京有一股小县城的荒芜气息，富于底层青年的梦幻感，而默多克描述的第二次世界大战后的伦敦和巴黎则呈现出时尚、机遇和消费，其活动的人物不管多么波西米亚，底子里还是别具"资产阶级生活的隐晦魅力"。《在网下》的主人公杰克一无工作二无居所，被曾经的同居女友扫地出门，照样诗酒流连，往返于伦敦巴黎，与歌星、教授、掮客、资本家、左翼人士打交道，虽不能说左右逢源，却也显得洒脱有趣，大江健三郎小说里的同类人物是过不上这种生活的。这里我不打算探究差异的缘由，虽然这种探究不乏趣味。仅从小说的结局来看，《在网下》的基调相比之下显得不那么绝望，甚至都没有马蒂厄和"鸟"的那种日益浓重的窒息感——借用木心评论存在主义的话说，那种"闷室里的深呼吸"。

存在主义的小说人物当然不必从一个模子里铸成。不过，总会有这样那样的一些共同点。《在网下》结尾，杰克说"我要去找工作"，"我要在一家医院找个兼职"，"但是我先要找个地方住"，这时我们听到一个时代（或一种个人的体验）终结的声音。为什么偏偏要去医院工作呢？答案或许可以从塞缪尔·贝克特、胡里奥·科塔萨尔等人的作品中去找。

贝克特的《莫菲》和科塔萨尔的《跳房子》表明，将乏味单调的病房转化为存在主义的哲学操练的场所，这是一门必修课；存在主义作家经常写到医院，更像是在描写精神病院，那些地方适合于没有身份的人练习完美的自杀或寻求"狗熊般的幸福"。《在网下》第十七章、第十八章叙述的是这个主题。杰克在医院做护工，杰克在医院和雨果相聚。那些场所也有点儿像兵营或牢房。等到哥儿俩破窗而逃，跑过黎明时分的青草地，医院作为"闷室"或囚牢的象征意味就突显出来。"闷室"的背景对于反体制行为，尤其是对于年轻人的古怪有趣的思考来说，或许也是不可少的，只是在贝克特、科塔萨尔的笔下，"闷室"还有一层避难所的意味，这一点《在网下》体现得不明显。

在传统小说中，感化院或精神病院的存在只有负面的意义，而在存在主义小说中，它们的含义就要暧昧多了，既是囚禁也是自由，既是病症也是救赎。大江健三郎的小说《感化院的少年》演绎了一个反社会的乌托邦想象，它是《万延元年的 football》的"暴动"的先声。相比之下，《在网下》就显得文雅一些，主人公在巴黎和伦敦之间兜兜转转，忍受些微幻灭的悲哀。杰克逃离医院，最后又想回到医院，此一时彼一时也，他已到了需要"正常"生活的阶段，谈不上反抗，也谈不上归顺了，似乎时间的沙漏漏掉了最后一粒沙子，而他获得了"一切都很简单、一切都很奇怪"的一种感悟。他在阳光下轻轻抓住这个感悟，这便是故事正该结束的意义。

二

詹姆斯·伍德（James Wood）在一篇评论爱丽丝·默多克的文章（见《破格》，黄远帆译，河南大学出版社 2018 年）中指出，亨利·格林（Henry Green）以后，英国小说并"没有创造出什么有深度有生活的人物（40 年来只有毕斯沃斯先生和简·布罗迪）"。文章点名批评了默多克以及 A. S. 拜厄特、马丁·艾米斯等一干文坛健将。伍德说，默多克笔下的人物像牵线木偶，反面角色写得也不好。不过，默多克本人对此大可不必恼怒，这么说是在和亨利·詹姆斯的反面角色做比较，标准还是定得高的。

谈到默多克的创作中引人注目的知识论倾向，伍德认为，英国 19

世纪和 20 世纪都曾靠近"大陆论文的传统",该传统养育了托马斯·曼和雅克·里维埃这样的作家,"他们写的是一种喂得很肥的哲学"。伍德不是指默多克的非虚构著作,如《萨特:浪漫的理性主义者》《存在主义者和神话》等,而是指她的虚构作品。

以《在网下》为例,姑且不论该篇的人物塑造是否"有深度有生活",在若干人物身上确实是体现了一种哲学意识。它不是指泛泛而谈的那种,不是指威廉·戈尔丁那类象征和寓言,而是指与默多克的论文所涉及的知识领域(康德、黑格尔、萨特、加缪、西蒙娜·薇依等)相呼应、具有严肃的哲学意蕴的思考。

《在网下》从标题到内容都有哲学意涵。中译者贾文浩在其译序中这样解释该书的书名:

> "网"的概念来自默多克的同行前辈维特根斯坦的语言哲学,即语言不能表述经验以外的东西。语言自诞生以来一直被使用,用语言编织的理论也无处不在,然而用来表述真实世界,却如同隔靴搔痒,事与愿违,形成一个个似是而非的矛盾。所谓"在网下",简单地说,就是我们处在一张语言构成的大网底下,网把人与真实经验阻隔开来,我们都在这张网下爬行挣扎。

小说还借人物之口宣称:

> 人只要一开口说话,就背离了真实世界,换句话说,只要开口就是撒谎。"一切理论阐述都是思想的飞翔。我们必须跟从情况本身,这是无法言说得具体的。实际上,是我们从未足够接近,不管

使多大劲在网下爬，都无济于事。"

引号中的文字别有来源。小说交代说，杰克出版过一本书，题为《无言》，记录的是他和雨果的对话。"无言"这个书名的含义同样涉及维特根斯坦的语言哲学，即其语言哲学中的沉默概念：面对无法言说的经验感受，我们无法用意义固定的语言表达，最好是保持沉默。在《逻辑哲学论》的结尾部分，我们便能看到这个思想的警句式表述。在小说中，这些思想都是通过雨果之口传达的。

雨果的身上有维特根斯坦的影子，不仅是思想，还有行为也像。身为资本家、大富翁，雨果把钱财都送给人家，净身出户，去诺丁汉给一个钟表师傅做学徒，受此影响，杰克打算去医院做护工。这让人联想到受维特根斯坦影响的一些剑桥学子的选择，如德鲁利等人，放弃高校学术生涯而去做药剂师。这种选择是有哲学意味的，不仅是体现斯多葛式的坚忍和自守，更包含某种批判性，针对当代文化内在的紊乱状态。雨果在谈到其选择时说，"指手画脚说废话的人太多"，而"钟表业是个老行当，像烤面包"，有清晰的守则和边界，容不下似是而非的胡话。归根结底，这是针对普遍的价值虚无的一种反应。我们看到，维特根斯坦对学院生活（理论生活）的不信任，他的迷茫感和流浪癖，在雨果这个形象中是有所反映的。

以维特根斯坦的生平为素材创作的小说，最有名的当属毛姆的《刀锋》。好像少有人提及《在网下》。实际上，该篇的一些思想观念，包括人物形象，都有维特根斯坦的痕迹。除了上面谈到的雨果，还有一个名叫戴夫的兼职哲学教师，也明显有关涉。戴夫的住处常有一群崇拜他的年轻人进进出出，一群形而上体系的狂热求索者，然而——

他们许多人来的时候是通神论者，走的时候是批判现实主义者，或是布拉德利主义者。戴夫的批评好像经常都纯粹是分析式的。他气势夺人，像太阳射出愤怒的光芒，荡涤乾坤，但并不烤干他们形而上学的做作，而只是记录他们从一个阶段到另一个阶段的转变。我从这一怪异的事实中想到，别的先不说，戴夫也许是个好老师呢。偶尔，他能办到把一些接受能力特别强的年轻人，转变成他那种语言分析类型；经此转变，青年们往往对哲学彻底失去兴趣。看戴夫教导这些年轻人，好比看人修剪玫瑰花丛。总是那些最强壮旺盛的枝条被剪掉。修剪后，也许也开花；但不是哲学的花朵，戴夫对此深信不疑。他的最高目标，就是说服年轻人离开哲学。他也老警告我离开哲学，态度特别真诚。

文中即便不提"分析哲学"这个词，对熟悉掌故的读者来说，这段描述也是颇富维特根斯坦特色：通过一番诊断式的分析造成对方世界观的转变，说服年轻的形而上学者离开哲学研究等等，这些确实是维特根斯坦做的事，而不是罗素、摩尔或其他分析哲学家做的事。剑桥有天赋的学生（如品生特、斯金纳等）更容易接受维特根斯坦的影响和改造，这也说得没错。默多克将维特根斯坦的标志性轮廓分派到两个角色身上，尽管有些叙述只是一笔带过，有些细节从维特根斯坦的角度看是含有讽刺性的（例如戴夫给《心智》杂志写文章等），我们却明显地感到该篇和著名哲学家之间的关联。较之于毛姆的《刀锋》，默多克的小说更接近于人物形象的原型——她的小说中有些东西和原型还对得上，而毛姆的就比较远了。

当然，默多克也好，毛姆也好，他们都是从维特根斯坦的传奇中取用素材，而不是在写一个关于维特根斯坦的小说。默多克的哲学素养好，能够把分析哲学的一些东西写进小说，哪怕只是一些标记，一点概论性质的东西，置于恰当的情境也能够富于启迪。杰克和雨果的几次对话，《无言》一书的片段展示，就有这种效果。可以说，小说包含着一点哲学的冥想，读来不乏意趣。至于它是否反映了维特根斯坦哲学的精义，这是不能苛求的。

在小说中，雨果、戴夫谈玄论理，扮演思想助产士的角色，他们是任何自择群体中都不可或缺的那种精神导师（guru）。好像只要有杰克、芬恩这类无所事事的流浪汉，就一定会有雨果、戴夫这类古怪的思想者。或者可以说，只要有杰克这样易受影响的个体，就一定会有那种难以捉摸也难以抗拒的思想者，像懵懂的看客遭遇一出奇妙的哑剧表演。那么，什么叫作现实？对杰克来说，现实是那种能够构成吸引力的存在，正如衣帽间的内景对他有特别的吸引力一样。

雨果对杰克说：“你的问题，是你想以同情的态度去理解一切。这是不行的。这事是可遇而不可求的。真理是可遇而不可求的。”

雨果与其说是在谈论真理，不如说是在谈论死亡和美。他是澄澈的思想者，其姿态深深埋没于人海之中，一如钟表匠那种“无言的单纯”。有时你会感到，这个人物身上还真有那么一点维特根斯坦的余韵。

三

《在网下》出版于 1954 年，是爱丽丝·默多克的第一部长篇小说。就创作精神而言，该篇属于法国派，糅合巴黎的左岸文化和存在主义；叙述别具情调，体现那个时代的梦想和不安。

左岸文化需要落拓不羁的文艺青年，需要很多酒水，很多谈论，需要小圈子和聚散无常的男男女女；这些巴黎有，伦敦也有。英语存在主义小说中，《在网下》既不是最早恐怕也不是最具代表性的作品，但是就左岸文化的一般情调和特点而言，它的表现是比较典型的。贝克特的《莫菲》是一部关于自杀的小说，是在非存在的意义上探讨自杀的小说，描绘一面溶解的镜子中的光彩和映像，它的美感和幽默是在一个渊深的本体论层次上显示的。默多克的《在网下》既不涉及自杀的主题，也不涉及精神避难所的主题，它展示的是一种乐观情调的存在主义。它给个体化原则注入活力和生存的兴趣。所谓自杀，也只关乎某种生活信条，诸如稳定的生活等同于自杀之类的信条。像萨特的《理智之年》，它描绘人的境遇、选择和行为，叙述自择群体中的男男女女的纠葛，而小说中有些配角，像躺在桌子底下听人谈话的芬恩，那条上了年纪、名叫"火星"的狼犬，等等，则是存在主义小说中通常见不到的可爱角色。它像一部正常的小说那样充满细枝末节的印象和观察，也像一部有魅力的小说那样使读者心生羡慕和感喟，后者具体说来正是左岸文化所赋予的魅力。

　　说到这一点，必须论及萨特的小说创作。米歇尔·莱蒙在其《法国现代小说史》（徐知免、杨剑译，上海译文出版社1995年）中指出了卡夫卡的叙事对萨特（《恶心》）的影响，包括暗淡的基调、故事性的消失、小说和哲学的结合等等，卡夫卡的影响都显而易见。莱蒙的看法有道理。不过，也不能忽略另一重来源：萨特从德国的现象学和存在论哲学提取精神内核和思想方法，他把这些观念和巴黎左岸文化混合起来，形成其独特的存在主义文学。

　　谈到萨特的文学创作，我们通常会把它们当作是哲学的代用品，或者至少会把纯哲学的东西视为其创作前提，总要先解释一下"存在先于本质"等公式，追溯克尔凯郭尔和胡塞尔这两大来源。不能说这样做不对，但总给人远水救不了近火的印象。因为有一点不可否认，萨特小说中的哲学已呈溶解状了：它不是作为一个过硬的范畴和另一个叫作文学的范畴加以兼容，事情不是这样的；它是时而溶解时而结晶的情绪化合物，是一些多半处在悬置状态的格外令人焦虑又特别富于活力的心结与执念。萨特小说的基调再怎么和世界对立，再怎么晦涩暗淡，也都不是卡夫卡的寓言模式，而是关乎特定的群体和倾向，显示左岸文化的纯艺术和哲学性的一面。海德格尔所谓的"虚无"或"本真的通达"被放在了一个特别具体的环境中，并且被赋予浓郁的波西米亚风味。拉丁区的酒吧咖啡馆，穷诗人的奇行怪谈，风流女子的机智，这些都能展示左岸文化的魅力。即便是《恶心》这样背景设在外省小城的作品，它的咖啡馆哲学的风味也纯然属于巴黎。《理智之年》写巴黎夜总会女郎的步态，说那个女子"走路的样子像是在嚷嚷'我撒尿去喽！我撒尿去喽！'"……此类描写令人莞尔，粗俗而不失俏皮，说明巴黎的风味不只是在于哲学。说实在的，年轻人有谁不喜欢左岸的波西米亚风尚呢？

总之，萨特开辟了一种颇具影响力的创作模式。米歇尔·莱蒙评论说："在法国小说中，《恶心》是巨大山脉的最后一座高峰：这些高耸的山峰就是巴尔扎克、福楼拜、普鲁斯特、萨特。"这个评价实非过誉。当然，名单中如果添上路易－费迪南·塞利纳，就更妥了。

说这些是为了表明，默多克的《在网下》继承萨特衣钵，关键在于如何使20世纪50年代伦敦的部分场景左岸化，如何使青年自择群体在一个物化的世界里动作——用列维纳斯的话说，就是如何使"存在"这个词语动词化。这一点要稍作解释。我们知道，海德格尔的《存在与时间》对萨特等人的启示包含这样一个意蕴：存在不是实体，存在即存在之发生。海德格尔并不认为萨特的哲学和他的哲学是有关系的，但萨特坦言海德格尔的基础存在论令他受益。事物和所有存在的东西是"正在存在的过程之中"的东西，是"担当起存在职责"的东西。这是海德格尔的基础存在论的思想。从叙事学的角度讲，萨特对叙述应该展现"思想意识的现在性"的强调，契合于所谓的存在之"发生"这个观念。

米歇尔·莱蒙谈到萨特小说的叙事特质时指出：

> 老实说，《恶心》之后，作为小说家的萨特，他致力的就是反对用叙述故事的方式来写小说。要知道，所谓"现在"是不确定而复杂的，这期间各种事物正在发生，因此人们无法讲述故事，因为讲述故事则意味着人站在一个高点上，从这里出发，时间就不再是在意识里生活过来的现实，而是为理智的推论所组织起来的故事的某种背景说明，这样，就永远跟大声讲述故事的"我"分开了。

即便是故事性较强的长篇小说，如《理智之年》《在网下》等，基本的叙述也是为了凸显"现在"，"就是注意不把某一事件用于说明接下去的事物；注意不让人一下子懂得并奇迹般地告诉别人，要让人物一点一点地去了解他所见到的事物的意义"。用萨特本人的话说，"小说，就像生活一样，在'现在'展开。……在小说中，什么也没有决定，因为小说中的人物是自由的。一切在我们眼前完成；我们的焦灼、无知和期待都跟书里的主人公相同"。如此说来，小说这种体裁倒是非常适合于存在主义的自由观了。本质上讲，我们不存在一个先验的舒舒服服的上帝视角。但萨特恐怕不算是用小说凸显"现在"的始作俑者。实际上，在司汤达、福楼拜等人的小说中，不确定的复杂的"现在"已经表现得很引人注目了。

讲述"从意识里生活过来的现实"，而非"为理智的推论所组织起来的故事"，这应该就是存在主义小说的一大特质了。想想萨特、贝克特、科塔萨尔、默多克等人的小说，包括受存在主义影响的新小说，阿兰－罗布·格里耶、克洛德·西蒙、娜塔莉·萨洛特（Nathalie Sarraute）等人的作品，确实是这么回事：现在是意识的轴心；过去的记忆及未来的向度并未失去，而是向轴心收缩，绕着轴心旋转。

因此，阅读《在网下》这部小说，不是光看主人公杰克的波西米亚生活方式，还要进入他的意识状态。杰克似乎比左岸青年还要左岸，从一种寄居过渡到另一种寄居，包括前女友的化妆间、前女友的妹妹家、朋友家、情敌家等，显得落拓不羁，实质是在犹豫和混乱中步步为营，没有什么是确定和清晰的。生活场景（事件）纷至沓来，令其意识受到揉搓挤压。或者说，场景就像一连串滚动的烟圈，他像被驱赶的小猎犬，玩杂耍似的从烟圈中不断奔跳过去。《在网下》的场景给读者留下深刻印象，诸如表演哑剧的小剧场、关押狼狗的公寓楼、电影公司骚乱崩塌的摄影棚、烟花之夜的塞纳河畔等；杰克目睹眼前的景象却被阻断了理解的通道，世界便犹如迷宫，显得幽深莫测，不知道这时时刻刻面对的东西是否就成为其未来命运的关键，也不知道走出迷宫的路径是否就等同于所谓的自由之路。

萨特说："你想叫你的人物活起来吗？那你就让他们自由。不需要你去指出特征，更不需要加以说明，……你只要表现出激情和一些无法预料的行为就行。"

大体上讲，这是存在主义文学的创作指南，《莫菲》《瓦特》《跳房子》

139

《万延元年的 football》《晃来晃去的人》《在网下》等篇也都是照此原则去做的。不过，詹姆斯·伍德一定会提出异议，也许他会像马塞尔·阿尔郎那样反驳道："萨特说，因为人物是自由的，所以他才是活的，而我看，因为他是活的，所以他才是自由的。"这是说，如果人物塑造得不好，不够鲜活，你给他（她）自由又有什么用呢？

人们是基于不同的方法和立场在谈论小说，好像谁也说服不了谁。詹姆斯·伍德不是说，英国文学最近这半个多世纪里，只有奈保尔（《毕斯沃斯先生的房子》）和穆丽尔·斯帕克（《简·布罗迪小姐的青春》）塑造了像样的人物，其余皆不足观吗？如果说萨特及其弟子和同路人的小说似乎从来都不接近普通人的真实，那么在表现主观意识和难以预料的行为方面，这些小说又无疑有着独特的真实感和抒情气息，而且颇具一种抵达狂热的主观性才具有的史诗韵味（我想，这是萨特如此崇拜福克纳的缘由）。

我觉得，默多克的《在网下》尚不具备这种狂热的主观性，但它是一部值得品读的小说。它对我们理解第二次世界大战后占优势的"主观现实主义"，尤其是强调"思想意识的现在性"的叙述模式是有帮助的。该篇入选 1998 年美国兰登书屋《当代文库》的百部优秀英文长篇小说，当是实至名归。它虽然没有特别感人的人物塑造，但也不至于像詹姆斯·伍德所说的那样，人物都是提线木偶。篇中的昆廷姐妹（安娜和萨蒂）就写得很有生活气息：这些伦敦的熟女，代表大都市练达的风情，世故灵敏，难以驯服。在库切的自传体小说《青春》中仿佛瞥见过她们的身影——闪现于殖民地青年的小心窥望的视线中。

2021 年

隔离与超生

波拉尼奥《智利之夜》

一

罗贝托·波拉尼奥的小说,专爱写文坛三事:文学评论、文学奖项和文学沙龙。前两者作为小说的取材,作家通常是不喜欢的,因其显而易见的无趣和专业化的归口,而文学沙龙是 18 世纪欧洲文学的宠儿,普鲁斯特之后的小说对它不大有兴趣了。这些波拉尼奥都爱写,借此拓展一个有其独特标志的文学世界。

从取材角度讲,不妨说这是一则经营之道,写人之所未写或不常写。波拉尼奥要承受的不仅是智利文学传统,而且拉丁美洲和欧美的传统都要面对。尤其是博尔赫斯、马尔克斯这两波辉煌的文学爆炸之后,拉丁美洲的任何天才或准天才都像是盛宴的迟来者,感觉有诸多不利:总之,得想办法走出一条路。《2666》(赵德明译,上海人民出版社 2012 年)第一卷的标题是《文学评论家》,以操此种职业的人为小说主角,给人别开生面之感,读者被勾起的好奇心在曲折丰富的叙述中得到满足:这个题材是多么有趣!我们会对波拉尼奥的经营成功表示赞许,在文学的百货店里，他让一些东西靠前并让一些东西退后，因而显示了大师的力量。

就个人经历而言，波拉尼奥的选材也很自然。他和笔下的人物一样，频繁和作家、编辑、评论家打交道，将报刊的文学奖金视为一项收入来源。《地球上最后的夜晚》收录的短篇，诗人和文学青年进进出出的那些短篇，感觉是在写他自己的经历：在流动图书馆完成自学，靠有一搭没一搭的稿费和奖金糊口，在文人聚堆的地方没完没了地饮酒闲扯……

访谈和自述生平的散文（有一篇写他如何在书店偷书）所刻画的波拉尼奥，直言无忌，落拓不羁，他的魅力是来自流浪汉和学院派的混合。他阅读的广博令人惊叹，而且他喜爱文学评论。拉美大师级作家如此倾心于评论毕竟不多见。由于马尔克斯对评论家众所周知的嘲讽（惹得一帮小作家跟着瞎起哄），对比就更鲜明了。《2666》致敬大批评家乔治·斯坦纳和哈罗德·布鲁姆，而且在此书第二卷《阿玛尔菲塔诺》中塑造了一个怪异的文学教授，他在墨西哥沙漠之城的一所大学任教，老婆跟别人跑了。这个故事感人的色调（或者不如说，这个故事瘆人的荒凉）让读者难以忘怀。阿玛尔菲塔诺教授是个失败者，他的生活只剩下了爱和怪癖。而我们会说，塑造了阿玛尔菲塔诺的作家是一个真正有教养的作家。

波拉尼奥声称："基本上，我对西方文学感兴趣，而且对全部作品都相当熟悉。"他承认自己的阅读胃口，并且不失时机地表达博尔赫斯式的存在观："以这样或那样的方式，我们停泊在某本书中。"他还在访谈中作惊人之语：搞文学评论比搞文学创作更有意思。"事实就是——阅读往往比写作更重要！"这位年轻时在书店偷书的作家如是说。

一个由书籍构筑的文学乌托邦，时而听任现实世界的不理想因素的渗漏。这是波拉尼奥习用的创作主题。除了《2666》等篇，出版于2000年的《智利之夜》（徐泉译，上海人民出版社2018年）就表达了这个主题。如上所说的关于取材的几个特点，在《智利之夜》中也都具备。

二

《智利之夜》的故事从文学评论开始。小说主角，一个姓拉克鲁瓦的年轻神父，拜访智利著名文学评论家费尔韦尔，希望向后者学习评论写作。"在这个世界上没有什么能比想要阅读，随后用优美的散文语句大声抒发自己的阅读心得这一愿望更加令人感到满足。"拉克鲁瓦神父羞怯地说道。

老前辈颔首赞许，正色告诫道：这条路不好走，年轻人……在这个"野蛮人的国度"，在这个"庄园主掌控的国家"，"文学是异数"，你以为你懂得阅读就会得到赞赏了？

费尔韦尔还说："一切都会被埋没，时光将吞噬一切，但最先被吞噬的就是智利人。"

可想而知，费尔韦尔的警世危言将不谙世故的年轻人吓得不轻，但后者仍有足够的悟性领会到，在这个"野蛮人的国度"里，文学有其存在的理由。文学是异数并不等于文学不算数。费尔韦尔本人就是榜样和证明。形象高大的费尔韦尔同时扮演普罗米修斯、该隐、夏娃和蛇，一个从专制之神那里解放出来的象征。

《智利之夜》展开的是主人公弥留之际的生平回顾，第一人称自述，故事的年代可以从叙述者中年经历了皮诺切特军事政变等大事件来测定，亦即 20 世纪 60—70 年代，智利的多事之秋。这个国家也在享受文学上的蜜月期，聂鲁达继米斯特拉尔后再度获得诺贝尔文学奖（1971年）。小说开篇聂鲁达光临费尔韦尔的文学沙龙，谈论《神曲》。因此不能凭费尔韦尔的警世危言就得出结论，以为那是一片文化上光秃秃的不毛之地。从广延的维度看，是不毛之地——文盲太多了嘛，惹得该篇叙事人大声疾呼："再多一点文化！再多一点文化！看在上帝的份上。"但从局部范围看，首都圣地亚哥城郊别墅的文学沙龙却不乏奇遇和惊喜，证明荆棘丛中照样有玫瑰怒放。拉克鲁瓦神父不是被教会派到欧洲去考察教堂吗？他不是给皮诺切特将军及其幕僚授课，讲解马克思主义原理吗？费尔韦尔的文学沙龙之后不是又有玛利亚·卡纳莱斯的沙龙吗？拉克鲁瓦神父悲叹的并不是一般意义上的文化缺失，而一种特定理念的缺失。换言之，这些人是乡土背景的世界主义者，比普通民众更容易看到文化的贫瘠和落差，也更容易感受到蒙昧主义的阴影。

从文化意识形态的角度讲，《智利之夜》应该和何塞·多诺索（José Donoso）的《"爆炸文学"亲历记》《淫秽的夜鸟》、马尔克斯的《百年孤独》《族长的秋天》、科塔萨尔的《跳房子》以及富恩特斯的《最明净的地区》等著作放在一起看。这部小说并未显示波拉尼奥和前辈作家的区别，尽管他发起"现实以下主义"运动，特别注意不和魔幻现实主义或"文学爆炸"沾亲带故。故事的年代和氛围是相似的。人文主义者的困境和孤独的感受是相似的。《"爆炸文学"亲历记》中讲到的"文化孤儿"，《百年孤独》或《跳房子》中显得与世隔绝的读书小组，在《智利之夜》中一样有所呈现；那种彷徨迷闷之情，相比之下丝毫不减其重浊。对拉克鲁瓦神父来说，"文化"是"人文主义"的同义词，他呼吁"再多一点文化"，就是指在人文主义总体欠缺的地方要求人文主义。

对故事背景和作者生平稍有了解的读者或许会觉得，这部涉及皮诺切特政变的小说好像文气了点。拉克鲁瓦神父的自白是内向的，把我们带入时而清醒时而谵妄的内心世界。作者曾参加抵制皮诺切特政变的活动，为圣地亚哥的一个平民共产主义组织站岗放哨，被捕入狱后奇迹般地逃脱，这段经历虽有人表示存疑，作为素材却有利用价值。然而读者看到的是和库切的《铁器时代》相近的一种处理：硝烟和战斗只在迷雾中隐隐透露，主人公是一个严肃的文学知识分子，和时代保持距离，像是悬挂在晦昧的虚空中。

也就是说，它写的是有关隔离的主题。在主人公的意识形态化的自述中，其显著的表征便是道德、精神、思想的自我隔离。拉克鲁瓦神父的观点，和费尔韦尔当年的警世危言如出一辙。他说，"在这个被上帝之手遗弃了的国家里，只有极少数人是真正有文化的。其余的人什么都不懂"，"文学就是如此被创作的——至少是因为我们为了避免跌入垃圾堆里，我们才称其为文学"。他说，他脑袋里存放着"如今已经死去了的诗人们"，"由于遗忘必将到来，他们在我的头颅里，为他们的名字，为他们那用黑色马粪纸剪出来的侧影，为他们那些被摧毁的作品，建起卑微的墓穴"……

暴力、死亡、孤独、摧毁和遗忘，这些是诗人兼评论家的神父基于现实的感受；只有拿人文主义遗产的每一寸珍贵的思想来衡量，这些苦难才能显现出来，处在主观却真实的透视之中，并且有必要一再被记录和书写。我们看到，从专制之神那里解放出来的普罗米修斯、该隐、夏娃和蛇，从象征的层面上讲，仍然是在利维坦的阴影中打转儿，不得不又进入国族寓言的罗网，套上象征宿命的紧箍咒——要被灼热的蓝天笼罩，被荒凉的沙漠包围。

三

有两种说法与我们的论题有关，不妨在此转引一下。

其一是来自《波拉尼奥：最后的访谈》（普照译，中信出版集团2019年）。波拉尼奥在访谈中指出，"严格说来，我们没有几位作家形成了幻想主义风格——可能就没有一位，因为排除其他一些原因，只要经济欠发达就难容亚类型发展。欠发达的经济只容得下宏大的文学作品。较小的作品，在这单调乏味或末世预言似的背景下，是难以企及的奢侈"。他认为，"只有阿根廷和墨西哥时而成功逃离这一命定的文学传统"。也就是说，国族寓言的宏大叙事是拉美作家在20世纪（及21世纪的一段时间里）进行模仿和抵制的主要通道，而像《福尔摩斯探案集》《化身博士》这种亚类型或阿兰－傅尼埃的《大莫纳》这类小珍品则几乎显得无从谈起，因为缺乏相应的土壤。

波拉尼奥的说法，部分说明了《智利之夜》的来源和属性，这部中译不过10万字的长篇小说，显示了拉美文学习见的意识形态化的叙述。不管作者是否真的想从这种定式中逃脱出来，不管他多么喜欢或多么希望尝试亚类型的创作，他写的"侦探小说"多半也是混合变种或是隐喻意义上的类型，如《荒野侦探》等。作者本人对此有清醒的认识。

另一个说法来自克里斯托弗·希钦斯（Christopher Hitchens）的《致一位"愤青"的信》（苏晓军译，上海人民出版社2005年），说的是异议作家的悲观主义问题。谈到切斯瓦夫·米沃什和米兰·昆德拉的著作（《被禁锢的头脑》《笑忘书》等），希钦斯表示敬佩，但不赞同这两位东欧作家的思想基调，他们把东欧的"可怕现状说成是永久的、不可挽回的"，而他认为这种对悲观主义的使用可能是有些过度了。希钦斯补充说："我希望我并没有误解存在于他们著作中的那种斯多葛哲学本质；有时候，这项事业好像是无望的，但他们却不肯放弃"；"面对这种极度困难的局面，有一种方法就是尽可能做到无情，把所有的希望都当成幻觉对待"；"对于那些面临着长期退却和一系列失败的人来说，悲观主义可以说是一种盟友"；云云。

这段阐述几乎可以一字不漏地移用到小说叙事人拉克鲁瓦神父身上，说明《智利之夜》中的隔离的主题本质上是悲观主义的。希钦斯对悲观主义的效用还作了一个形象化的阐释："就像有些美国印第安人也发现的那样，呈现最阴暗、最赤裸裸的画面往往具有调动情感和智慧这种荒谬的效果。"这一点也是小说留给我们的印象。在沙龙主持人玛利亚·卡纳莱斯家的地下室里，迷路的客人撞见一个被绑在金属床上的伤痕累累的政治犯。这个场景的惊悚让人起鸡皮疙瘩。还有描写皮诺切特将军戴着墨镜听课的那几个段落，内景阴森可疑，给人前途莫测之感。确实，这些是小说中令人增长见识的迷人画面。然而，叙事人水深火热，却无力解决什么问题，也得不到安慰和解脱；他只是站成一个姿态，表达其噩梦般的痛苦和认知，仿佛在说："我站在这里，我只能这样做了。"

希钦斯的批评在某种意义上讲是有道理的。历史的发展证明有些状况似乎不是永久而无可挽回的，因此对悲观主义的使用好像应该有所节制，而不宜用末日预言式的语调反复涂抹，"把所有的希望都当成幻觉对待"。仔细阅读《智利之夜》会发现，这正是拉克鲁瓦神父的自我聆听的声音，是他的自我分裂的对话中出现的一个思想。小说中反复提及的那个"业已衰老的年轻人"是叙事人的另一个自我；神父背负着"业已衰老的年轻人"，正如圣克里斯托弗背负小孩过河。只不过，那个小孩代表着一种纯精神的非历史化的意识，一种不合作的否定，一份纯全的良知，故而以衰老的孩子的面目出现。叙事人在临终之际说道：

> 从很久之前开始，那个业已衰老的年轻人就保持着沉默。他现在不再对我出言不逊，也不对那些作家大放厥词。这有解决方案吗？在智利就是这样创作文学的，就是这样创作伟大的西方文学的。把这一点强加到你的脑袋里去，我对他说。那个业已衰老的年轻人，他残存的那部分躯壳，动了动嘴唇，发出了一声无法被听清楚的"不"。我的精神力量已经阻止了他。或许历史就是这样的。孤身对抗历史是没法做成什么的。那个业已衰老的年轻人总是独自一人，而我则一直跟随着历史。

那个"业已衰老的年轻人"并非总是独自一人，而"我"也未必一直跟随着历史。这里我们看到的，读到的，听到的，不外乎是神父的隔离状态的抑郁，时而是颤抖的良知发出的声音，时而是复杂的抗辩展示的无奈。波拉尼奥谈到幻想主义和亚类型的拉美文学难以发育，自然是在重述这种宿命般的隔离状态的抑郁，而希钦斯恐怕没有认识到，那种历史的死胡同里回荡着的悲观主义可能是对暴力和死亡的最文雅的叙述了，正如卡夫卡和贝克特、昆德拉和米沃什，因为此后就连悲观主义都怕是不再时兴，而暴力和死亡则不会少掉一分一毫，这一点是毫无疑问的。

四

《智利之夜》中译本扉页有一幅超现实主义风格的摄影图片，呈现月光下火山岩隔离墙，死火山尖顶和层叠的山城，哨兵般伫立的羊驼，孤零零的十字架和一棵树，等等；图片中央上方有一只人工猫眼，赋予画面诡谲的气息。这种半明半暗的墓园情调，可能是在隐喻精神的隔离，也可能是在隐喻精神的超生；究竟是意味着死亡还是超度，这要取决于语言对历史境况的描述所采用的距离，以及此种描述能够抵达的疆域。

波拉尼奥自称是现实主义作家，这个问题需要一点解释；要界定他"是"还是"否"，这等于是界定坟场气息的果戈理小说是不是现实主义，《堂吉诃德》是不是现实主义。就对历史境况的审视而言，他毫无疑问是的，《智利之夜》表达了尖刻的讽刺和过人的担当；但是鉴于文本的编织方式，还是这样说比较稳妥：这是带有现代主义风格的现实主义，是有后现代小说特点的现实主义。

《智利之夜》具有后现代元小说的特点，真伪杂糅，文字游戏，插曲式叙事，混淆恐怖与滑稽的界限，等等。真伪参半的游戏在开篇的叙述中就暴露出来：聂鲁达之类的文化名人进入小说，而该篇主要角色、"智利最伟大的文学评论家"费尔韦尔则查无此人。中译本第 004 页的脚注说：

> 据查证，智利文学史上并不存在一位名叫贡萨雷斯·拉玛卡（后文会提到）、笔名为费尔韦尔（Farewell）的著名文学评论家，这极可能是作者杜撰的人物，尽管在本书中出现了其他为数众多的真实历史人物。不过"费尔韦尔"这一笔名，恰是书中频繁出现的智利诗人聂鲁达的一首著名诗歌的标题。这个细节很可能是作者刻意为之。

我们看到，费尔韦尔的庄园别墅的名字（"在那里"）是和法国作家于斯曼的一部小说的标题有关。费尔韦尔给拉克鲁瓦神父上了一堂中世纪欧洲文学课，谈起13世纪意大利行吟诗人索尔德罗，他也是《神曲》中的人物。篇中提到文艺复兴时期画家朱塞佩·阿琴波尔多，让人想到《2666》的主角阿琴波尔迪这个名字的由来。如此等等，不一而足。中译本第171页，正文"一个索尔德罗都没有，……一个圭多都没有"中的"圭多"，当指圭多·卡瓦尔坎蒂（Guido Cavalcanti），但丁的老师（和索尔德罗有过同一个情人），中译本脚注不正确。

读波拉尼奥的小说，经常让人觉得是在上文学课。总是出现一些名字冷僻的作家和画家。欧美死去和活着的诗人、学者和艺术家进进出出，煞是热闹。一个典故编织的文本（中译本尾注的简介就有九页），其真伪杂糅的文本编码方式是后现代小说的做法。当然你可以说，这也是向塞万提斯传统的回归。元叙述游戏本来就是西语文学的一笔遗产，《堂吉诃德》的创作在后现代叙述中更加能够突显出来。不过，从波拉尼奥偏爱的文学启蒙教育模式（英国批评家称之为"启蒙说教主义"）来看，他试图呈现的既不是后现代的断裂，也不是后殖民的自治，而是对启蒙的一种回溯和衔接，在空想（乌托邦）的意义上。该篇叙事人倡导"在智利创作伟大的西方文学"，也是在表达这种衔接的意图。这一点需要加以分辨。换言之，《智利之夜》的创作无法和欧洲文学传统分割开来。其语言编码的方式（包括典故的征引）实际上是在突显这种不可分割的联系。

以索尔德罗的典故为例。费尔韦尔讲到的这个人，出现在《神曲·炼狱篇》（黄国彬译，外语教学与研究出版社2009年）第六章，就是那个"像一头狮子俯卧着旁观"的鬼魂，听说维吉尔是曼图亚人，就一跃来到他身边——

> 说："曼图亚人哪，我是索尔德罗，
>
> 跟你同乡！"说时把维吉尔搂住
>
> 啊，遭奴役的意大利——那愁苦之所，
>
> 没有舵手的船只受袭于大风暴，
>
> 你不是各省的公主，是娼妓窝！
>
> 那位高尚的灵魂，只因为听到
>
> 自己故城的美名，就这样急切
>
> 立即在那里欢迎同乡的文豪。

但丁把索尔德罗塑造为爱国之心的象征。传记作家说此人是"美男子，优秀的歌唱家，优秀的行吟诗人，伟大的情人"。田德望译本（人民文学出版社 2002 年）有较详细的注释，其中一段说：

> 他的诗都是用普罗旺斯语写的，其中最著名的一首是 1236 年的《哀悼卜拉卡茨先生之死》（"Compianto in mòrte di ser Blacatz"）。诗中指名责备当代的君主神圣罗马皇帝腓特烈二世以及法国国王、阿拉冈国王等人的软弱无能，邀请他们分食卜拉卡茨的心，以摄取他的勇气和魄力。

费尔韦尔勾引年轻的神父时鼓励说："索尔德罗，他毫无恐惧，从不害怕，无所畏惧！"还有"食人宴的邀请""尝尝布拉卡兹的心脏"等句子，从这段注释中可以找到出处。此外，聂鲁达询问和索尔德罗相关的《神曲》段落，费尔韦尔作答，但小说未交代是哪几句。应该就是上面摘引的那一节，其中"啊，遭奴役的意大利……"三行诗，经常被引用。小说这段插曲占了五页（中译本），主要有两个意思：一是召唤魄力和勇气；一是戏谑诗人聂鲁达，连索尔德罗这个典故都不知道（"索尔德罗，哪个索尔德罗？"变成贯穿全篇的一句顺口溜），顺便告诫年轻的神父，写诗的没学问就这样子，你搞评论应该多看点书哦。

逐字逐句解释典故未免有点冗赘。不了解其含义则难以读得通透。我们确实应该停下来思考文本编织的动机。作者不会无缘无故为一个典故花去五个页码。小说的引用往往会机智地歪曲典故的原意，但也会唤起对原意的关注。不要忘记，索尔德罗的指责纯然是政治性的，但丁的诗句也是政治性的；那么，《智利之夜》使用索尔德罗的典故所包含的这种影射难道可以排除吗？此外，费尔韦尔和拉克鲁瓦神父的关系是不是有点像维吉尔和但丁的关系？你会说，这种联想未免有些牵强，维吉尔可不会色迷迷地把手搭在但丁的腰部。是的，充其量这是一种歪斜的对应关系的释读。可既然乔伊斯的《尤利西斯》能在适度歪曲的意义上对应《荷马史诗》，为什么波拉尼奥的小说不可以这么做？

《智利之夜》和《神曲》的关联不限于上述所言。小说对教堂庭院里盘旋下降的猎鹰的描绘，可以在《地狱篇》第十七章找到对应。从《地狱篇》《炼狱篇》的色调和氛围去感受《智利之夜》，我们会意识到后者通篇都是在用一种相仿的浓缩和加压，用《神曲》开篇所确立的基调——梦醒的愁惨幻象——讲述主人公的生活历程。换言之，活人的世界被无边的死亡包围；活着的叙事人像是在一个死后出现的世界游荡，不管其所见的事物何等多姿多彩，都像是蒙蒙然隔着一层烟雾而近乎单色调了。我们会想，《佩德罗·巴拉莫》不正是如此吗？一种斩去了《天堂篇》的《神曲》式处理，呈现死亡和隔离的状态。"隔离"正是《神曲》带来的一个传统主题；在但丁的继承人果戈理、波德莱尔、贝克特、胡安·鲁尔福等人手上，我们看到这个主题被突显出来，被刻意模仿和构造，并且被反复加以体验。

从哲学上讲，隔离是源于对主体性的强调，是对主体性权利的一种伸张，突显主客体的分裂或对立。它将道德的灵魂建筑在纯真的倾向上，因此总是意味着乡愿的反面，抵制庸俗主义、妥协主义、折中主义和苟安主义。它的存在是放逐，表现为一系列激烈的讽刺和怨诉，像是对此岸世界的摇撼。大致说来，波拉尼奥对历史境况的描述是基于文化意识形态批判和自我放逐的前提，因此从理论上讲，这种描述将经历一个类似于《神曲》的内在生成机制，即从隔离的孤独、死亡而抵达纯真的破裂或超生。但事实上，它不会有但丁式的垂直攀升，而是在冥河附近往返追溯，构成叙述的循环（由一个极长的段落和一个单句构成的循环），仿佛执意要从死亡和隔离中汲取能量。

拉克鲁瓦神父像波德莱尔笔下的那只天鹅，"动作痴呆，/仿佛又可笑又崇高的流亡者，/被无限的希望噬咬！"（郭宏安译）。他临终的自白有时也像贝克特的叙述："我只看到了我的书册，我的卧室的墙壁，一扇介于昏暗和明亮之间的窗户。"而他看见幻象的方式最像但丁——"逐渐地，真相像一具尸体一样上升。一具从大海的深处，或是从悬崖的深处升起来的尸体。我看到了它上升的影子。它摇晃着影子。它那仿佛是从一个已经化石化的星球的山丘上升起来的影子……"

叙述容纳磅礴的幻象，因为它试图抵达无限。如我们在《2666》中看到，透视历史境况的目光可以如此冷峻深远（一个来自2666年的注视）；一种无边的现实主义；其创作的视野和规模迄今还不能被我们充

153

分理解。相比之下,《智利之夜》是一个小长篇,其插曲式叙事(鞋匠的故事和画家的故事)虽有塞万提斯那种"硬语盘空、截断众流"的力量,可规模毕竟小得多。但是不要忘记,波拉尼奥对这个星球的讲述,他那种末世预言式的景观,正是从这个小规模地压缩和膨胀的隔离状态中产生的。

2021 年

辑　三

寻找荷马史诗

《H 档案》代译序

一

伊斯梅尔·卡达莱创作于 1990 年的小说《H 档案》（文敏译，浙江文艺出版社 2015 年），讲述在纽约定居的两位爱尔兰人，漂洋过海到阿尔巴尼亚寻找荷马史诗的踪迹。他们自称"民俗学家"，携带着刚发明的带式录音机，试图搜集古代英雄史诗的残存，在此基础上破解荷马创作之谜。这件事听起来有点不靠谱，两个人一无经费，二无专业研究背景，靠在电台里偶然听闻的一点知识，就想在荷马研究领域作出划时代发现。要知道，古典学的三大主题，荷马、基督和莎士比亚，迷雾重重，歧见迭出，其争吵之激烈，说是在进行"血腥的学术战争"，丝毫不为过，这里头岂有门外汉置喙的余地？但小说的两位主角，具备门外汉才有的莽撞勇气，踏入阿尔巴尼亚北部山区，开始艰难的发现之旅。

乔治·斯坦纳写于 1962 年的文章《荷马与学者们》（见《语言与沉默》，李小均译，上海人民出版社 2013 年）谈到这个现象，像是在为《H 档案》中那种堂吉诃德式的举动辩护："在文学和历史评论的三大经典谜团中，正是局外人做出了最杰出、意义最重大的发现。"诸如特洛伊古城的发掘、米诺斯经卷的破译、死海古卷的释义等，哪一桩不是局外人做出的业绩？这是一群"成分混杂的业余爱好者、神秘主义者和受直觉支配的怪人"，追随古典学"庞大的学术舰队"探测未知领域。

伊斯梅尔·卡达莱的小说，单凭这个题材就可以说是吸引人的。披上人类学或古典学面具的学术之谜，成了《达·芬奇密码》这类畅销小说的卖点，自然也可以成为一部讽喻小说的叙述动机。《H档案》的"H"是"荷马"（Homer）的英文首字母缩写。透过近三千年时空，那位"盲诗人"的阴魂或许终将再现，小说里的主角这样认为。

荷马是否实有其人，这是荷马研究的一个热点，几乎每一篇探讨荷马的文章都要涉及，关乎史诗的创作、编纂、保存、传播等一系列颇具争议的问题。究竟谁是荷马？这个问题让不少人耗去毕生心血。古希腊人相信荷马确有其人，从古希腊全盛期之前到公元前5世纪，他们认定荷马的出生地是在小亚细亚海岸名叫开俄斯的岛上。公元前5世纪的历史学家希罗多德声称荷马与他相隔400年。柏拉图对荷马表示了不满，他读到的两部史诗的文字本，不管是由雅典执政官梭伦还是由雅典独裁者庇西特拉图下令编订的，固定的文字抄本都已成为尊崇的对象，而柏拉图质疑的是史诗的"有害影响"，倒不是荷马本人的存在和归属问题。亚里士多德的《诗学》将荷马史诗定于一尊，只谈美学评价，不涉及考证问题。大约从17世纪末起，人们就史诗的形成及历史上是否真有荷马其人等问题发生激烈争论。这前后的变化可用"古代派"和"现代派"区分。"古代派"倾向于作者一元论，"现代派"倾向于作者多元论。乔治·斯坦纳的文章对"现代派"的观点作了一番梳理，有感于荷马研究"每隔十年都会出现新论"，各种各样的发现"充满了激情和狂热信念"，尤其是在我们这个"后弗洛伊德时代，文学创作被看成是极其复杂的行为"，"19世纪编辑者看成是文字脱漏或穿插的地方，我们往往认为是诗性想象的迂回或特殊逻辑"，这与"古代派"的认识是有区别的。

实际上，古代语言学家对史诗的形成问题也早有争论。乔治·斯坦纳的文章没有提到的一个重要人物是维柯，后者在其《新科学》（朱光潜译，人民文学出版社1986年）一书中就谈到古代语言学家的争议，并做出了他自己的考证和结论。维柯认为："创作《奥德赛》的荷马和创作《伊利亚特》的荷马并非同一个人"；"荷马的故乡在哪里是无人知道的"，"就连荷马的年代也是无从知道的"；"荷马也许只是人民中的一个人"，"荷马不曾用文字写下任何一篇诗"；"用荷马史诗来说书的人，……他们都是些村俗汉，每人凭记忆保存了荷马史诗中的某一部分"。

正如丹尼尔·J. 布尔斯廷（Daniel J. Boorstin）在《创造者》（汤永宽等译，上海译文出版社1998年）一书中所说，古希腊三大悲剧家的作品大半散佚，而年代更为久远的荷马史诗却独独保存下来，不能不说是一个奇迹，而这是如何做到的呢？首先，特洛伊战争发生在公元前12世纪早期，荷马史诗形成于公元前8世纪，久远的历史记忆穿越四百年时空，这只能是凭借集体口述的方式才能做到。其次，被称为线性文字B的迈锡尼古语，于公元前13世纪从希腊本土消失，500年后（大约在公元前8世纪左右），希腊人在本国语言的拼写中采用腓尼基字母，才重新有了书写文字，史诗正是在这一段没有书面文字的时期形成的，因此必然是一种口述创作。从以上两点看，史诗"是一个没有文字的时代游吟诗人集体记忆的产物"，这应该是没有疑问。只是游吟诗人的集体记忆如何铸成结构缜密、品质卓越的经典，这一层关系似仍有待于破解。

20世纪荷马研究最可观的两大发现，分别是由业余爱好者做出的。一是擅长密码学的英国建筑师迈克尔·文特里斯（Michael Ventris），他破解了神秘的线性文字B，让史前迁徙者带到希腊的语言变得依稀可辨。二是美国青年学者米尔曼·佩里（Milman Parry），此人深入南斯拉夫山区，亲耳聆听游吟诗人的吟诵，取得了非同寻常的研究成果。通常的看法是，这两个人在20世纪前期所作的探索，比过去两千年的荷马研究带来更多发现，可惜他们都英年早逝，未能在相关领域搭建起更坚固的桥梁。所谓的线性文字A也要留待另一个迈克尔·文特里斯去破解了。不管怎么说，谈到史诗口述传统的问题，人们比从前倒是更有信心，而这一点要归功于米尔曼·佩里的发现。

相关文献介绍说，南斯拉夫不识字的牧羊人坐在录音机前即兴吟诵英雄史诗，多取材于传统史诗主题，诸如宙斯的许诺、阿喀琉斯的愤怒、赫克托耳尸体赎回、海伦被帕里斯拐走等。他们反复使用这类情节，并通过听众喜闻乐见的诗歌习语加以联结，诸如"黎明玫瑰色的手指""有猫头鹰般眼睛的雅典娜""攻城拔寨的阿喀琉斯"等，这些是从传统节目单上就熟悉的。米尔曼·佩里发现，南斯拉夫牧羊人不就是在做荷马做过的事吗？《伊利亚特》头25行诗中有25个这种长短不一的习语套词。《伊利亚特》和《奥德赛》足有三分之一篇幅是由反复出现的诗行构成。现代读者看作是文学俗套，而它们是口述史诗的黏合剂。这些符合荷马诗韵的固定词句，给游吟诗人选唱下一段情节以喘息之机。佩里还发现，那些人每一次吟诵都有新的即兴创作，也许是受到天神启示，也许只是为了迎合听众，总之他们并未固守脚本，而是进行自由发挥，让史诗主题在固守程式和即兴创作的过程中得以维系。佩里和维柯的说法较为一致，所谓荷马只是众多游吟诗人中的一员，幸运之处在于，"某位精通新的写作艺术之人在纸草上机智地写下了这个杰出的游吟诗人演绎的几个传统主题"。究竟谁是荷马或许已经不太重要，事实上也无从考证。借助南斯拉夫边远地区的文化遗存，史诗的创作机制似乎以前所未有的清晰度逼近我们的观察。

毫无疑问，伊斯梅尔·卡达莱这部小说，讲述两个门外汉异想天开寻找荷马史诗的故事，其灵感是源于米尔曼·佩里的事迹。小说贯穿的情节线大体是按照这段逸事编织的。身为阿尔巴尼亚作家，卡达莱的目光显然被那个饶有意趣的现象吸引，"阿尔巴尼亚北部山区，延伸至南斯拉夫西南部黑山和波斯尼亚部分地区，仍在产生类似荷马史诗的诗歌素材，熔铸史诗的最后遗存"，这是多么吸引人的"寻根派"题材。他创作于1980年的小说《梦幻宫殿》（高兴译，重庆出版社2009年），也写到阿尔巴尼亚的家族史诗，"像月亮的背面那样神秘、陌生"，标示着"厄运"和"死者的影子"。古典学学者、民俗学家和文学批评家煞费苦心的探索，在小说家笔下被赋予某种"诗性想象的迂回或特殊逻辑"，这是卡达莱的创作给荷马研究注入的一点趣味。《H档案》对荷马创作机制的观察，不可能超越米尔曼·佩里的研究。它让我们体验到的是艺术的想象及陌生化效应，不乏奇情异彩，确也显示"后弗洛伊德时代"的一种书写方式。将古典神话置于现代语境，在坚固的学术壁垒上撬开一道缝隙，欲以窥见"盲诗人"再现的一缕阴魂，这正是小说家的权力。

二

《H档案》不长的篇幅嵌入多层主题，显得迂曲而敏感。除了寻找荷马史诗这个主题，还有作家关注的巴尔干半岛政治和巴尔干地区民族矛盾等主题。这些主题的紧密编织，反映其创作植根的土壤和深层次背景。

伊斯梅尔·卡达莱于 1936 年出生在阿尔巴尼亚山城吉罗卡斯特，就读于地拉那大学，曾在莫斯科高尔基世界文学研究所进修。《梦幻宫殿》的译者介绍说："他的《群山为何而沉思默想》和《山鹰高高飞翔》等长诗曾获得过恩维尔·霍查的赞扬。可见，他曾是一位多么风光的'党和人民的诗人'。"

他的历程和东欧作家米兰·昆德拉、诺曼·马内阿等人较为相似，曾以诗人的激情拥抱革命，经历了世界观和审美意识的转型，陷入"萨米亚特"（非正统意识形态出版物）式的写作，进入孤独的流亡状态。他的前半生主要是在恩维尔·霍查的阿尔巴尼亚度过。为获得创作自由，他于 1990 年移居法国。他用法语创作的小说《金字塔》（1992 年），以公元前 2600 年的埃及为背景，讽刺了霍查对雕像的迷恋。这位作家的题材相当开阔，诸如苏丹奥斯曼帝国（《梦幻宫殿》）、索古一世的阿尔巴尼亚君主国（《H 档案》）、法老时代的埃及王国（《金字塔》）等，足见其想象力之活跃，而他处理题材的方式，则显示对极权的持续关注和兴趣。早年诗歌描绘的那只"山鹰"似乎并未离开故土，而是在那儿飞翔盘旋，啄食记忆的腐尸。

作为一名讽喻作家，他的创作根植于自身的经历和文化土壤，也显示一种观察的距离。对卡达莱这样的作家而言，流亡者与其故土之间的关系，仍取决于讽喻的视线与其对象之间的距离。这种距离是必要的，出于对语言和美学范式的自觉，在流亡前就已形成，在流亡后也仍将保持。可以说，讽喻是一种距离的美学。它所制造的与其说是愤激的悲剧，毋宁说是谐谑的喜剧，或者说是某种类型的轻妙的悲喜剧。

《H档案》是一部讽喻小说，将类似于"寻根派"的主题和政治讽喻的主题联系起来，带有轻快的戏谑色彩。两位寻找荷马史诗的外国人，初来乍到就被当作间谍，受到严密监控。从职业密探、车站搬运工到宾馆经理，都要汇报监视情况。身为本地最高行政长官的总督还抱怨道："那两个外国人为什么要选择N城这一带从事他们那些令人费解的名堂？"总督的这句话像喜剧台词，暴露了角色的荒谬。作为极权统治的代理人，总督与其属下一样，不过是颟顸自负的官僚机器上的一个部件，除了执行上级指令，对事实真相几乎一无所知。我们不禁要问，总督对其辖地上的山民歌手和文化遗存难道如此无知，从未听说有关荷马史诗的传言？小说在这个方面的描写虽有些夸张，却也道出了官僚体系的某种本质：一群文化上的"村俗汉"，恐惧外部世界，习惯于把外来者当作是危险的间谍和颠覆分子。而总督夫人则是另一种"村俗"类型，抱怨外省封闭乏味，对来自文明世界的访客怀有想入非非的欲望。两位"民俗学家"的探险之旅，便是在这样一个现实背景中展开，出现了荒唐的误解和错位，使得荷马史诗这个主题染上令人啼笑皆非的喜剧色彩。

这个叙事模式打上果戈理的外省喜剧的烙印：外来者闯入一个封闭的社会，引发一连串闹剧式的荒唐无稽的反应。《H档案》中的N城，犹如《死魂灵》中的NN城，一个微型的外省世界，连头面人物的晚宴和聚会也如出一辙。卡达莱对这个模式的提炼颇有心得，正如布尔加科夫、诺曼·马内阿等人的创作。他们从果戈理的"史诗"剥取喜剧的独特形制，在讽刺性的忧郁中培植幻觉和笑料，其美学上的关联也是基于某种社会意识形态的同构性，在较长一个历史时期，这片土壤的政治文化给讽刺小说提供了素材和灵感。虽说巴尔干半岛不同于东欧，极权主义程度也不完全相同（按照南斯拉夫学者米哈耶罗·米哈耶罗夫的说法，阿尔巴尼亚的"极权主义专制的程度甚至超过了苏联"），标志极权的社会特征及其文化禁锢的力量却非常相似。《H档案》的故事时间是1933年，属于"鸟国王"（索古一世）统治时期，读来也不觉得隔膜。好像历史并无明显区分，那些笑料和闹剧是在同一具腐尸上繁殖出来的。

《H档案》让人看到对果戈理模式的继承、改造及后现代式处理。讽刺无疑是辛辣的，线条相对粗一些。叙述多以蒙太奇式的剪接完成，有自己的特点。例如，二十四小时的全天候监控，在文本中形成密探即叙事者的视角，写法较灵活。不过两个外国人和N城的关系毕竟是不紧密的，因此可以看到，外来者和封闭社会之间的喜剧式互动并未构成叙事的主线（其主导动机还是寻找荷马史诗），而当荷马史诗的主题逐渐占据首位时，喜剧性动机减弱，故事场景转移到了野牛客栈，原有的框架似乎出现松懈。作者的解决办法是在叙述中又揳入一个主题，即"史诗的双语或双生现象"，将巴尔干半岛的民族矛盾导入。应该说，这个派生的主题并未造成游离，实质是加强了戏剧性冲突。隐修士费罗克带人袭击客栈，所有设备都被捣毁（尤其是那台录音机），这是故事高潮，寻找荷马史诗的主线就在这儿打了个结。讽喻性喜剧变成了一出悲喜剧。

情节的构想是机智的。这部篇幅不长的小说能否消化那么多主题，或许另当别论。所谓"史诗的双语或双生现象"，不仅涉及塞尔维亚人和阿尔巴尼亚人的族群矛盾，而且还包含"伊利里亚的族源"或"阿尔巴尼亚人文起源"的命题，内涵较复杂。米尔曼·佩里的调查也许有阙漏，未能顾及"希腊－伊利里亚－阿尔巴尼亚叙事的原初构架"，小说作者对此加以补充，试图展示阿尔巴尼亚文化的存在及境遇，这是可以理解的。只是插曲式的叙述略有些仓促，好像故事来不及展开就变成了一起事故，寻找荷马史诗的主线也迅疾隐没在迷雾中。两位"民俗学家"的工作究竟是毁于意外，还是受阻于冥冥之中"荷马的报复"，这就似乎有点说不清了。小说的叙述含有多个面相，不提供固定答案。

乔治·斯坦纳谈起米尔曼·佩里的"伟大发现"，持保留意见，甚至认为南斯拉夫牧羊人在录音机前吟诵的英雄史诗，对我们了解《伊利亚特》的创作性质几乎没有一点帮助。他说，将荷马史诗与"录制下来最好的民间诗歌放在一起，差异一目了然"。但斯坦纳的文章未能提供例证和比较，展示两者的差距，这未免有些遗憾。读《H 档案》，那些高地民间诗歌让人感兴趣，例如，关于艾库娜背叛的歌谣和掌旗官佐克的史诗，尤其是四个版本的艾库娜，其中一个版本讲到她的丈夫，那位"被背叛的慕杰，被迫戴着镣铐，用牙齿叼着松枝火把，照亮爱人欢愉之床"。

我们似有较长一段时间不曾了解阿尔巴尼亚当代文学创作了。伊斯梅尔·卡达莱的几部小说被译介过来，填补了一点空白。不读《H 档案》，我们多半也不了解阿尔巴尼亚北部山区的史诗遗存。口述史诗是否有助于诠释荷马的创作机制，倒也未必需要马上得出结论。当那些山民歌手做出"翼尖"（majekrah）这个动作，在高脚油灯的光影里，奏响拉胡塔（lahuta）琴声时，那"乐器纯净的声音似乎要把听者引入一种包罗万象的梦境"……对此隐隐感到激动的，何止是书中的两位"民俗学家"。

无可否认，口述史诗首先是一种听觉的艺术，这是解开荷马之谜的一把钥匙。我们看到，所谓"荷马的报复"是要惩罚那些企图破解他秘密的人，而那位即将失明的"民俗学家"，在启程离开阿尔巴尼亚时，令人惊异地和民间史诗的韵律融为一体，像是注定要进入荷马的长夜。

到了这一层，故事的底蕴、幽默和悲感，似是混合在一起了。

高地民间史诗，至少有些句子和荷马的句子是难以区分的。不知乔治·斯坦纳以为然否？例如，总督夫人随口背诵的那一句：

　　黎明之光从她斜倚的卧榻上升起

2014 年

夜太阳及"拆散的笔记簿"

卡拉苏《夜》代译序

一

在土耳其作家比尔盖·卡拉苏（Bilge Karasu）创作于 1984 年的小说《夜》（文敏译，浙江文艺出版社 2016 年）中，一个无名的城市在极权宰制下上演恐怖一幕：被称作"夜工"的某暴力群体在街头肆意捕杀年轻人，原因不明，真相莫测。"那些夜工突然从墙边蹿出，从墙角和门道那儿跑过来，聚到一起，在人群里攫住那个年轻人，将他团团围住。夜工们四散离去之后，留在那儿的只是一团血淋淋的肉体。据一些目击者说，落到暴徒般的夜工手里之前，那是一个漂亮迷人的小伙子，等到被抛尸街头时，剩下的血肉甚至不足他原来躯体的一半。那几乎就是溅落一地的带血的肉酱，上面落着干枯的树叶。"那些"夜工"昼伏夜出，只为杀人而杀人，从人群中随机抽取猎物，草草处置，并在城市各个地方刷上神秘标语，预告"长夜将至"……

一个噩梦般的世界。

谓之"噩梦般的",非独见于杀戮之残暴血腥,也见之于孩童式的嬉戏和战栗,从肉体残害中汲取欢悦。他们"携带的工具,有铸铁制成的,有取自鞣制的皮革,有上等木料雕件,或是用适于加工的松脂塑形而成。这些玩意儿用于捶击、撕扯、穿刺、凿孔、搓捻或击断"。有时他们也玩弄招数:纹丝不动伫立街头,一连数小时保持沉默,装作不在场,"胡狼般的耳朵捕捉着门闩轻轻落销的声音""眼睛偷偷左右逡巡""揣摩着人们的内心煎熬"……此即获取愉悦的方式,诚乃施加恐怖的一种"更奇妙的恶作剧"了。

"夜工"隶属于名为"太阳运动"的组织,这个由官方暗中操纵的组织被赋予生杀大权。据说,他们除了从"被打断骨头的人身上"公开传播"暴虐效应",还将那些"留有一口气的受害者"带到研究所测试,研制一种不同于传统逼供手段的新技术,也就是说,"在什么时候、在何种情况下、采用怎样的手段能使人们被迫交代他们所不知道的事情——只在审讯者大脑中出现的事情"。这是由"夜工"的技术骨干负责的一个高难度攻关项目,用来检测"人的抗力"的一套"科学流程"。

此外还有令人匪夷所思的一种游戏,发生在城郊山谷里。据目击者说:

> 我看见过一群人,站在一个椭圆形场地两边,四周环绕着参天绿树,还有深绿的植物和绿色巉岩,在透过林间的光线下,那些人的衣服、帽子、靴子和毛发似乎也被染成了绿色。他们举枪的姿势颇具仪式感,校准视线,瞄准场地对面的人,然后开火。那是清晨时分,太阳刚刚照亮天地,头顶的天空和密林间呈现一派深蓝而清晰的颜色。

其中有人被射中，一头栽倒在地上，这时两边爆发出响亮的鼓掌喝彩，整个场地都回响着这声音。据说射击会一直进行下去，直到剩下最后一人站在那儿。

目击者看到，那儿"一幢很小的建筑物顶上有一面巨型记分牌，上面用闪亮的数字显示死亡人数"。

这种富于仪式感的杀戮游戏也隶属于"太阳运动"组织。让服从这个组织的神枪手相互射杀，似乎令人不可理解，而负责这项活动的人声称，该项目试图从组织的内部和外部制造"普遍性恐惧"，这是"确保古老神秘秩序"的"必要手段"。

于是我们看到，伴随"长夜将至"的末日预言，这座无名的城市充斥暴力、猜疑、流言和恐惧，笼罩在无孔不入的黑暗中。一个极权的恐怖世界，夜太阳的世界。

二

作为一部政治寓言小说，《夜》会让人想到卡夫卡、乔治·奥威尔的创作。卡夫卡的梦态叙述，对莫名的迫害和莫测的陷阱的梦幻叙述，奥威尔对极权政治逻辑的分析，在《夜》中都有明显痕迹。尤其是卡夫卡所揭示的"诡秘的施虐行为"（乔治·斯坦纳语），奥威尔笔下的"老大哥"那个无处不在的影子，这些也都在《夜》的文本中出现，可以说是获得了某种程度的融合。

以叙事形式探讨极权问题，奥威尔的政治小说，陀思妥耶夫斯基的政论小说等，应该说是这个类型的先例。如果将《宗教大法官》、

《一九八四》和《夜》联系起来，或可看到同一主题的不同形式的书写，其表现力度虽说强弱不等，规模有大有小，却构成一个特定主题的系列。

《一九八四》（文敏译，浙江文艺出版社 2012 年）第三部第三章，写奥布莱恩拷打温斯顿，后者呻吟道："你们为了我们本身的好处而统治我们，你相信人类是不适合自我管理的……"这句话显然是在重复《宗教大法官》的基本思想：群众是软弱的，他们不能运用自由意志，必须受到强者有系统的统治，而极权的存在是为大多数人谋福利，给予他们被奴役的安全而非自由选择。这是《宗教大法官》所揭示的神权统治的逻辑基础。

奥布莱恩却声称，"我们对别人的死活没有兴趣，我们完全只对权力有兴趣"，"没有人为了捍卫革命而建立专政，迫害的目的就是迫害，施酷刑的目的就是施酷刑，权力的目的就是权力"。可以说，奥布莱恩既是在答复温斯顿，也是在和《宗教大法官》对话。他把温斯顿的观点（部分也是陀思妥耶夫斯基的观点）视为"蠢话"，坚持认为"权力是目的而非手段"。奥布莱恩把极权的庇护神的面具撕去，斥之为完全的虚构和纯粹的假面具。

问题便落到那个"古老秩序"的本质——"一个人如何用权力控制另一个人？"

奥布莱恩答道："通过使他受苦。"

这就是《一九八四》所要揭示的权力及其运作问题。奥布莱恩补充说，"服从并不足够，除非给他苦吃，否则你怎么能确定他是在服从你的意志还是他的意志？权力就是加诸痛苦和耻辱"。

不能简单地说，《一九八四》的这番书写是对《宗教大法官》的反驳或超越。毋宁说，这是一种补充，将萨德侯爵的"施虐"和陀思妥耶夫斯基的"大法官"作了某种程度的综合。必须承认，奥威尔的书写精彩纷呈，在陀思妥耶夫斯基的思想范围内做出了深刻补充。

论及权力意志及对身体惩罚的问题，不能只谈福柯的"权力规训"的解剖术，也要重视奥威尔在《一九八四》中的表述。为了打破将历史对象视为同一性、律法、禁忌、本质主义的保守哲学，福柯宣示一种非历史主义观念，也许在奥威尔看来这只是书生气的一厢情愿，极权在微观或宏观意义上都不可能因此而被消解。同一性仍是理解问题的关键。同一性就是"加诸痛苦和耻辱"的必要性。暴力是对同一性的创造，从而创造历史（这也是当今学界阴魂不散的卡尔·施密特的观点）。《一九八四》作为政治寓言小说，对这个问题的揭示无疑是十分深刻的。

卡拉苏的《夜》描写暴力和极权，延续了相关问题的探讨。小说第二部以"太阳运动"负责人的视角论述历史、权力和秩序等问题，其中，对"芸芸众生"的看法包含《宗教大法官》的论调："我们处于一个令人困惑的侏儒世界。所有那些关于平等的胡说八道以及诸如此类的理念造成了这种状况。……唯一可能的平等，就是有朝一日建立在责任、忠诚以及我们崇高的梦想之中，建立在对统率我们的'他'的爱戴之中。"

这里也投射《一九八四》中"老大哥"那种凝视的目光。这个"他"（或"老大哥"）便是"权力的祭司"所创造的上帝。问题在于，世界已不再是《宗教大法官》的世界，正如"太阳运动"负责人意识到的——"鉴于天赋权利意识进入了当代世界，我们知道强加的外力不足以服人"，"人们的心灵和意志也必须被征服"。这无疑是更为棘手的工作，如果"敌对势力"试图在"责任、忠诚以及我们崇高的梦想"中注入"洞察力与分离性"，那该怎么办？"太阳运动"负责人发现，他那个老同学，自由派作家，令他鄙夷不屑的笔杆子，此人便体现了那种"洞察力与分离性"，因此，"我越是力图创建这样一个世界——每一件事物都隐藏在另一件事物后面——要向每一个人证明世界本该如此，他就越是反驳说，人及行为只应该保留其真实面目"……双方的争论聚焦于"谎言的体系化生产过程"问题，而这一点在《一九八四》中已作了揭示，奥威尔用一系列自创的语汇（"真理部""双重思想"等）描绘了谎言体系化的生产及其效应。应该说，谎言的体系化生产只是维持权力的一个手段，重要的是通过暴力制造恐惧——"让人们感受到恐惧已经将他们攫住"。

以政治寓言小说而论，《夜》的寓言性构架虽难与《一九八四》比肩，其架构规模、精密度及涵盖力均不及后者，但其相关主题的书写也不时给人以启迪。"夜工"技术骨干所研究的项目，那个苍翠山谷里的杀戮游戏，还有对童年创伤和自卑情结的探讨，等等，这些都给人难忘的印象和思索。

从陀思妥耶夫斯基、奥威尔到卡拉苏，他们对极权主题的书写何以总是让人感到震惊？是否作家以叙事形式加以探讨，能够让人看到"恐怖逐渐生成的每个细节"（乔治·斯坦纳语），因此要比哲学性话语的分析更具有表现力？

《夜》通过"鱼市场事件"和"广场事件"，将宰割肉体的骇人场景及兽性嗜好予以披露，对"暴虐效应"作了细致描绘，呈现叙事性话语的力量。不过，以这三部作品而论，更重要的因素似乎在于，它们刻画出极权的智慧而非"恶的平庸"（汉娜·阿伦特语），甚至刻画出极权统治对人格同一性的洞察和诉求，包括对历史、权力、秩序问题的阐释，殊非揭开假面具便露出侏儒形象的迂腐之论，有时甚至不乏发聋振聩的揭示性和超越性，正如"太阳运动"负责人所宣示的："我们将校准历史，不是他们想象的那种历史，而是根据我们的意志修正的历史，正如我们已经塑造的那样。"这些小说试图描绘的正是极权统治者敏锐的思想家面目。而在强调戏仿（源于尼采"快乐的科学"）与解构的"微观权力"光谱分析中，在强调"异质性"或"差异性"的后现代哲学话语中，对于"恶的超凡性"的描绘往往不具有此等力度。

总是让人毛骨悚然、即便深感厌恶也难以轻易否认、在人心里投下巨大魅影的那个存在，在《夜》的书写中再一次呈现出来，而此种书写的调子和《一九八四》相比，一样的阴郁、蚀骨和悲观，委实耐人寻味。

三

《夜》是一部奇特的作品，除了复杂深刻的政治主题，它的写作方式也颇为别致。读者阅读这部小说，对其叙事风格的扑朔迷离不能不留下印象。

该篇出现四个人物，分别是自由派作家、"太阳运动"负责人以及名叫塞文思的男特工和名叫塞维姆的女特工。人物之间的关系逐渐交织成一个故事：自由派作家受到"太阳运动"负责人的监视和调查，而他们俩是小学同学；塞维姆是负责人的前妻和助手，因为良心发现而遭杀害；塞文思在充当密探过程中成了作家的情侣，陪同作家出席一个境外国际会议，这是"太阳运动"暗中策划的项目，他们派遣刺客将作家刺伤，制造了一起政治新闻，于是这场境外旅行以欺骗开始，以灾难收场。

小说由四个部分构成，由四个人物的独白讲述故事。我们知道，多个第一人称独白讲述故事的方式已不算特别，福克纳的《喧哗与骚动》便是这样做的。而《夜》的处理则要复杂得多，其情节的展开是由不确定叙述所支配，除了讲述作家的故事，还讲述这个故事如何制作成书的故事；换言之，这是一部"进行中的作品"（the book-in-progress），像乔伊斯一度为《芬尼根守灵夜》命名的那样，读者分明是跋涉在不确定叙事的流沙中，为迷雾般飘忽的声音所包围。

作者在叙事流程中不时插入脚注；在脚注和旁白中，作者决定所要采取的叙事策略，又质疑之，然后采取另一种叙事策略，让故事朝着难以预料的结局行进。起初是作家的笔记，一边讲述见闻，一边加以评论；然后加入"太阳运动"负责人的笔记，然后是塞维姆的笔记，塞文思的笔记；作者变成四个，在脚注中对此书的创作发表意见或进行争论。我们遭遇的已非多个第一人称独白，而是多个作者混合叙事；也可以说，这些"拆散的笔记本"将权威作者的身份消解了。

这部风格诡异的后现代作品，其碎片镶嵌的马赛克拼图，那种大杂烩式的结构让人想起博尔赫斯、纳博科夫和库切等人的探索。在卡拉苏笔下，不仅是作者声音及其权威性被销蚀，而且故事的地点、时间、人物和结局也是悬疑不定的，有时连角色的性别也不甚明确。毫无疑问，不可靠叙述和碎片化结构强化了混沌和悬疑的气氛。尤其是到了此书结尾，不同声音碎裂并混合起来，融入梦魇的高潮——"他、塞文斯、塞维姆和那个耳聋的金发男孩都朝我大笑，好像他们都长着同一张脸，脸上带着血，也许是从镜子里看着我，或是在地上，或是在我的意识中"。读者似乎不再是踩着流沙行进，而是陷入错乱的镜像中了。作者借此将常规叙述解构，把故事的讲述还原为一种不同寻常的书写。我们不禁要问，此种书写的意图是什么？

《夜》作为"超小说"（或"元小说"）作品，归属于文学中的后现代创作范畴，其文类性质虽不难判别，但后现代标签仍难以说明单个作家的具体创作。将卡拉苏与贝克特、博尔赫斯、纳博科夫、库切等人相提并论，也只是就类别的属性而言。有关《夜》的形式问题，不妨从两个层面略作阐释。

首先，《夜》所要构筑的是一种论题式小说。它在极权政治的总题下细化为若干分论题，诸如历史、权力、秩序、语言、自我、他者、童年创伤和自卑情结等，而这些分论题衍生出枝蔓话题，密密缠绕于整个文本。传统论题式小说（伏尔泰、狄德罗）以叙事的样貌出之，其内在的逻辑焦点总是清晰的，等待读者去破解其观念的辩证性意图。相比之下，《夜》的论题式展开显得即兴、无序、跳跃，是一种散射状的布局；有时是理性化论断，有时是隐喻性论述；某些总结性话语闪烁启迪之光，本身却不能被当作结论看待，而是引导我们去质疑片面的视点和描述的真确性，触及事物有待领悟的深层意蕴。如此看来，作者为何总是陷于言语不当的窘迫中，叙事何以缺乏可归纳的动机，多个文本何以造成叙事目的的分裂，这些问题也就显得不难理解了，因为，在思想悬疑的总体气氛中，叙事的抵达（如果存在着一个核心情节的话）也必经历迂回、扭结、分叉和解析的过程，甚至像现象学所做的那样，叙事的子项被置于括弧中，以便进行还原式观察。因此，言语不当的窘迫和调试，伴随着多角度的刺探、钩沉、截击、拆分；叙述虽不断发生偏离，却始终维持内在张力。这是一种渗透性极强的思想的警觉状态所形成的张力。显然，卡拉苏的论题式小说不仅试图阐述极权话题，还要把我们带入一个思维的象征性宇宙。

其次，《夜》追求一种叙和议的高密度结合。不仅叙述是以感性的样貌呈现，议论也是以感性样貌呈现，这和库切《凶年纪事》以分栏排列的方式将叙和议分割是不同的。传统小说遭人诟病的一个现象是议论和故事间距比较远，人们甚至认为，像托尔斯泰的《战争与和平》如果去除议论，叙事的效果会更好。这其实是一个小说的常规问题，并无传统和现代之分。如何协调理性思辨与感性效果之间的矛盾，这个问题越是到 19 世纪后期便越是受到关注。卡夫卡的长篇小说试图缩小议论和故事的间距，将两者纳入幻觉性气氛的叙述中，达到一种高度融合的状态。就此而言，卡拉苏的《夜》继承了卡夫卡的衣钵：它不愿放弃形而上论题的宏观框架，又想达到日常情境的仿真效应，其结果呈现为一种部分清晰、部分模糊的状态，理性和感性紧密交织的状态，而其主题的内核不再有一个遮蔽性外壳，干脆被抛撒到表层，在轮廓线、断层和罅隙中流溢。康拉德《黑暗的心》中，我们也看到这种孔雀羽毛般的变幻色调。《夜》正是在这个意义上追求一种幻象闪烁的艺术，以其诗意的诱惑和复调的言说，试图照亮一个幽暗的精神宇宙。

在这个幽暗的精神宇宙中，极权的状态，极权巨大的魅影，似乎出现在每一个人的心中，出现在每一种言说和言说的动机之中。

> 他们难道从未有过这样的冲动，用尽一切必要手段让别人接受自己的观点？他们何尝不想将其头脑和心灵中的秩序像贴邮票似的加盖于世界？难道他们没有意识到，要成功地做到这一点，唯一的办法就是杀戮（如果有此必要），或者如果杀人不成（不管出于何种缘由），那就虐待和骚扰？那就付诸瞒与骗？……直到你在任何一面镜子里都只能看见你自己。直到别人的眼睛成为你的镜子。确切地说，直到所有的镜子反射的都是你，即使你不是站在镜前。直到人们的眼睛只能映出你所引起的恐惧，即使你并不在他们心里。

《一九八四》中的奥布莱恩，其邪恶和智慧虽说让人害怕，可我们也因此而觉得自己是属于良知和正义的另一类。我们牢记温斯顿的宣言："文明是不可能建立在恐惧、憎恨以及残暴上面。这种文明是不会长久的。"至少，我们应该在心中保持这样一束信念。

　　然而，《夜》的作者提醒我们，那面渴求同一性的镜子矗立在我们面前，即便镜子碎裂，那成百上千个碎片折射的依然是那个"我"，而在"我"与任何对立的他者之间，似乎并不存在那么清晰的界限。

2016 年

威廉·戈尔丁的愚人船故事

《启蒙之旅》代译序

一

　　自从塞巴斯蒂安·布兰特的《愚人船》(*Das Narrenschiff*)在 15 世纪末问世后,一个新的意象便出现在文艺复兴时期的想象图景里——世界之舟驶向永恒的意象。也许它不算是新的,在布兰特使用它时即已十分古老,但英、法、荷诸国的"愚人文学热"倒是直接源于这部德国诗体叙事作品。福柯在《疯癫与文明》中认为,激发文艺复兴早期想象力的"愚人船"很可能是朝圣船,那些有象征意义的疯人乘客是去寻找自己的理性。福柯的阐释与其说是要揭示一种习俗的确切含义,不如说是要拓展我们对文明的理解。

　　象征性的航行或航行所具有的象征性能够吸引作家的兴趣。美国作家凯瑟琳·安妮·波特(Katherine Anne Porter)出版于 1961 年的小说《愚人船》(*Ship of Fools*),构思受到布兰特同名作品的启发,描写第二次世界大战前夕从墨西哥开往德国的一艘客轮上的各色人物,试图传达一种现代文明的象征性。这幅色调灰暗的"世态画"是一则"道德寓言"（moral allegory），探讨善与恶的二元景观："恶"如何在"善"的妥协与默认下施行；人如何具有毁灭他人和自我的本能。基督教文明的末世想象和善恶观，在"愚人船"的图景中展开，显得再适合不过了。船上乘客或是去寻找财富和事业，或是去寻找"理性"（如福柯所言）；他们的寻找即便未获成功，至少也会成为命运或理念的某种化身。于是作家的灵感一次次地为这种象征性的航行所激动，试图构造出漂流在水面上的小社会，描绘出精神历险的旅程。

威廉·戈尔丁出版于 1980 的小说《启蒙之旅》（陈绍鹏译，北京燕山出版社 2017 年）便属于这个创作系列，在柯勒律治、麦尔维尔、康拉德、安妮·波特等人的传统中，又提供一个海上"道德寓言"。该篇背景是 19 世纪初叶拿破仑战争末期，场景是一艘由英国南部经赤道驶向澳大利亚的民用战舰。船上乘客组成一个有代表性的小社会，诸如手握威权的船长、善感的牧师、势利的绅士、自由派画家，以及荡妇、孕妇、酒鬼等，在足以引发忧郁症的航程中，在一个"木头的天地"里——"吊在海水下的陆地与天空之间，犹如树枝上挂着的一个干果，或是池水上漂浮的一片叶子"，上演人间戏剧。

二

埃德蒙·塔尔伯特，小说的主角兼叙事人，以撰写航海日志的方式讲述见闻。他是年轻的上流绅士，受过良好教育，此行去殖民地任职，受到其保护人（一位上了年纪的爵爷）的关照，而该爵爷是总督大人的弟弟，可见来头不小。塔尔伯特向船长点明这层关系，后者有所忌惮，顿时收敛了威风。在一艘等级森严的船上，门第和权势的光环尤为耀眼。船长固然是后甲板"禁地"的暴君，高高在上，作威作福，可他没法不重视某个总督大人的弟弟的裙带关系。

读过理查森、菲尔丁或简·奥斯丁的小说，我们对 18 世纪英国的社会等级现象不会感到陌生。但是《启蒙之旅》所触及的等级概念，严格说来更接近于旧俄小说展示的社会内涵，那个以通古斯军事极权主义为根基的俄国社会。因为，"一艘军舰是一艘卑鄙而专制的船"，是"具体而微的暴政之船"。塔尔伯特的海上经历和这个载体的性质不可分割。这位舞文弄墨的贵人，不得不领受污臭的舱房、可怕的晕船、"愚人船"的乘客和密不透风的战舰等级制。如果说他是用一只势利的眼睛打量周围的世界（上流绅士改不了的脾气），他则是用另一只"陌生化"的眼睛记录观察，表达其不适感和恐惧感。他和那位叫罗伯特·詹姆斯·科利的牧师一样，是"对这个世界的光怪陆离的现象产生奇怪感觉"的人。毕竟，英国陆地社会不同于海上"奇特的环境"，正如小说结尾时所说，"因为彼此住得如此之近，因此和太阳和月亮之下所有荒谬的事物太接近了"。

麦尔维尔在《水手比利·巴德》（许志强译，人民文学出版社 2010年）中也讲过类似的话，试图帮助读者去理解，一艘孤零零的海船上何以会发生某些不可思议的事件，某种谜样的行为和遭际。"纠察长"无故迫害"英俊水手"，欲置之死地而后快，这是一种"神智错乱"的疯狂。戈尔丁这篇小说也写迫害狂——船长安德森厌恶牧师，以诡诈的手段虐待罗伯特·詹姆斯·科利，致使后者蒙羞而死。透过晦涩的悬疑和层层影射，该篇要讲述的便是这样一个故事。

我们知道，任何"道德寓言"都不只是在经验层面上讲述故事，而是关乎文明的象征符号的连续诠释的复合体，有其神话解释的基点和视

180

角。所谓善恶二元论的辨析，也是在这神话解释学的基点或视角中导入的。麦尔维尔从非基督教的立场表达超验（比利·巴德所象征的希腊式的肉体美和精神美），戈尔丁则用基督教的框架探讨善恶（新教的个人拯救和自省）；前者接近希腊的命运观，后者无疑是信奉"原罪说"。通过比较可以看到，由于神话解释的基点不同，小说的构思和象征意义也就大有区别。戈尔丁有意在小说中安排一个人物，让人看到其诠释的差异。水手比利·罗杰斯的体貌特征处处和水手比利·巴德相似，却全无精神和人格的超凡之美，这是对《水手比利·巴德》的一种反讽性处理。信奉"原罪说"的戈尔丁试图演绎的，并非善美的化身遭到毁灭的悲剧，而是柔弱的心灵倍受凌辱的故事。在这粗鄙、冷酷的世界里，科利牧师像可怜的小狗任人宰割，以至于发出惊呼："这是一艘没有神的船。"如果说麦尔维尔对恶的诠释是玄秘的，戈尔丁的诠释则显得直白，从基督教的观点看是容易理解的，科利牧师的遭遇就是信仰堕落和"人性恶"的表征——在与世俗权力的交涉中，牧师拯救不了自己，拯救不了世界，他是一个当众出丑的滑稽角色。

在水手们安排的"獾皮囊酒会"上，科利牧师被强行浸入盛满尿液的污水盆中，惨遭凌辱。这是船儿驶过赤道分界线时通常举行的一个仪式，水手以此驱除对大海的恐惧感。这部小说的书名"Rites of Passage"直译是"过界仪式"，所指也包含这场冒渎神灵的洗礼。作者试图通过此类描写加深讽喻意味（在其名作《蝇王》中，西蒙之死也是和狂欢的渎神仪式相关），除了"过界仪式"，还有牧师的葬礼仪式和婴儿的洗礼仪式（科利死后船上有婴儿降生，洗礼居然是由船长安德森主持），这些描写的讽刺意味不能不说是辛辣的。书中引用拉辛的台词："'善'攀上奥林匹亚的峭壁，步履维艰 / '恶'也一路踯躅，走向地狱的魔殿。"

可以说，在戈尔丁的作品中，《启蒙之旅》对仪式的象征性描写最为典型和充分，凝聚其"道德寓言"的强烈讽刺意图。

善恶二元论是诠释戈尔丁创作的公式，自然也是《启蒙之旅》建构寓言的关键，如上所述，以船长（代表尘世权力）和牧师（代表天国福音）的冲突为情节枢纽，构成明显的二元论的框架。问题在于小说中的牧师是否代表"天国福音"？要说清楚这个问题，似乎不那么简单，这就如同要把戈尔丁定义为基督教作家，让人颇感踌躇。戈尔丁和但丁一样，对"隔离"的图景怀有深刻的兴趣，但基督教作家应该有的主题预设，却没有成为他的依靠。

科利是个英国国教教徒，拥有牧师从业资格证书，试图在船上行使其宗教职责，毫无疑问他是传播福音的牧师。如果不是船长阻挠，并且设计陷害他，断不至于如此狼狈，成为众人眼中的笑柄。牧师自身"特殊的天性"也适合于得到"宗教安慰"，他柔弱、真诚、善感，且不乏勇气。遭到一系列羞辱后，他自绝于人世，这也是一种勇气的表示。如果事情仅仅如此，我们对这个人物的同情就不会掺杂疑虑了。小说隐晦的叙述却披露这样一个内幕：科利牧师喝醉酒并且和水手口交。在"一群紫铜色皮肤的年轻兄弟"中他看中一个小伙子，即比利·罗杰斯，"一个细腰、细臀，可是阔肩的'海神之子'"（此处的描写多么像麦尔维尔的比利·巴德）；他把朗姆酒比作"灵液"（ichor），即希腊诸神的血液，是为比利·罗杰斯这样的"半神"准备的；牧师感到心醉神迷——

> 我突然发现自己在我的这个走廊、舱房与船腰甲板构成的王国里，出乎意料地受到废黜，一个新的帝王登基了。因为这个紫铜的年轻人，浑身都是灼热的"灵液"，……我慷慨地逊位了，并且渴

望跪在他面前。

这番火辣辣的自白中，有着一个基督徒的异教冲动。牧师渴望友情，"特别需要友情"，这一点不难理解，醉酒后的出格行为或许也不必太苛责，但是，"灵液"一说又是从何谈起？似乎对异教的偶像崇拜胜于对救世主的崇拜，或者说他把自身的宗教情感作了希腊化处理，一种不可思议的逆转或颠倒。

尼采在《朝霞》（田立年译，华东师范大学出版社 2007 年）中说过一段话，像是针对科利牧师说的。书中写道：

> 在道德领域中，基督教只认道德奇迹：全部价值判断的急剧变化，所有习惯方式的断然放弃，对新事物和人的突如其来的不可抑制的倾慕。基督教将这些现象看作上帝做工的结果，称之为重生，在其中看到一种独一无二的无与伦比的价值，从而使所有其他被称为道德但与这种奇迹没有关系的事物对他来说都成为无所谓的——事实上，它们甚至可能使他感到害怕，因为它们往往带来骄傲和幸福之感。……只有精神病学家才能决定，我们所看到的这样一种突然的、非理性的和不可抗拒的逆转，这样一种从不幸的深渊到幸福的顶峰的置换的生理学意义是什么（也许是一种变相的癫痫症？）；他们确实经常观察到类似的"奇迹"（如以自杀狂形式出现的杀人狂）。虽然基督徒"奇迹转变"的结果相对来说要更令人愉快一点，但它们的本质是一样的。

尼采的阐释和戈尔丁的叙述，其观察的立场都不能说是倾向于宗教的。科利牧师的"奇迹转变"令人诧异，不仅仅是由于其色情内涵。那种以谦卑的形式表达的"骄傲和幸福之感"，在道德和心理领域中"突然的、非理性的转变"，委实耐人寻味。我们试图以善恶二元论的公式解读这篇小说，却不曾料想到书中还有这些复杂的隐情和逆转。作家讽刺的笔尖并没有放过值得同情的人物，而且触动惊惧的神经——当我们跟随牧师步入尘世和天国间的黑暗地带，从那凄凉的崖巅一窥"地狱的魔殿"时。

三

《启蒙之旅》是一部怪诞讽刺小说，如果要阐释此书的诗学风格，那就应该这样来定义。柔弱的心灵遭受讽刺的故事，小人物在社会等级体系中受到排挤和凌辱的悲剧，这是颇有俄国风味的一种创作类型，果戈理／陀思妥耶夫斯基的怪诞讽刺文学类型。这种类型的创作中，令人发噱的笑料和"引人发狂的忧郁"结合起来；小人物的权利诉求和小人物的出乖露丑互为表里；其讽刺性的模拟主导叙述，其悲喜剧的含混导致怪诞。

英国当代文学中，奈保尔的《守夜人记事簿》流露"果戈理传统"的余韵，戈尔丁的《启蒙之旅》则是这个传统的域外嫡传。后者的怪诞风格不仅让人想起陀思妥耶夫斯基的《双重人格》《地下室手记》等，某些细节描写和怪诞讽刺笔法较之于陀氏也未必逊色多少。

该篇的叙述主要是由两个文本构成，一是埃德蒙·塔尔伯特的航海日志，一是科利牧师写给他姐姐的长信。英语评论中有一种观点认为，两个文本的叙述导致了小说叙述的不确定性，具有典型的后现代创作特色。但是细读这篇小说，从信息交代的层面上看，两个文本的设置与其说是带来含义的"不确定性"，倒不如说是一种细节的互为对照和补充，将迷乱的隐情完整地拼凑出来，并且达到多声部的讽刺性模拟的效果。

尽管一些关键场景中叙事人塔尔伯特是缺席的，造成一种叙述的延宕，但科利牧师的言行却在这种非连续性叙事中获得了更具场景化的描述，也产生了更多的笑点，从牧师在后甲板受辱到他当众醉酒撒尿，逐步抵达其悲喜剧的高潮，不仅叙述导向清晰，节奏和效果的控制也十分出色（奈保尔、拉什迪的笑谑艺术不会比这更出彩了）。牧师酒醒后再也闭门不出，面壁而卧，一只手抓住舱壁的环状螺丝钉不放，直到死去为止，这个细节也让人难忘。虽说此类滑稽讽刺描写未免残忍，愈是精彩愈是残忍，和俄国大师的作品一样，却能将小人物的心酸又可笑的命运有力地描绘出来。多声部叙述方式无疑也在强化其讽刺效果：同样的细节，塔尔伯特显示对科利牧师的冷嘲热讽，科利牧师则显示对塔尔伯特的甜蜜尊崇。两个文本的讽刺性对照，为读者提供有张力的叙事空间，让人深切感受到牧师的孤独和羞辱。

羞辱的主题，在陀氏的《双重人格》《地下室手记》等篇中有出色的处理。羞辱意味着人的自我评价的降低，从公开或隐私的层面上讲，都是在遭受排斥的过程中实现的。《地下室手记》的主人公，在一名军官面前挡了道，被对方像拨拉一根木桩那样挪到一边去，体尝到羞辱的滋味。戈尔丁的《启蒙之旅》也有类似的"肉体"描写，科利牧师被碰巧转过身来的船长撞倒在地，他是这样感觉的——

　　他的胳膊打到我的时候并不是一个人行走的时候胳膊无意中碰到别人那样，而是碰到我之后继续摆动，增加了一种很不自然的力量——而且过后，又加上他的胸脯用力一碰，万无一失地把我碰倒的。

虽说这是牧师自己的"身体感觉"，甚至有可能是一种主观夸张，但不能否认这也是连续的冷暴力施加于他的一种心理结果。赖因哈德·劳特（Reinhard Lauth）在《陀思妥耶夫斯基的哲学》（沈真等译，广西师范大学出版社 2005 年）中指出，如果"完全被排斥的事情被意识到了，那么人就会感到羞耻或厌恶"，而"对自身人格的社会评价或私人评价大大降低感到恐惧"，也是被排斥的一个原因。从身份上讲，牧师不能算是小人物，他是在一个蓄意将他排斥的等级体系中被降格为小人物的（连塔尔伯特这样的"局外人"不是也试图戏弄他吗？）。从情理上讲，牧师的诉求并无半点可笑之处，无论是为基督福音还是为自身尊严他都有权利表达诉求。问题是，在他不占有位置的等级体系中，他的诉求变成了对等级的"僭越"，只能以恐惧和病态的方式表现出来。

在巴赫金看来，俄式笑谑艺术的社会学基础即在于此，等级的压抑和等级的僭越导致人物的谵妄发作和出乖露丑。换言之，那种不容逾越的等级制是很有俄国特色的，是播种羞辱和丑闻的天然温床，舍此也就谈不上"果戈理传统"。我们有时会感到，这种艺术的道德基调似乎不易把握，当悲喜剧的结合显得未免含混的时候。作者如何在取笑人物的同时也介入其同情？戏谑和怜悯的杂糅岂非失之于怪诞？这个问题早就有人提出来。阅读《启蒙之旅》时也许仍会有此疑虑。

怪诞讽刺艺术的特质确实主要也是基于悲喜剧的含混。从诗学的角度讲，所谓的"含混"是源于细腻的艺术分解，即对人物精神状态的一种更为逼真的讽刺性模拟，尤其是对忧郁症和谵妄发作的模拟。可以说，这个方面戈尔丁是做足了功夫，不仅对两个文本的声音、语态竭尽模拟之能事，对羞辱和丑闻的刻画也惟妙惟肖。那种非连续性叙述所造成的节奏和景观，不正是将人物巧妙地置于爆笑的聚焦点上了吗？我们看到可怜的科利牧师一身牧师盛装，在人头攒动的甲板上载歌载舞，醉酒撒尿……说《启蒙之旅》是一部怪诞讽刺小说，因为它通篇显示出"忽而滑稽、忽而粗鄙、忽而富于悲剧性"的意义。塔尔伯特对"正义""公理"的思考，是从科利牧师的遭遇，从这种悲喜剧的怪诞气氛中逐渐形成的。

四

戈尔丁认为，人性的缺陷是导致社会缺陷的主因，而他身为作家的使命是揭示"人对自我本性的惊人无知"，让人去正视"人自身的残酷和贪欲的可悲事实"。

小说的叙事人宣称，在这本"阐明人类对自身认识的书里，还是插进这句话吧：人可能因羞愧而死"。

叙事人总结说，世人都是苟且偷生，但科利是个例外——从他"沾沾自喜的严肃的巅峰跌落到他清醒时必然认为是自甘堕落的十八层地狱"，最终通过死亡为他自己赎罪。相比之下，"愚人船"的芸芸众生则显然不具有这种认识。

也许这里应该思考的问题是，作家为何把故事背景安排在19世纪初叶拿破仑战争时期？麦尔维尔的《水手比利·巴德》也是将背景设在这个时期，这恐怕不完全是巧合。可以说，这是对时代总体"迷思"的一种关切。在这世俗化进程加剧的历史分野中，在以"祛魅"为标志的转折之年里，"愚人船"的小社会不也伴随着某种深刻的"无序"吗？

当价值的功用性一旦成为社会法则的基础，这就意味着"唯有力量才能体现价值"了。启蒙时代的理性已然丧失其清明，魑魅魍魉的轻慢和嘲讽却像安德森船长的盆栽植物那样蔓延开来。在这无知无信的荒芜"迷思"中，叙事人的观察和思考也就难免不蒙上一层灰暗的怪诞色彩了。

《启蒙之旅》是戈尔丁"海洋三部曲"的第一部（荣获1980年的布克奖），另两部是出版于1987年的《近距离》(Close Quarters)和出版于1989年的《向下开火》(Fire Down Below)，讲述塔尔伯特行至南半球殖民地的经历，有点像是福柯所说的跟随"愚人船"寻找自己的理性。《启蒙之旅》是此番寻找的序曲。该书书名的中译虽与原文不符，倒也恰当概括了三部曲的主题。

戈尔丁的作品向以晦涩艰深著称，叙述多以影射和延宕的方式展开，需要读者发挥想象力，透过层层面纱去领悟作品主题。《启蒙之旅》的主题和风格除了以上所评述的，还有些值得注意的方面。该篇的典故和影射，涉及弥尔顿、理查森、柯勒律治、斯特恩、麦尔维尔等作家作品，有着或明或暗的戏仿、指涉。从塔尔伯特这个角色看，该篇也可被视为"成长小说"。这些特点都值得研究。戈尔丁深深根植于自身的传统和文化，善于博采众长，其丰富的诗学谱系和深厚的文化渊源，在《启蒙之旅》的创作中即可见一斑。

中国读者对戈尔丁的印象主要源自20世纪80年代译介的《蝇王》，作家荣获诺贝尔文学奖的代表作，中文有多个译本，广受读者喜爱。近年来陆续出版了《品彻·马丁》《继承者》《黑暗昭昭》等译本，包括燕山出版社此次从台版引进的《启蒙之旅》，对戈尔丁的阅读和研究都是有力的促进。

英语读书界一向关注戈尔丁。随着新一代英语作家（奈保尔、拉什迪、库切等）的崛起，主要也是由于批评热点的转移，在后现代后殖民的批评导向中，人们对戈尔丁的兴趣似乎有所降温。但这并不意味着他的创作被后人取代或超越了。《启蒙之旅》等篇的文学品位，不会由于批评热点的转移而降低。乔治·斯坦纳在《语言与沉默》（李小均译，上海人民出版社 2013 年）中专文评价戈尔丁，确认其经典作家地位，这篇题为《建构一座丰碑》的文章发表于 1964 年，当时戈尔丁才出版五部作品，便已获得这位批评大师的景仰。英国作家普列契特（V. S. Pritchett）在 1954 年的评论中称戈尔丁为"我们近年来作家中最有想象力、最有独创性者之一"。只要读一读《启蒙之旅》《继承者》《品彻·马丁》等作品，我们就会赞同这个评价的。

2017 年

访谈录中的马尔克斯

《加西亚·马尔克斯访谈录》译序

一

　　已故的加西亚·马尔克斯是拉丁美洲颇具传奇色彩的小说家。要了解这位作家的生平，获得一幅其经历和思想的地图，阅读相关传记资料是合适的途径。除了通常的评传、自传，还包括作家参与的各种访谈，亦即收录在本书（《加西亚·马尔克斯访谈录》，许志强译，南京大学出版社 2019 年）中的对话和交谈，它们是很有价值的第一手研究资料。

　　传记写作方面，巴尔加斯·略萨的《弑神者的故事》、达索·萨尔迪瓦尔的《回归本源》等，围绕《百年孤独》的神话作了颇为有效的挖掘，而马尔克斯晚年的自传《活着为了讲述》，将已经发掘过多次的考古现场又细细地爬梳了一遍，他的童年，他的外公外婆，他的冰块，他的妓院，他的卡夫卡和福克纳……这些最初是在访谈中披露的内容，被传记和评论文章吸收，而且被反复征用，构成固定的标配。某些耳熟能详的桥段——诸如初读卡夫卡《变形记》时惊呼："我操！居然可以这么写……"——无疑是适合传播的诸多逸事之一，不流行几乎是不可能的。马尔克斯在这方面的本事似乎无人能及，他以合乎自身气质的方式处理逸事，使之兼有古老的口传文学和后现代邪典的特点。

马尔克斯的自传性陈述首先是在其访谈中确立的。在《百年孤独》持续走红的 20 世纪 70—80 年代，他接受了一系列采访，描画出他的生平和思想的轮廓。如果我们把他的创作视为一种深刻的自我表达，那么他的访谈是以另一种方式在挖掘自我了。这是作家和采访人合作构建的一种表达，有着口头交流的种种好处和局限。访谈不同于创作，它纯然是解释性的，但对马尔克斯来说，它也是叙述性的。不同的作家有不同的倾向，索尔·贝娄的访谈总是在谈抽象观念，马尔克斯的访谈总是在讲趣闻逸事。切莫以为后者是一种智性不足的表现。

《加西亚·马尔克斯访谈录》显示了作家和采访人是如何合作构建一种陈述的。《弑神者的故事》前半部分即有关传主生平部分，也是这种合作的一个案例，巴尔加斯·略萨基本上是在马尔克斯框定的形式中讲述后者的生平故事。不是限定讲述内容，而是在同化的基础上制定讲述的趣味和视角。这方面传记作者和大部分读者、评论家一样，难以避免《百年孤独》综合征的影响，这自然是由于马尔克斯的气场过于强大，接近他而不受其影响几乎是不可能的，人们会不自觉地沾染他的语气，他的眼光，他的思维方式，甚至沾染他的遗忘和谎言。我们从访谈集里看到，采访人会带上一盒松露巧克力去见作家，好像这是让马孔多神父腾空而起的巧克力；或是以神话化的目光打量作家的妻子，像是在探究俏姑娘雷梅苔丝升天时的模样；采访结束后还不忘记观察马尔克斯两个儿子的臀部，看看裤子后面是否长着猪尾巴。这些都是《百年孤独》综合征的表现。让全社会都沉浸在其创作的精神气氛中，大概只有托尔斯泰才办得到吧。马尔克斯无疑是达到此种境界的少数作家之一。他创造了一种新的美洲身份（以加勒比地区混合文化的开放性来定义自我），激起全社会的兴趣和热情。我们看到，作家的精神能量和艺术个性在访谈中也有突出表现。

虽然本书的主要内容被传记写作消化吸收了，而且和作家其他的访谈作品（《番石榴飘香》等）有交叉重叠之处，却仍有出版的价值。主要有以下几点理由。首先，这是有关马尔克斯访谈的较为系统的汇编，埃内斯托·贝梅霍、丽塔·吉伯特、《花花公子》《宣言》等重要访谈都收录在内了，采访内容延伸至《迷宫中的将军》《绑架的消息》等中晚期创作，而流行的评传及作家的自传都未涉及晚期创作，从这一点讲它也是不可取代的。

其次，访谈也记录了马尔克斯的即兴创作，可供研究保存。例如，他对记者透露《族长的秋天》的情节，而关于"彩票儿童"的插曲和后来出版的小说不完全相符，这里所讲的就变成另一个版本，这个版本的讲述好像更感人些。再如，他重述了早年发表的一篇新闻报道，题为《遗失的信件的墓地》，既像虚构也像纪实，表达了他对体裁分类的看法，别处很难读到这篇东西。关键在于此处蕴含着马尔克斯的一个较为极端的想法，即他认为用口头讲述代替书面写作是一种更好的文学选择。这种说法未必需要认真对待，但从他口述的小说《淹死在灯光中的孩子们》（收入《梦中的欢快葬礼和十二个异乡故事》时题为《光恰似水》）来看，口述和书写的临界效应有时似乎差别不大，口头叙述也能将核心的东西有效传递出来。歌手埃斯卡洛纳说，"《百年孤独》就是一首三百五十页的巴耶纳托歌曲"，大致包含这个意思。不妨认为，访谈的自传性陈述，其效应也未必弱于任何精心结撰的陈述。

再次，对话所提供的材料未必都已被传记写作吸收，有些细节还是要从访谈中去了解的。例如，马尔克斯推崇的"完美结构"的典范，人们通常只知道是《俄狄浦斯王》，不知道还有英国作家威廉·雅各布斯的《猴爪》。再如，马尔克斯说他不知道妻子的年龄，虽说他们是青梅竹马的恋人，每次填写入境申报单，在妻子年龄这一栏都空着让她自己去写，他们俩遵守着这种有点古怪的默契。另外，巴尔加斯·略萨和萨尔迪瓦尔的评传都未提到"剽窃"事件，即有人举报《百年孤独》剽窃了巴尔扎克的《绝对之探求》，作家本人对此作了一番辩解。细节还有不少，这里就不展开了。

总之，文学、电影、音乐、政治、婚姻、教育、童年等，不同的话题自由切换，思维和情绪的火花四溅，读起来是过瘾的。作家声称，这个世界上他最感兴趣是"滚石乐队、古巴革命和四位友人"。他说，"如果让作家选择生活在天堂还是地狱，那他是会选择地狱的……那儿有更多的文学素材"。谈到乱伦作为精神分析的主题，他说："我感兴趣的是姑妈和侄儿应该上床，而不是这件事情的精神分析的根源。"呵呵，多么马尔克斯的表述！

集家长的尊严、摇滚明星的气场和求道者的精神于一身，作家在访谈中找到了极佳的角色感，畅所欲言而不妨自相矛盾了。他是拉美文学的代言人。问世于 1975 年的《族长的秋天》，堪称巅峰之作，迄今难以超越。可以说，在 20 世纪后半期的世界文坛，他的一言一行都是最受瞩目的。

二

马尔克斯研究中有几个核心论题，诸如《百年孤独》的创作历程、魔幻现实主义的定义、加勒比文化和神话化写作的关系、新闻和文学的关系等，涉及创作意识、创作特性、写实和虚构等文艺学议题，格外引起关注，也是早期访谈的主要内容。其中谈论得最多的还是《百年孤独》的魔幻现实主义。

《花花公子》的导语给魔幻现实主义下了一个精确的定义："魔幻现实主义是一种将幻想和现实融合为一个独特'新天地'的说书形式。"作为一种创作方法，它在阿斯图里亚斯、胡安·鲁尔福等前辈作家手中已臻成熟，何以在马尔克斯这里激起如此巨大的反响呢？通常的解释是《百年孤独》的圣经风格和史诗叙述具有非同凡响的感染力。混淆幻想和现实的界限并使两者得以融合的手法，是其中的关键，无疑有着某种爆炸性能量。萨尔曼·拉什迪、托妮·莫里森、伊莎贝尔·阿连德、莫言等人的创作都受惠于《百年孤独》，其影响是怎么估计都不过分的。据尹承东 1984 年的不完全统计，全世界各种文字的《百年孤独》版本有一百种左右，研究专著不下四百种。现在当然是远不止这个数字了。虽然研究的角度五花八门，观点和诠释却时见重复（而且高度依赖访谈提供的线索），由于马尔克斯对魔幻现实主义的标签有时承认有时否认，研究中也出现了"挺魔派"和"倒魔派"，对这个标签是否恰当进行争论。

马尔克斯本人的认同，首先可见于贝梅霍的访谈中，作家提出了"准现实"（parareality）的概念，认为拉丁美洲人的预兆、疗法、迷信是日常现实的组成部分，应该与其他的组成成分等量齐观，这与巴西电影导演格劳贝尔·罗沙（Glauber Rocha）等人的观念和实践是契合的，和卡彭铁尔的"神奇的现实"的概念也如出一辙。《花花公子》记者问道，拉美世界到底是哪一点促使作家以这种现实和超现实的奇异混合来进行创作的？马尔克斯从民俗学的角度作答，用加勒比地区混合文化的开放性为其创作辩护，不仅承认魔幻现实主义的标签，而且认为这是他"政治成熟"的标志。为什么说是"政治成熟"？提倡神话化的诗学观而不感到自卑了，简单地讲就是如此。从前觉得神话化写作是对现实的逃避，现在不这样看问题了。观念的转变对《百年孤独》的创作是很重要的。作家把创作承诺从现实扩大到"准现实"而毫无违和感，于是汤锅会自己从桌上移动并掉下来，神父喝了巧克力汁会腾空而起，死者的鲜血会像长了眼睛一样曲曲折折地流向母亲的厨房，这种让人惊异的写法像是一种公开的冲撞和冒险，竟使得现代主义实验也像纸糊的帽子一样显得孱弱了。魔幻现实主义从此风行起来，其实是 20 世纪后半期唯一成规模的跨国文学流派。

然而，作家并不总是赞成以这个标签来解释他的创作。他说："我所有的作品都是契合于某种地理和历史的现实。"他希望读者和批评家更多地看到他作品中"那种纪实的、历史的、地理的根基"。也就是说，在其神话化写作的重负之下，看到一个从事"驱魔"的意识形态分析师。

这种表述是并不矛盾的。只有当我们把作家的言论割裂开来并且各执一词时，才会出现"挺魔"和"倒魔"的无谓争论。可以说，在阿根廷作家努力写得像欧洲作家那样时尚的时候，马尔克斯对种族无意识的表达投以关注。他以自身的方式思考拉美的社会、文化和历史。正如批评家指出，在胡里奥·科塔萨尔的《跳房子》、莱萨马·利马（Lezama Lima）的《天堂》、卡洛斯·富恩特斯的《换皮》、卡夫列拉·因凡特（Cabrera Infante）的《三只忧伤的老虎》所主宰的拉美文学实验室里，马尔克斯的《百年孤独》是读起来最不费力，从语言到结构可以说是最少实验性的小说，而其构思和变形的手法却是如此不同凡响。那种表现模式的显而易见的"天真"和犀利的观察构成一种张力；其"为所欲

195

为"的叙述所包含的拉美文化身份认同，是先锋派文学进入民族和大众潜意识的一个范例。

有趣的是，世界其他地方的读者对马尔克斯所提供的表现模式似乎并不存疑，以为拉美就是小说中写的那样神神道道，牛头马面，是盛产"金葫芦"和"白鳄鱼"的"神奇的现实"，倒是本土记者提出质疑，认为作家的系列报道《拉西埃尔佩的小侯爵夫人》涉及的是"看上去完全不真实的国度里的一个地区"，对此作家回答道：

> 我当然没有见过"金葫芦"或"白鳄鱼"了，但那是活在大众意识中的一种现实。……这在一定程度上就是《百年孤独》的方法。

魔术师坦然亮出他的底牌。其实并没有秘密可言。也就是说，为什么不能换一种写法来写呢？可以找到一种既非写实主义也非实验主义的"综合事物的方式"，以一种看似天真的调子讲述怪诞事物，包括存在于人们意识中的事物。这其实是卡夫卡的方法。这是卡夫卡和加勒比民俗意识的一种结合。走到这一步花了作家20年时间。魔幻现实主义是个恰当的标签。在作家"综合事物的方式"中，真实与虚幻得以共存。也许问题只有一个，作家是否有权利用欢快、嬉戏、夸张的调子来叙述拉美人的悲剧？正如记者对马尔克斯说："你在罢工和屠杀的场景叙述中保持着某种轻快的调子……"

这是关乎意识形态的诗学问题。作家根据加勒比文化属性给出肯定的回答，认为这种文化的特点就是反对一本正经的严肃。当然，这个问题需要进一步阐释。作家所说的"历史和地理的根基"其实是限于加勒比地区，这在访谈中讲得清清楚楚。我们不应该忽视这一点。从《枯枝

196

败叶》《百年孤独》到《霍乱时期的爱情》《迷宫中的将军》，作家倾向于用一个独立的地理概念来阐释哥伦比亚或拉丁美洲，将加勒比地区和哥伦比亚内地尤其是波哥大地区对立起来。这种限定在创作上也许是必要的，就社会现实及文化的反映而言，不能不说也是有所简化的。扩大的现实概念是否一定意味着扩大对现实的表现，这似乎也值得斟酌。作家本人的看法比较审慎："《百年孤独》不是拉丁美洲的历史，而是拉丁美洲的一个隐喻。"

萨尔迪瓦尔的评传（以及相当一部分专业学位论文），其立论的线索是来自波哥大《宣言》杂志1977年的访谈，即所谓的"回归本源"的理念。如何理解这个理念，如何看待相关的自传性陈述，值得再思考。这恐怕需要一段观察问题的距离，而不能只是基于同化的趣味和视角。

三

在本书收入的访谈中，最尖锐的当属《宣言》杂志的访谈，来自作家感到不太亲切的波哥大知识圈。它不像威廉·肯尼迪的文章（《巴塞罗那的黄色电车》），是用马尔克斯的思维方式写马尔克斯，而是以常规的社会学意识和笛卡儿式的理性思维来看问题。它指出：

> 总的说来，在你的作品中通常有着像是充满每一部作品的面目清晰的人物，可在那些作品中，老百姓却显得稀淡，充满着作品，却是处在次要的层面上，像是附加物。

这一点在《枯枝败叶》中尤其明显。马尔克斯的作品写到家族，写的不是平民百姓之家；从布局上看，也有一个明显的内外价值区分，人民群众如果不是被视为庸众，至少也都不处在前景位置。从存在主义的思想脉络看，这不算是什么奇怪的现象。但鉴于作家一贯高调的左翼立场，《宣言》杂志的这个问题就提得很尖锐了。

作家回答说：

> 是的，民众会需要他们的作家，会需要把他们的人物创作出来的作家。我是一个小资产阶级作家，我的观点始终是小资产阶级的观点。这就是我的层次、我的视角，即便我的关于团结的态度可能是有所不同的。但我并不了解那种观点。我根据我自己的观点写作，从我碰巧所在的那个视域写作。关于民众，我知道的不比我说的和我写的多。我知道的可能是要多一些的，但这纯粹是理论上的了解。这个观点是绝对真诚的。我决不试图强求什么。我说过一句话，连我爸爸都为之烦恼，他觉得那是一种贬低。"说到底，我是什么人呢？我是阿拉卡塔卡的报务员的儿子。"我爸爸认为是很贬损的东西，对我来说，相比之下简直就像是那个社会中的精英了。因为那位报务员自以为是小镇上的首席知识分子呢。他们通常是些不及格的学生，是些辍了学、最后干了那种工作的家伙。阿拉卡塔卡是一个满是劳工的小镇。

这段话包含着一些总结性的观点，却鲜少被引用，大概是被当作尖刻的牢骚而未受到足够重视吧。马尔克斯说他自己是小资产阶级，这自然是正确的。从身份属性和思想趣味来讲是这样。在将该词污名化的特定政治语境中，这个常规的社会学标签总显得有损名誉，用在作家和知识分子身上应该是恰当的。不排除有为大资产阶级或无产阶级代言的文学，也不排除有巨富或赤贫的作家，但毕竟是所谓的小资产阶级占据主流。这一点本来是用不着强调的。说作家其实都属于小资产阶级，这又能说明什么呢？只是向来很重视其左翼社会主义立场的马尔克斯，在此一反常态，大谈其小资产阶级的创作属性，多少会有些让人吃惊。

让人吃惊的还有后半段的尖刻嘲讽。对报务员父亲的嘲讽是够刻薄的，归根结底是对他自己的出身表示不满。这一点他也像是在复制福克纳，贬低父亲、颂扬祖父。像福克纳一样，他对自己那块倾注了诗意和想象的飞地也加以奚落，斥之为乡巴佬的聚集地。约克纳帕塔法或马孔多，终究是被上帝和命运遗弃的地方。《百年孤独》的结尾判决马孔多不会有在地球上再次存在的机会，说的就是这个意思。这种末世论的裁决，基督教神学的成分少，文化意识形态批判的色彩浓。

作家的思想与其说是左翼社会主义，不如说是存在主义。他以鄙弃的口吻谈论马孔多的原型、他的故乡阿拉卡塔卡时，他就是一个仿效巴黎风格的才子，抑郁疏离，简慢不逊，这是他身上很真实的东西，也是他构建马孔多的一种材料。他是不会因为贫穷落后而自恋的，更不会因为国族主义或乡土情结的教育而进行自我的精神阉割。他是小资产阶级的波西米亚作家，对小资产阶级的沉沦有深刻体验。《伊莎贝尔在马孔多观雨时的独白》《蒙铁尔寡妇》等篇所表达的沉沦乡土的愁苦和绝望，在他的创作中其实是一以贯之的。这种创作对"阶级性"问题并不敏感，对主体性的境况则关注有加，其思想的基调是属于存在论的范畴。那么到底什么叫"回归本源"？换言之，是否应该有限度地看待"寻根""大地和神话的创作方法"等诠释之于马尔克斯的意义？当作家声称其"精神特质是意识形态特质"时，该如何看待其思想的性质而不至于太过片面？

这方面的问题总是不那么简单。美国《综艺》杂志的安德鲁·帕克斯曼，将《百年孤独》定义为"通过个体的哥伦比亚人的生活探索拉丁美洲的社会历史"，他强调的是国族寓言中的个体。米兰·昆德拉则认为，"《百年孤独》注意力的中心不再是单个个体，而是一整列个体"，因为"他们每一个都把未来对自己的遗忘带在身上"，"每一个人的名字都彼此相似"，他强调的是欧式个人主义的断裂或变质。这两种看法都有道理。对一个问题有不同的观察和强调，纯属正常。但是认为这些"片面"可以（像立体主义那样）综合协调，也就是说，认为帕克斯曼的观点和昆德拉的观点可以兼容，从逻辑上讲就有些可疑了。而在马尔克斯这一代拉美作家的创作中，文化多元主义的兼容或暧昧的综合几乎就是一种常态。昆德拉在《相遇》（尉迟秀译，上海译文出版社 2014 年）一书中提出疑问，《百年孤独》既然不属于"欧洲个人主义的时代"，那是属于什么时代？"是回溯到美洲印第安人的过去的时代吗"？"或是未来的时代，人类的个体混同在密麻如蚁的人群中"？

大体而言，这些问号也适用于其他拉美先锋小说。不妨问一下博尔赫斯，他笔下的布宜诺斯艾利斯的街角、残月和血案是属于什么时代。不妨问一下胡安·鲁尔福，他的科马拉村的无时间的时间，问一下卡彭铁尔，他的"溯源之旅"的花园和宅邸，问一下科塔萨尔，他的"被占领的宅子"的幽闭恐惧症，这些都是属于什么时代。

西语美洲和其宗主国西班牙一样，并没有经历文艺复兴时代。所谓的"现代性启蒙"也总是滞后、隔离、不充分的，正如马尔克斯对记者所说："在我们仍然设法进入二十世纪时，你怎么会相信我们是能够考虑二十一世纪的呢？"话虽然说得愤激，那种启蒙的观察意识却是冷静清醒的。耐人寻味的是，这种认识并未阻碍他们在艺术上融入欧美现代主义。这一点很重要。对《百年孤独》来说，南美外省的乡村场景和巴黎的象征主义诗学非但可以兼容，甚至必须兼容。这就形成了一种独特的文化意识形态，一种绝不能说是折中的拉美世界观：非存在的存在，无时间的时间。阐明这些命题不是本文能做到的，只需指出这种非笛卡儿式的思维不是一种文字游戏就可以了。

正如记者所言，"魔幻现实主义与其说是超现实的东西，不如说是一双更锐利的眼睛看到的日常世界"。是的，它体现了一种很强的观察意识和综合事物的企图。"超现实"的视觉呈现不能说是一种虚幻，它植根于历史的观念和文化意识形态的诉求。它把文化滞后的尴尬转化为一种惊人的时空观和叙述游戏。

《百年孤独》的激进的世俗观点是有其背景和针对性的。作家在访谈中指出，哥伦比亚没有打赢联邦战争，因此它在公证结婚离婚、教会和国家分离、世俗教育等方面落后于委内瑞拉等国家。他说："我成长的那个环境是非常压抑的。"他说他的儿子在读《一桩事先张扬的凶杀案》时，觉得像是在读科幻小说，因为新娘子不是处女就要杀人问罪，这在他们看来是一个很遥远的世代了。尽管马尔克斯的创作（如评论家所言）拉开了全球化序幕，他的前半生却是在物质匮乏、狭隘保守的坏境中度过的。其作品中恍惚如梦、宿命无力的感觉表明，作家从未和他的来源分离；他的左翼波西米亚的立场，也应该从这份乡愁中得到理解。

2019 年

维特根斯坦的文学性

《文化和价值》修订译本序

一

《杂论集》(*Vermischte Bemerkungen*) 是哲学家路德维希·维特根斯坦 (1889—1951 年) 的一部言论选集,或曰札记精选录,由他的学生冯·赖特 (G. H. von Wright) 教授编选,出版于 1977 年。德文和英语译文的对照本 1980 年出版,易名为《文化和价值》(*Culture and Value*)。大陆首个中译本是清华大学出版社 1987 年版《文化和价值》。30 年来,内地已有多个中译本问世。

维特根斯坦的著作主要是《逻辑哲学论》和《哲学研究》,其他如笔记、讲义及弟子编选的著述可以说是围绕两部代表作的支流,有些是草稿、素材或旁注。例如,《战时笔记》的一部分被吸纳到《逻辑哲学论》一书中,《蓝皮书和棕皮书》《评数学基础》《论确实性》等书和《哲学研究》的论题密切相关,有些内容是重复的。当然,也有相对独立的"著作",如《美学讲座》等。被列入维特根斯坦遗稿的文字,有些在哲学家生前就以打印稿形式流传,绝大多数都是作者过世后整理出版的。

不外乎是三种形式的"著作"：一种是讲课笔记，由学生记录整理，如《美学讲座》等；一种是作者生前就在撰写和修改的书稿，但无出版计划，如《棕皮书》等；一种是由他人根据遗留的文字材料编辑成书，如《文化和价值》等。它们对了解维特根斯坦的思想和哲学都颇有裨益。

《文化和价值》（许志强译，浙江大学出版社 2020 年）汇集了作者从 1914 年至 1951 年间所做的笔记。这个编年体选集的时间跨度大，基本上涵盖了作者的创作生涯。在维特根斯坦的"著作"中，未见一本书有这个叙述长度。它内容丰富，涉及哲学、宗教、历史、科学、教育、心理学、逻辑学、语言学、美学、艺术、音乐、道德等等，其人文涵养和精辟见解对不同层次的读者都有吸引力，面世之后一直被广泛阅读。

学术界的情况则不太一样。查阅近年来国内研究文献可以看到，美学研究主要是针对《美学讲座》，伦理学针对《战时笔记》《维特根斯坦论伦理学与哲学》等，而以《文化和价值》为对象展开探讨的并不多。虽说它的不少观点和《美学讲座》《哲学研究》有密切关联，它的宗教评论数量可观，尤其值得重视，但是通常的专题研究似乎不如评传写作对它更感兴趣。瑞·蒙克（Ray Monk）的《维特根斯坦传：天才之为责任》（王宇光译，浙江大学出版社 2011 年）第二十三章、第二十四章，探讨哲学家的文化终结观及末世论思想，引文主要出自《文化和价值》。学术论文引用率不高，固然是由于其专题性质不强，但也存在别种有待考量的因素，值得加以关注。

先从它的一般特色谈起。赖特在 1977 年德文版序言中指出，"此书和作者的哲学工作并无直接关联"。它是一般分类主题（美学和宗教）及自传性笔记的汇编，没有统一议题，上下文较少关联。从成书的角度讲，这是维特根斯坦著作中人工痕迹最重的一本。可以肯定地说，维特

203

根斯坦本人是不会去写这样一本书的。是编者苦心孤诣，从遗稿中摘录警句格言及札记选段，编成集子以飨读者。赖特在序言中说：

> 不熟悉维特根斯坦的生活环境和他所涉猎的读物，在没有进一步解释的情况下，读者会感到有些言论晦涩难解或莫名其妙。……我也同样确信，只要参照维特根斯坦的哲学背景，这些笔记就能得到恰当的理解和欣赏，而且，它们会有助于我们理解他的哲学。

在《维特根斯坦和传统》（见赖特《知识之树》，陈波译，三联书店2003 年）一文中他却暗示道，有必要将这些笔记视为理解哲学家思想的背景材料。他指出，由于英美的学术圈对维特根斯坦的文化传统不甚了然，他们对其哲学的理解外在于他的文化传统，这是不对的；而随着阿兰·雅尼克（Allan Janik）和斯蒂芬·图尔敏（Stephen Toulmin）合著的《维特根斯坦的维也纳》（殷亚迪译，三辉图书／漓江出版社出版2016 年）、瑞·蒙克等人撰写的传记陆续面世，这方面的空白已得到填补。

揣测编者初衷，他是想在《文化和价值》中展示这幅背景图。例如，对维特根斯坦产生深刻影响的斯宾格勒、奥托·魏宁格（Otto Weininger）等，是这幅图像不可或缺的部分；贝多芬、勃拉姆斯、约瑟夫·拉博（Josef Labor）等，其意义恐怕不限于音乐欣赏，而是自我塑形的参照，标示其品位和反思的渊源。哲学家一般少有披露的成长、焦虑和精神挣扎弥漫于这幅图像。维特根斯坦的"著作"中，唯有《文化和价值》载有如此生动的人格和情绪的内容。赖特强调维特根斯坦的"人格"表述和"纯哲学"之间的区分，试图将前者抽离出来，构成其哲学和人文传统的一堵背景墙，同时又试图暗示两者之间的关联。如果不展示斯宾格勒、魏宁格等人在其精神世界中的位置，这对理解其"纯哲学"应该说影响不大，但对了解他的思想来说是不完整的。鉴于"思想"和"纯哲学"难以分割，因此不可低估这种展示的重要性。可以说，将笔记辑录成书的主要意图即在于此，而这也大致框定了此书的学术价值和意义。

赖特敢"斗胆"编辑这样一本书（他称之为"我制作的文本"），恐怕也是因为他考虑到维特根斯坦与其敬仰的帕斯卡、利希滕贝格一样，经常写格言警句式的短句子和短小节段。《逻辑哲学论》《哲学研究》也都不是长篇大论，遣词造句体现其一贯的文体倾向和特点，即追求一种高度精确的口语化风格，一种迷人的精巧和深刻，比喻极为讲究。赖特是否因此认为制作《文化和价值》十分必要，即通过一个兼具可读性和风格化的"作品"展示哲学家的写作风貌？从实际效果看，这一点是毋庸置疑的。赖特在《维特根斯坦传略》（见《回忆维特根斯坦》，李步楼、贺绍甲译，商务印书馆 2012 年）一文中声称，作为语言艺术家的维特根斯坦理应在德语文学史上占据一席之地；他坚信，《逻辑哲学论》《哲学研究》的文学价值不会湮没无闻。

研究"纯哲学"的，一般不会特别重视这个说法。搞文艺研究的，当然会意识到维特根斯坦的"艺术性"，像苏珊·桑塔格、特里·伊格尔顿等，满怀激情（或傲慢？）为之声张，甚至将哲学家描绘成一位先锋文人和艺术怪杰。约翰·吉布森（John Gibson）、沃尔夫冈·休默（Wolfgang Huemer）编的《文人维特根斯坦》（袁继红等译，吉林出版集团 2008 年）体现了对赖特观点的回应，值得关注。谈到美学问题，首先应该说明，维特根斯坦对美学的看法（见《美学讲座》）和他的文艺批评不是一回事，两者不可混淆。而"文学性"问题还是有必要以常规的文艺批评来介入。

二

这里我想先从瑞·蒙克的《维特根斯坦传：天才之为责任》中转引一段文字，对它作个点评。摘录的是维特根斯坦 1930 年致友人吉尔伯特·帕蒂森的一封信，如下：

我亲爱的吉尔（老畜生）：

你有一个野心勃勃的目标；你当然有；否则你就只是一个有着老鼠的精神而不是人的精神的流浪者。你不满足于待在你所在的地方。你想要生活之外的更多东西。为了你自己的和依靠（或将依靠）你的人的利益，你配得上一个更好的地位和更高的收入。

你也许会问，我怎么能把自己抬高到钱拿少了的人的行列之外？？为了思考这些和其他问题，我退回到上述地址之所在，一个离维也纳约三小时路程的乡村。我购买了一个新的大写字本，其商标已装入信封，我正在做大量工作。我还装入一张我最近拍的照片。我的头顶裁掉了，我做哲学不需要它。我发现，佩尔曼式记忆法是组织思想的最有用的方法。靠着那些小灰本子，就有可能"卡片式地索引"我的头脑。

欧洲作家中，谁的语言比较接近这些书信的格调呢？
我首先想到的就是塞缪尔·贝克特。

206

这里援引哲学家谈论"大写字本"和"小灰本子"的"废话",而不是从《逻辑哲学论》等著作中摘引高度风格化或诗意的句段,总之是想要展示一个未被充分讨论的维特根斯坦,其机巧的废话写作不输于(而且不迟于)塞缪尔·贝克特的同类写作,其自我镜像的绘制则和两次大战时期英美的"唯我主义者"相似,气质上有过之而无不及。遣词造句饶舌的节奏在译文里仍感受得到,"我购买了一个新的大写字本,其商标已装入信封""我的头顶裁掉了,我做哲学不需要它"之类的俏皮话,较之于罗素、摩尔等前辈学者,战后存在主义一代新人或许更能与之共鸣。过去我们把这种神经质的文雅视为贝克特的独家商标,殊不知维特根斯坦早就这样写,而且颇契合于尼采对"生活形式"(form of life)的重视。

《文化和价值》对"生活形式"的感悟,有其令人难忘的特色。这方面例子不少,这里摘引 1930 年的一则笔记(节选),是作者评论友人恩格尔曼的一句话,后者说从抽屉翻出手稿阅读时,觉得饶有意趣,但一旦想到付诸出版,整件事就变得索然无味……维特根斯坦对此阐释道:

> 没有什么比看见一个自以为未被注意地做着极简单的日常活动的人更值得注目了。让我们设想一家剧院,大幕拉开,我们看见某人独自在房间里走来走去,点燃一根香烟,让自己坐下来,等等。这样我们就突然是在用我们通常不可能观察自己的方式从外部观察一个人;仿佛是用自己的眼睛观看传记的一个章节——这肯定会是既怪异又精彩的。比剧作家为舞台表演或念白而做的任何东西都更精彩。我们应该观看生活本身。——但我们确实每天都看见它,它

却丝毫没有给我们留下印象！足够真实，但我们没有从那个观点去看它。——与此相似，当恩格尔曼看着他写的东西，觉得它们很美妙（就算他不愿单独出版任何一篇）时，他是把他的生活视为上帝的艺术作品，就其本身而论，它当然是值得凝视的，就像任何生活和任何事物一样值得凝视。

诺尔曼·马尔康姆（Norman Malcolm）在《回忆维特根斯坦》（李步楼、贺绍甲译，商务印书馆2012年）一书中写道，在剑桥举办的每周一次的家庭接待会上，维特根斯坦对"美学的论题可能提得最多"，他"关于艺术的深刻和丰富的思想是非常感动人的"。可惜马尔康姆和其他人都未留下这方面的详细记录。所幸的是，从《文化和价值》中尚可领略一二，尤其是音乐评论，委实弥足珍贵。总之，它们是比常规的文艺批评更为"用心"的批评。维特根斯坦评论叔本华、卡尔·克劳斯，正如卡夫卡评论狄更斯，显示文体家的鉴别力，也含有从强大的影响源逃逸出去的动机，因此造成一种内在的关涉和张力。不同于康德、黑格尔，也不同于叔本华，他常以切身利害关系评论文艺作品。换言之，他在评价别人的同时不能不评价他自己。

维特根斯坦认为，他的艺术活动只是体现了一种"良好的礼貌"和"良好的听觉"，精于修饰打磨，缺乏野性洋溢的生命力和创造者的精神。但是他又抵制叔本华洋洋洒洒的文风和莎士比亚汪洋恣肆的想象。换言之，他把自己描述为整饬的"温室植物"，但这并不意味着他要接受莎士比亚的"独断专行"和"不对称"。必须指出，维特根斯坦并不是从具体某个作品来评判莎士比亚，而是针对构成其作品大全的那个"我"。这种本质论的批评观在他是一以贯之的，下文还会谈到。

哲学写作，无论是形而上学还是伦理学，一般说来都无须在表述方面加入特别的追求。说某个哲学家文采好，这种所谓的"好"也是可以剥离的，未必真的构成决定性的表达要素。赖特在《维特根斯坦传略》（见《回忆维特根斯坦》，李步楼、贺绍甲译，商务印书馆 2012 年）一文中则提醒我们，维特根斯坦作为语言艺术家的特质不可忽略；相关的风格分析只是开了个头，应该继续做下去。尽管这么做会招致文学化之嫌，但是应该看到，维特根斯坦自视为作家这一点在研究中并未受到足够重视。

这是一个尚需厘定的问题。说维特根斯坦是具有高度艺术修养的哲学家，相信没有读者会否认，但是这个说法与《文化和价值》的内涵仍不尽相符。从书中的表述看，维特根斯坦不仅自视为作家，而且对其写作特质深表关注——是一种全方位的关注，诸如体裁类别、修辞意识、文体构造、精神格调等，将这些因素持续纳入其考察和反思的范围，这在哲学家当中是很不寻常的。如果不考虑尼采、克尔凯郭尔的传统，只是以逻辑哲学家的身份去衡量，《文化和价值》就不太符合常规的预期，其作者更像是一个对哲学感兴趣的诗人。他不仅对写作，也对其有限的艺术实践（素描、雕塑、建筑设计等）进行反思，作出自觉的描绘。

例如 1946 年的一则笔记：

> 或可用形式上缺乏新意的风格——像我的风格那样——但用精挑细选的词语写作；或者相反，用**形式**上具有新意、**刚**从自己身上长出来的风格写作。（当然还可以用那种将旧家具马马虎虎地补缀在一起的风格写作。）

文中指出风格的三种路径，像是雾中显露的风景；三种选择性的排列，是围绕自身风格的本质所作的一种排列，是在想象（虚无）的空间里观望到的东西；这种自我描绘显示真正的艺术直觉力。而且，不乏精彩的比喻和说法（"**刚**从自己身上长出来的风格""将旧家具马马虎虎地补缀在一起的风格"）。

1947 年的两段笔记，则以晚期回顾的立场进行自我定义：

> 你能够用一种新的语言在某种程度上恢复一种旧的风格；可以说用适合我们时代的那种方式使之重现。这样做其实只是在复制。我在建筑工作中做过这件事。

空一行：

> 可我的意思**不是**说要将一种旧的风格修剪一新。你没有将旧的形式拿来修理，以符合时下的口味。不，你其实是在说着旧的语言，也许是不知不觉地，却是以属于这个较新的世界的方式说着旧的语言，然而，未必因此就是那种符合其口味的语言。

作者阐释了新的世界和旧的语言之间的关联，以往复咏叹、精确到拗口的口吻表述出来。这些晚期笔记和早期思想有内在的一致性，即他认为自己所做的只是一种"复制"（"再生"），这是他的文化活动（及哲学工作）的本质。阿兰·雅尼克、斯蒂芬·图尔敏的《维特根斯坦的维也纳》便是以此为着眼点，追溯哲学家的思想背景和文化渊源。

三

维特根斯坦的奥匈帝国的维也纳背景，他与德奥音乐文化和德语文学的关联，他对科技文明的排斥，等等，都在暗示他对"旧的语言"进行"复制"或"再生"的一种意义来源。瑞·蒙克等人的相关研究对此作了较充分的说明，这里就不赘述了。

我想就哲学家的文化姿态再作一点补充论述，关乎《文化和价值》有待强调的一个特质。可以说，目前出版的维特根斯坦著作中，只有这本书是在阐述这种特质；因为，问题显然不在于他是否自视为作家，是否该被视为作家——这些其实是显而易见的——而在于他是一个什么样的作家，人们应该把他摆放在什么位置上。也就是说，实质关系到他在西方文化中的位置。

这个方面，早年（1931 年）的一则笔记值得引起注意。维特根斯坦概要描述了西方现代文化进程，表明他对自身处境的预见或思索，即他作为"诗人的命运"的图景：

有些问题我永远不会去处理，它们不在我的道路上，或者说不属于我的世界。贝多芬（一定程度上或许还有歌德）处理过和搏斗过的西方思想界的问题，从来没有一个哲学家面对过（也许尼采从它们附近经过）。或许就西方哲学而言它们是失落了，换言之，没有人会有能力把这种文化进程当作史诗去体验和描述了。或者说得更准确些，它只是不再成其为史诗了，或者只对那些从外部观察它的人来说才是史诗，而这或许是贝多芬怀着预见做过的事（正如斯宾格勒在某处所提到的那样）。可以这么说，文明只能预先拥

211

有其史诗作者。正如人们只能预见他们自己的死亡并将其描述为某种位于将来的东西，而不能在死亡发生时报道它。因此可以说，如果你想看到整个文化的史诗描写，那你就得在其最伟大人物的作品中去找，故而要在这种文化的末日只能被预见之时所创作的作品中去找，因为不久以后就不会有人来描述它了。所以不必为此感到惊讶，它只能以隐秘的预知的语言写成，只为极少数人所理解。

由于没有解释"西方思想界的问题"是指什么问题，这则笔记有些费解。但是从上下文的脉络不难辨别，应该是指正在消亡的欧洲艺术文化精神（相对于勃兴的英美科技文化精神）。作者试图背转身去，独善其身，其决绝的态度指向一种"非历史"的立场及禁欲主义。

大体而言，维特根斯坦始终是在这个框架里活动的，即，秉持内心的坚守和超越的神圣理性，应当认同以"纯哲学"为遁世的途径（"从永恒的角度沉思世界"）。"纯哲学"确保其精神生活的严格、清晰、透明，从而在源头上躲避文化的衰颓。

然而，他还是免不了要忧虑这个"变老的世界"。《文化和价值》亦可证明，他并未如其所言的那样切割干净，而是卷入西方思想界的命题并作持续的斗争。西方几个世纪以来通过其最卓越的天才所呈现的精神、人格、情感和悲剧的问题，尼采等极少数哲学家有所感悟的问题，通常的伦理学和美学是解释不了的，只有在"天才"这个概念的天启般的或是史诗般的展开中才能够触及。这是近代欧洲（浪漫主义以来）独特而重要的文化概念。所谓"天启般的展开"，意味着这个概念（及其启示意义）是以危机的形式出现并以此得到强化，颇似一种回光返照。魏宁格对贝多芬的祭拜，他以自杀殉道，便是典型的一例。

维特根斯坦终生服膺魏宁格，认为他即便谬论百出也是伟大的，而他本人同样是在一种危机意识中面对传统。他声称不想与那些问题发生关系，不过是愤激之词罢了。他其实是在孤悬的境地中延续传统，形成其独特的世界观和立场。换言之，他是在尼采所言的"小时代"延续其天才论的文化价值观。尽管《文化和价值》的话题多种多样，但它有相当的篇幅是在讲这个问题；对贝多芬的敬仰，对歌德、勃拉姆斯的企慕，对独创性、鉴赏力等概念的辨析，包括对犹太人的评论等等，莫不与之相关。

"贝多芬的伟大心灵……"——他总是如此这般地言说、观省和比较。音乐是他（也是尼采）衡量精神事物的尺度。作为叔本华的私淑弟子，他（像尼采那样）剔除叔本华体系中的东方精神烙印，彰显欧洲文化观念。可以说，德奥体系的浪漫主义天才观是其文化价值论的核心。他是此种价值论意义上的本质主义者。从《文化和价值》的第一页到最后一页，他都是以这种本质论的立场评估自我和他者。真正的天才该如何行动、思考和写作，与此相关的时代参数该如何计量，此类问题不在哲学的范畴内，对维特根斯坦而言却是至关重要的。

《文化和价值》未被阐明的特质即在于此，它要求我们从另一个方向——不是从常规的哲学范畴，也不是从一般的文学概念 从特定的文化观念进入此书，从中体会他的精神或心灵的关切，他的失落和梦想，他的反思和价值判断。

回忆录作者和传记作者一般都会指出，英国人（罗素等剑桥学人）不能真正理解这一点，觉得他神秘古怪，这是逻辑哲学之外难以打通的文化隔膜。《文化和价值》未能在学术议题中取得一个应有的位置，于此不难理解。可以说，不去体察或重视其心灵（而非头脑或思辨）之"关切"，如下这段笔记就难以得到恰当的理解和欣赏：

> 在树不是弯曲而是折断的地方，你理解了悲剧。悲剧是非犹太人的东西。门德尔松或许是最无悲剧性的作曲家。

这里的关涉都是指向一种自我本质的建构，而这种建构离不开心灵的期许，取决于主体在何种层面上予以关切，即在何种程度上使之成为一个生死攸关的命题。

如果说《文化和价值》具有浓厚的自传色彩，那么它主要就是体现在这里：这些言论是精神体验的结晶，而非只是思辨的产物。它试图揭示在时间的某一个点上心灵活动的性质。也就是说，收集在此书中的言论几乎都是作者和他自己的交谈，描述他是如何把承诺和觉悟交托给自己，自然也包括疑虑和绝望。哲学上他谈得最多的就是反对独断主义的思维方式，宗教上他质疑保罗神学和加尔文神学对于心灵教育的意义，这些他在别处也讲过，或许是讲过不少了，但是表达特定的文化理念和关切，这本书最为集中，尽管以断片絮语的形式呈现，却有其可以寻绎的叙述脉络和图景。

维特根斯坦的价值观和文化姿态，其写作的超哲学的性质及意义等，要讲清楚固然不易，然而探究这些议题并阐明其中的关系正是研究者的任务。我相信在这个方面《文化和价值》还可以发挥更重要的作用。

2020 年

《文化和价值》三题

一、旧版与新版

《文化和价值》的德文版和英文译本出版之后，有过几次修订。迄今为止，共出版过两个英德对照本，即1980年的版本和1998年的版本。后者的德文版是挪威卑尔根大学维特根斯坦档案馆的艾洛伊斯·毕希勒（Alois Pichler）提供的，出版于1994年。英译者彼得·文奇（Peter Winch）根据这个版本重新作了翻译。相比1980版对照本，1998版对照本（布莱克威尔出版社）的变化较大，不仅是英译改动大，而且文本中的19处增补，是以往任何一次修订都未曾有过的。

以正文开篇第一个条目为例：

> 听中国人说话，我们往往会把他的话语当作是含糊不清的叽里咕噜。懂中文的人会从他听到的声音中识别出是**语言**。同样，我经常不能从某个人以及其他人身上识别出是**人类**。

新版将删去的句子补全，如下：

中尉已经和我谈了各种事情；一个非常好的人。他能与最大的流氓相处，能够显得友善而不让自己妥协。听中国人说话，我们往往会把他的话语当作是含糊不清的叽里咕噜。懂中文的人会从他听到的声音中识别出是**语言**。同样，我经常不能从某个人以及其他人身上识别出是**人类**。做了一点儿工作，但并不成功。

可以看到，"听中国人说话……"这个条目，在原稿中显然不是独立成段的。上一篇文章中引用的"在树不是弯曲而是折断的地方……"那一段也是，其新版增补版如下：

在树不是弯曲而是折断的地方，你理解了悲剧。悲剧是非犹太人的东西。门德尔松或许是最无悲剧性的作曲家。惨然执着于、悍然执着于一个悲剧性的爱的境地，在我看来始终与我的理想是颇不相容的。难道这意味着我的理想是虚弱的吗？我无法评判，**不应该**评判。如果它是虚弱的，那就糟糕了。我相信，我在根本上拥有一个温文而平静的理想。不过，愿上帝保佑我的理想免于虚弱和伤感吧！

以上两个条目的对比足以显示新旧版的差异。旧版的做法是选择主题句而舍弃"枝蔓"，虽然编辑的力度较大，但从含义到留白的处理都显得凝练峭深，富于回味。书中类似的处理多半是值得称道的。

当然，不会都是无可争议的。例如第一个条目，精简之后语气变强劲了，似在宣示一种抗世的桀骜。第二个条目，自省欠缺"悲剧性"而引发的不安和祈愿，颇为耐人寻味，似乎不宜删减。凡此种种好像总有可商榷之处，这是任何"选择"都难免会招致的。

毕希勒将所有被剔除的句段还原，不失为稳妥的处理。其增补不外乎是两种方式：或是将段落中删去的句子补全，或是将相邻的被弃用的段落补上。毕希勒的新版并未改变固有的框架，这仍然是赖特编选的书。那么，旧版为何要作删减？这牵涉此书的编选原则。赖特在1977年德文版序言中交代说：

> 我从集合的笔记中抽去纯属"私人"的那一类，即维特根斯坦对其生活的外部环境、他的精神状态及他和其他人（有些人还在世）的关系进行评论的那些笔记。大体上讲，把那些和其余的分开是**容易**的，它们和这里发表的这些兴趣**不同**。仅在这两个条件似乎不能满足的少数情况下，我也收录自传性质的笔记。

赖特说的"抽去"，是指将整个条目拿掉，还是也包括从语义连贯的段落中删除一些句子？这一点没有讲清楚。如果是后者（如上面两例所示），则极易引起争议。毕希勒将"抽去"的句段统统还原，实质是对这种编辑方针的抗议。

但不管怎么说，选编这样一本书，也确实应该在录用与弃用之间确立严格的取舍标准，毕竟这是"思想录"而非日记，对"素材"进行甄别是必要的，有助于调性的统一。但这种做法的冒险在于有时很难作出稳妥的区分。

换一个角度我们是否可以认为，赖特在编辑时其实是别有参照标准的，即试图让所选的条目接近于《逻辑哲学论》或《哲学研究》的表述风格？我觉得这是一条值得考虑的思路。说实在，毕希勒还原的句段中，有些确实显得琐屑，还是不放进去的好。

赖特本人怎样看待新版的增补呢？他在 1994 年新版序言中说：

> 新版包含前几版的所有评论，没有超出这个范围。而此处刊登
> 的这些评论却得到更完整、更忠实于原文的编辑。维特根斯坦通常
> 将评论写成短小的节段，用一行或多行空行将段落分隔开来。前几
> 版刊登的有些评论只是这些段落的"节选"，也就是说，在编者看
> 来常常像是不相干的脱漏部分。这是让某些人可能会觉得有争议的
> 一种判断；因此，目前这个版本将所有这些段落都补全了，以便组
> 成完整的段落。

这个解释不太令人满意。所谓的"节选"难道都是原稿中看似"不
相干的脱漏部分"？这显然不足以解释上面所举的那两个例子。不清楚
赖特究竟是怎样想的，总之，他全盘接受了毕希勒的增补而几乎未作
解释。

对读者来说，有两个版本可读不是坏事。已有的中译本多数还是根
据 1980 年的版本译的。毕希勒的新版除了增补，还有勘误和对手稿的
新释读。英译者彼得·文奇在 1998 年新版序言中说：

> 目前这个本子是对 1980 年出版的初译本的一次大幅度修改。
> 这当然部分是考虑到艾洛伊斯·毕希勒修订版所收入的新材料，但
> 也涉及其他的一些变化。其中有些变化是和我对自己原先译文的不
> 满意相关，而其他变化某种程度上却是由毕希勒先生的版本不同于
> 前几版的特点而引起的。
>
> 冯·赖特教授编选的本子是意在获得一个比维特根斯坦的专业

哲学著作所能期望的更为广泛的读者群。部分是出于这个缘故，它们并不尝试包含毕希勒先生所针对的那种文本细节。新收入的材料的一个重要特点，是对维特根斯坦的手稿和打字稿中包含的不少异文作了详细记录。为了开始尝试翻译这些变文，有必要更加紧贴维特根斯坦的原文的语法结构，比我在原先版本中认为是恰当的那种程度要紧密得多。我是这么做的，同时仍试图尽可能让它读起来像是英文，而非一字不爽的怪"译"。

原稿不仅存在难以正确释读的地方，而且存在不同形式的异文。旧版的做法是删繁就简，新版则力求忠于原样。彼得·文奇试图追随新版的方针，让译文更贴近原作，而这也有赖于毕希勒的校勘，提供了迄今为止最翔实的德文版本。

维特根斯坦去世后，遗稿由赖特、拉什·里斯（Rush Rhees）、伊丽莎白·安斯康姆（Elizabeth Anscombe）等三位遗著保管人管理。赖特接受委托编选此书，历时近十年，在海基·尼曼（Heikki Nyman）、拉什·里斯的协助下才定稿，可见其成书之艰难。德文版从 1977 年到 1994 年，几经修订，凝聚了编者的大量心血。此书选目精严，颇具特色，体现了编者的精致而出色的品位；其编辑意图含蓄而深刻，有待于读者悉心揣摩。

赖特思想谨严，文风雅洁（笔者素来仰慕其文章，尊其为剑桥桐城派），他撰写的序言对"无关紧要"的细节总是吝惜言辞，因此相关的编辑原则和编辑过程大致如上所述，再多的实质性说明就没有了。《文化和价值》是从多少数量的原稿（条目）中取材的、具体来源是什么，序言没有交代。当然，维特根斯坦遗稿好像也不是一个固定的概念，除已经解密或仍在尘封的档案外，有些还在搜集中。例如随后附录的《一首诗》，便是新近发现的材料。我想，随着时间推移，这个选本会在更多档案发现的基础上完善。我相信，读者通过新旧版本对照会有更多的启发和收获。

二、对马勒的评论

评论音乐家马勒的文字不算是《文化和价值》的重要内容，为什么要单独提出来讲呢？因为相关的评论惹怒了马勒的乐迷，影响不小，故有必要在这里说一说。

诗人黄灿然在网上说，他从英译本（《文化和价值》）读了维特根斯坦评论马勒的文字，对其"刻毒"深感震惊，斥之为"一派胡言"，大有拍案而起的愤慨。

匈牙利作家凯尔泰斯·伊姆莱，他翻译维特根斯坦，在其自述《另一个人：变形者札记》（余泽民译）中写道：

> 他（维特根斯坦）说："马勒是位蹩脚的作曲家。"我一边翻译着这样的蠢话，一边将第六交响曲的磁带插进录音机里。

奥地利作家托马斯·伯恩哈德（Thomas Bernhard，《维特根斯坦的侄子》的作者）干脆在访谈中声称："维特根斯坦是一个乐盲。"

当然，说他是"乐盲"和说他说的是"蠢话"，其实相差不多。凯尔泰斯一边翻译"蠢话"，一边播放马勒的音乐以示抗议：听听《第六交响曲》吧，你听不出这是好音乐？

维特根斯坦在书中提到马勒的名字，共有三处。讲马勒不好的，只有 1948 年札记中的一个条目，但找不到"马勒是位蹩脚的作曲家"的说法。为避免断章取义，还是看上下文。笔者根据 1998 年新版《文化和价值》将该条目移译如下：

如果马勒的音乐真的没有价值，正如我所相信的那样，那么问题在于我认为他应该如何对待他的才能。因为很显然，这种糟糕的音乐是用**一套极罕见的才能**创作出来的。他应该，比方说，写出交响曲然后付之一炬吗？或是应该违背自己的意愿不去把它们写出来？他应该把它们写出来并认识到它们是没有价值的吗？但是他如何能够认识到这一点？我看到这一点，因为我能拿他的音乐和伟大作曲家的音乐比较。可**他**不能那样做，因为想到那样做的人或许会对其作品的价值抱有疑虑，因为他无疑是看到，他可以说并不具有其他伟大作曲家的天性——但这并不意味着他会急于接受这种无价值；因为他始终能对自己说，他固然不同于其他人（他无论如何都钦佩的人），却以另一种方式出类拔萃。也许我们可以说：如果你钦佩的人没有一个像你，那你大概就会相信自己的价值了，只因为你就是**你**——即便某人是在与虚荣心做斗争，只要斗争没有完全成功，他对自己作品的价值就仍会自昧自欺。

但最大的危险似乎在于将自己的作品置于比较的境地。首先是由自己，然后是由其他人将它和往昔的伟大作品比较。这种比较压根儿就不该考虑。因为，如果今天的状况确实是如此不同于曾经有过的状况，那么你无法在**样式**上将你的作品和先前的作品比较，也同样无法将它的**价值**和其他作品的价值比较。我自己就不断地犯着我讲到的那种错误。

　　　　正直决定一切！

　　最末一句在 1980 年版本中没有，新版将这个删去的句子补上了。但即便不补上，也无关宏旨，上文的意思已经说得很清楚。除了维特根斯坦对马勒的评价如此之低会让读者有点诧异之外，这条札记按理并没有特别值得引起争议的地方。当然，从公开发表的眼光看开头几句，乐迷愤愤不平似乎可以理解，但这个评价是思考的起点而非终点，至少应该读一下后续的思考，读懂整段札记的意思，不能话也没看清楚就斥之为"蠢话"。至于说"乐盲"——札记作者强调马勒的"极罕见的才能"，可见对马勒的作曲技能是有认识的——说他是"乐盲"，不值一驳。

　　这段谈音乐的文字不是通常的乐评，没有技术分析和风格论述，只有一个结论性的观点。维特根斯坦精通音乐，如果在此展开一谈就更好了，但是没有这么做。他更像是通过谈马勒在谈"我"。转换一下人称，那种看问题的视角就令人有些尴尬：如果我用不俗的技巧写出这种糟糕的音乐，我是否应该不去写出来为好？明知自己的天性不像伟大作曲家那么伟大，我会说服自己去肯定自己作品的价值吗？在什么层面上肯定？生存论？艺术创新论？个性独特论？……如果我不能认可我的价值，那我该如何对待自己的才能？……

　　这些疑问像尖刻的芒刺，或许会在每一位艺术家心中隐隐出现。没有自我质疑的人怎么算得上是艺术家？当然，实际从事创作的人或许会争辩说，这无非是理论家带有几分傻气的提问，是从鸟瞰的立场发出的脱离时代的观察，对创作能有多少帮助？以某个先验的理想来衡量不同时代的精神活动，这种做法公正吗？

札记作者承认，这样看问题不公正。结尾的那句"正直决定一切！"，是要在心理和人格的意义上为认识纠偏，让人感到"正直"这种品质之稀有。通常"正直"会埋没在各种形式的自欺或偏见中，即便是自以为明智者也不例外，也同样不能避免认识上的蒙昧，陷入这样那样的不正当的思考方式中。

但是，意识到这种看法不公正，并不意味着会改变对马勒音乐的看法。也许这才是问题的关键。

维特根斯坦显然不是从理智可以回撤的途径看问题的。再说，只有公正的愿望而无认同的积极意蕴，认同当然是不会发生的。他的认同是"往昔的伟大作品""伟大作曲家的音乐""伟大作曲家的天性"，它们构成其评判的真正依据。这么说仍嫌笼统的话，1931年的一条札记说得比较具体：

> 画中一株完整的苹果树，不管画得多准确，某种意义上也比最小的雏菊更不像它得多。从这个意义上讲，比起马勒的交响曲，布鲁克纳的交响曲和英雄时期的交响曲更密切相关得多。如果马勒的交响曲是艺术作品，那也是完全不同的一种类型。（而这其实是斯宾格勒式的观察。）

"英雄时期的交响曲"，是指贝多芬第三交响曲创始的浪漫派音乐。"往昔的伟大作品""伟大作曲家的音乐"，如果不是确指贝多芬，至少是指包括贝多芬在内的巴洛克、古典和浪漫派的传统。两段札记联系起来可以看到，维特根斯坦将马勒置于欧洲音乐文化的最高等级予以衡量，却无法对其认同和归类。同时代的维也纳音乐人中，马勒、布鲁克纳和拉博是他反复提到的三位：他推崇拉博，对布鲁克纳有好评，对马勒则不认可。不认可的理由，札记中有相同的提示，即他认为马勒音乐的样式和精神已脱离伟大的传统，尽管有着顶尖的创作才华，他却看不到这种创作的价值和意义。换言之，他是基于音乐文化价值论的立场否定马勒的创作的。

音乐文化是近代欧洲人精神生活的核心；维特根斯坦出自这个传统，但处在一个转型期。1903年，魏宁格在其偶像贝多芬的故居自杀身亡，标志着精英人物对文化衰落的抗议。维特根斯坦和魏宁格一样，把世纪之交的转型视为文化衰颓的开始。是否马勒的音乐代表此种衰退，这一点未见其说明。从1931年所谓的"斯宾格勒式的观察"，即把马勒视为不同文化时期的不同艺术类型，到1948年的价值论意义上的否定，大致可见其评判的立场是趋于一种文化终结论，即："往昔伟大作品"的余光从当代创作中消隐了；如果说布鲁克纳甚至比舒伯特更"纯正"，拉博的严谨乐思堪与勃拉姆斯的媲美，那也不能说明这个时代的本质会有所改观。瑞·蒙克的《维特根斯坦传》专辟一章（"这个时代的黑暗"）讲这个文化终结观问题，可供参考。

但是，音乐有其特定的语汇和应用，不能动辄视之为某一种文化价值论的注脚。以上所说也只是一点背景性的推测。可能维特根斯坦就是觉得马勒的音乐乏味，然后有感而发？

值得注意的是，札记作者不改变对马勒音乐的评价，却又对自身评论的立场发出质疑，留下一种绝非相对主义的双重解构。也就是说，既解构马勒的创作意义，又消除这种解构的正当性；由于第二层解构实质并未导向对第一层解构的逻辑肯定，因此它也不是辩证法，而是自我揭示的形而上学，体现一种对本质不在场的思考。

用德里达"幽灵本体论"的概念讲，这种对本质不在场的思考会逐渐取得幽灵（死亡）的性质，像是萦绕的轻烟、无声的注视和祭悼，不仅超脱于辩证法的洪流，而且是以鸟瞰的立场俯察本质的存在或非存在。札记虽然谈的是音乐创作，但主要是在其选择的实例中表达本质不在场的事实，说明那种抵触现实的形而上冲动是其观念中值得肯定的东西，尽管遭到认识主体的否定。

如此说来，这种思考未尝没有透露一点宿命的意味。这种宿命感的流露终究是要从文化价值观的角度去看待的，不管它表达的是一种回望还是前瞻。此段札记包含多层语义转折，细加寻绎，应该是耐人寻味的。

三、一首诗

维特根斯坦曾说过，应该把哲学写得和诗篇一样。读了《文化和价值》，相信读者不会觉得这是言过其实的。

有趣的是，1998 年新版附录中有一首无题诗，被指认为维特根斯坦所作。它不是散文诗，也不是写得有诗意的哲学话语，而是常规的分行排列的自由诗，如下：

> 如果你将真爱的芬芳
>
> 面纱掷在我头上
>
> 在手的移动中
>
> 丧失知觉的肢体
>
> 的轻柔动作就变成了灵魂

你能否抓住它，在它飘动时

在它几无声息地萌动

在它的印记固着于心灵深处时

清晨的钟声响起

园丁在花园的空间里经过

用脚轻触他的土地 那土地

花朵醒过来凝视

朝他容光焕发的

宁静的面孔询问：

那么是谁在你的脚上编织面纱

像一丝风轻柔地抚触我们

甚至也是你的仆人西风吗？

是蜘蛛，或是蚕儿吗？

　　这恐怕是读者见到的维特根斯坦的唯一诗作了。除了没有标题，诗应该是完整的。

　　冯·赖特在《杂论集》1994年新版序言中交代说："这首诗为霍夫赖特·路德维希·汉塞尔（Hofrat Ludwig Hänsel）所拥有，是维特根斯坦赠送给他的。我们认为是维特根斯坦创作的。这里的诗是现存打字稿的复制品。也应该有一个手写的版本，可能是遗失了。此诗不知何时所作。"

　　维特根斯坦文学兴趣浓厚，曾在维也纳哲学讨论会上朗诵泰戈尔的诗，他写这样一首诗是完全有可能的。诗中"园丁"这个意象或许还带

226

有一点自传意味（他在修道院做过园丁）。这首风格可归为"隐逸派"的诗作，显得既专注又具自发性，对读者来说有点像是意外之喜，收在附录中，也是新版的一个亮点。

2019 年

辑　四

德加、素描、现代主义

一、"悟性的喜剧"

在《德加，舞蹈，素描》（杨洁、张慧译，华东师范大学出版社2018年）一书中，保罗·瓦莱里记述了印象派画家德加的一些生平逸事，有些细节读来眼熟，才知别的书是引用了此书，例如关于电话的典故：

> 福兰建宅邸时，他请人在家安装了当时还很少见的电话。而他此举主要是想让德加惊讶。他邀德加共进晚餐，并事先安排朋友饭间给自己打电话。福兰与朋友用电话聊了几句，回到座位。德加对他说："电话就是这玩意儿？……它一响，您就过去听候差遣。"

瓦莱里熟知德加的生平事迹，如果想写，准能写一部翔实的传记。但是他写得比较简略，只在数目有限的逸事周围搭建了思考的脚手架，叙述散漫，却被一种紧凑有力的动机支配，即通过有深度、有压力的思考来勾画德加的肖像，舍弃不必要的细节……

尼采说："关于过去的博学的历史学绝不是一个真正的哲学家的工

作，无论在印度还是在希腊都不是……"（《不合时宜的沉思》，李秋零译，华东师范大学出版社 2007 年）同样，瓦莱里这本书也很少承担博学的传记作家或文献学家的工作，而是从事一种精严而"离题"的论述。他说："我在这里所写的只是些随心所欲的自言自语，这些自言自语之所至是我的回忆之所至，是我在一位不同寻常的人物那里所获得的种种想法之所至。"因此是杂记而非传记，围绕写作对象记下一连串本质性的思考，笔触像是听从这样一种功效观念：如果不能从原创性的观点出发描述对象，做得再详尽也都是没有用的。瓦莱里的散文和文论作品，大抵都有这个特点。

他对常规意义上的传记写作不感兴趣，此中缘由，他是这样解释的：

> 在我看来，一个人最重要的不是他所经历的"坎坷"，不是出生，不是爱情，不是贫困，那些能够被观察到的东西，没有一样对我而言是有用的。在这些东西中，我看不到一丝名副其实的闪光，那闪光能够说明一个人何以具有价值、何以如此深刻地有别于他人、有别于我。

说得掷地有声，发人深省，罗兰·巴特就讲不出这样的话。这当然是一种反叙事的观点，但是说出了重点。瓦莱里的解构，包含一种本质论的立场，独具冉森派教徒的气息，这一点尤可瞩目。

他质疑传记写作，并不是说对细节一概不感兴趣，而是认为事情有诸多可检讨之处。以所谓的"观察"而论，他说他在结识德加之前，通过后者的作品和语录，就已经形成了印象和看法，那么这里的问题是：究竟什么叫观察？他说，"所谓观察，其实在很大程度上就是想象你所期待看到的东西"，运用一种"从已知的不完备的条件出发去想象事物的能力"。虽说他对德加的"想象"不见得是美化，他的"预测"和实际观察也大致吻合，但这个形象终究是蒙上了一层观察者希望看到的东西。他承认，《泰斯特先生》中的泰斯特先生，就是根据他"心目中的德加形象"塑造的。

鉴于认知的意愿有时决定观察结果……瓦莱里告诫说，我们既要提防对"有趣"细节的爱好，也要警惕观察者"如愿"表述的结论；通史或传记的写作有时流于空泛，原因就在于哲学上的轻信，未免掉入自设的知识陷阱。

他认为，文学史、艺术史中随处可见的一种"笨拙"，就是缺乏好奇心，缺乏提简单问题的能力。他说，诗歌艺术的某些秘诀从16世纪一直传承至19世纪末，这一点在文学史中提都不提，至于哪些人得到过秘诀，哪些人没有得到，其实还是容易区分的，而这些人彼此如何评价，说起来应该有意思，可惜一般文学史都不涉及。艺术史也是这样。奥诺雷·杜米埃（Honoré Daumier）第一次见到莫奈的画作，怒不可遏，斥为"低俗"，同是那几幅画，收藏家德康（René Descamps-Scrive）却看得入迷，叹莫奈为"天才"。瓦莱里说，我们的通史缺少的就是这些生动表达"悟性的喜剧"的东西。

且不说流行的通史是否真的缺乏这类生动的叙述，可以肯定的是瓦莱里本人就能为这种"喜剧"提供例证，这是阅读《德加，舞蹈，素描》一书可以得到的看法。作为后期象征派诗人，他对绘画领域中的现代主义持批判和否定的态度。文学史（艺术史）恐怕不会涉及这一点。瓦莱里会画画，他的水彩、素描、速写的趣味和"巴黎画派"看似无异，而他的画论和潮流保持距离，且不乏凌厉的裁判。这种反差有些出人意料，或许能够激发读者的那一点"笨拙"的"好奇心"？

二、"思维之灵"

《德加，舞蹈，素描》，如书名所示，处理三个并列的主题，但"舞蹈"占了较少的篇幅，不像另外两个主题谈得那么多。按理说"舞蹈"不过是德加绘画的一个题材，"素描"只是其创作的一部分，但在瓦莱里笔下，它们却占据显要位置，其中"素描"让他尤其倾注关切和思考。

书中写道：

> 对于德加，画画、画素描已经成为一种酷爱，甚至一个学科，类似某些信仰狂或某种伦理学对于其认定目标的追求，那是一种崇高的、绝对排他的追求；画素描的过程也是各种具体难题不断衍生、新的好奇心不断产生的机会。德加是而且非常乐得自己能够是这个可能上升为具有普遍意义的新领域的专家，这个领域就是素描。

瓦莱里把素描的价值提得很高，甚至以"信仰狂"一词形容德加的状态。不过，这段话有费解之处。把素描说成是"可能上升为具有普遍意义的新领域"，这是什么意思？素描是"新领域"吗？

他说："素描完全有可能成为思维最无法摆脱的诱惑……或者更应该说素描它本身就属于思维？""我不知道还有哪种艺术形式比素描更能调动人的智力。"显然，他重视素描包含的智性特质。或者说，从他推崇的智性能量中，他看到了素描能够吻合这种能量的特性，值得给予非同一般的关注。

瓦莱里的思考体现了他对素描的本质属性的关注。他认为，素描的意义就是让我们看见事物，让原先熟悉的事物真正显现出来；理论上讲，不给某物画素描，我们就说不清对它的确切感觉；一边看一边画，这个持续的动作对我们的眼睛有操纵作用，而这种操纵是意志的产物；就此而言，"必须有所愿，才能达到看，而素描既是这种出于愿而实现的看的结果，也是其方法"。这是瓦莱里对素描所下的诸多定义中的一个。在"观看"与"描画"的活动中，持续不懈的意志显然是关键。那么，这个所谓的"愿"是否包含"想象你所期待看到的东西"，自然是需要辨析的。除了前面所说的认知的意愿有时会决定观察的结果，是否还存在着其他值得讨论的问题呢？

　　他感叹说，迄今都读不到一部系统的素描论述，针对基本的视觉机制的问题。比如说，在"看"与手的动作之间有许多"中继站"，记忆是其中之一；眼睛留下的每个印记都瞬间转化为记忆的元素，而手的动作是从记忆中获取运动规则的；素描就是由"瞬间记忆素"的碎片和线段构成的；由于这些先后出现的碎片不在同一等次，因此会发生连接不精准的错误，甚至会出现局部越精确整体越不像的糟糕结果……诸如此类，理论上缺乏系统的论述。

　　推究下去还有问题：记忆和记忆之间有空隙，我们靠什么来填补这些空隙呢？实验证明，是靠想象力填补的。埃德沃德·迈布里奇（Eadweard Muybridge）的动态连续摄影研究马的运动，结果发现不少雕塑和绘画所表现的马的运动状态有错误，这是眼睛对于物象的"无意识篡改"的结果。从点状到物状的视觉构成之间有一整套神秘的程序，我们受制于这套程序，往往把"猜到"误以为是"看到"。换言之，我们的感觉机制中存在着某种想象力，"尽可能协调不和谐的原始材料、化解矛盾、借助画家自孩童时期就开始形成的判断，进而使我们承认，被我们划分为空间、时间、材料和动作的东西均具备持续、关联以及转换的性质"，因此不难理解，我们总是根据自以为看到的样子来想象运动中的动物状态。如果不借助记忆或摄影的负片，不借助素描的意志，我们对飞鸟、奔马——尤其是对云彩、沼泽等"无形之形"能够认知到一个什么程度？瓦莱里深表关注并提出了描画"无形物"的课题。

从哲学的角度讲，上述分析让人想起康德对知觉现象的论述。作者由此提出的告诫——"不要将你以为看见的东西与你确实看见的东西相混淆"——和维特根斯坦的告诫如出一辙（见《文化和价值》，许志强译，浙江大学出版社 2020 年）。涉及素描的视觉机制，瓦莱里的这些思考是深入的，也是有趣的，能够深化我们对"观看""描画""视觉印象""视觉符号"等概念的认知。他的思想有数学般的精密追求，也富于象征派诗人的灵感和奥义；这本书像他的其他著述，称得上是灵感的精粹的集合体。

然而，这些思考大体上是基于西方绘画的求真意志以及对造型准确性的追求，尚不足以解释素描这种塑造物象空间的绘画活动何以能成为"新领域"。难道只有素描才能体现那种本质追求？为何不谈色彩？为何不谈德加绘画中的色彩及其表现？这是作者的偏见、疏忽，还是别有深意？

我们看到，当作者把素描定义为"思维之灵"时，他的观点就不能不说是耐人寻味的了。

思维之灵在和盘托出其全部期待并将自身积蓄的所有力量全部投入以便成为它之所是的过程中所需甚微，这个现象堪称奇迹：无需太多，便可道出它所有的期待，并且爆发全部潜力，成为"真正的自己"；无需太多，它便明白，只要与最平常的状态无太大差异时，自己便不是真实的自己——它不想囿于自己最惯常的状态。

认为素描"属于思维"、最能"调动智力"，认为艺术家和思想家一样，"通过研究无形物，或者称具有独特形态的东西，去尝试找回属于他自己的独特性，找回他的眼睛、他的手以及物体与他的愿望之间协调关系的原始而独特的状态"……从这些类比性的定义中不是已经可以看到作者的思想倾向了吗？尽管这些思考是围绕着德加的创作，是从德加的身上产生的，但其倾向性表述却更多是属于瓦莱里自己。尤其是当他说文明史可以用"智力史"取代时，其隐然可见的倾向就变得昭然若揭了。

瓦莱里心目中的哲学史、艺术史、文学史和自然科学史，实为他所拣选的一部智力史，由他所偏爱的一系列作家如笛卡儿、帕斯卡、司汤达、梅里美等组成。他认为，把德加置于司汤达和梅里美之间是恰当的；德加和司汤达一样，"对人和事物均有着犀利、激进、决绝的判断"；德加"对人体素描的处理既满怀激情又冷酷无情，恰似司汤达对人物性格和姿态的描写"……

这是类比而非定义。但这种类比的等同关系正是瓦莱里所要传达给我们的。素描和思维，素描和绘画，几乎是等而观之了；德加正是以素描家的身份跻身于"智者"行列。既然如此，他把智者或思想家类比为象征派诗人，又有什么奇怪的呢？——他说，思想家就是"尽可能避免使用那些可能使他精神涣散、不再对身边的事物怀有好奇，却能让他的生活变得容易的字词和既定表达方式"。这是将象征派诗人的属性和思想家的属性做了交换。

此书的精神主要是由作者对素描的推崇所决定的。虽无确切的界定和集中的说明，让我们知道素描何以成为"具有普遍意义的新领域"，但大致不难领会作者赋予素描的重要性。尤其是，对"新领域"的强调是和某种末世论联翩而行，披戴着一个逝去的古典时代的光照；那些光亮闪烁的部分，被一种黑暗的感知强化——这种明暗对比构成了此书的主旋律，呈现出与现代风尚并不和谐但也只属于现代的观察和考量。

三、"艺术智商的衰弱"

瓦莱里对广义上的现代绘画持质疑和否定的立场。他在书中断言：

> 随着重视透视和解剖的时代离我们越来越远，绘画将越发成为照着模特画画的活计，也就越缺少想象、越没有创意、越难以成就杰作。
> 抛弃透视和解剖就是抛弃绘画过程中的精神活动，而不用透视和解剖的唯一好处，仅仅是眼睛得到片刻的消遣。
> 欧洲绘画的意志也正是在这一时刻有所丧失……

换言之，古典时代结束了，绘画是在走向末日。瓦莱里叹息道：有谁还会去搞米开朗琪罗、丁托列托那样的大工程呢？那种工作需要极大的热情，面对很多问题……而现在的画家只是对着几个苹果和黑色三角形的人体殚精竭虑。创作几乎都不再需要习作，或者说习作取代了创作。绘画的意志松懈了。艺术品的等级观念衰微了——"如果一幅表现盘中两个李子的静物与一张耶稣被抬下十字架的画作价值相当，甚至前者还可能价高无数倍"，那么，"众所周知的客观标准"就会失宠，而其首要影响就是"全方位削弱艺术创作的难度"。云云。

尽管没有确指，却也不难看出来，其矛头所指是印象派和后期印象派这股潮流："苹果"指的是塞尚；静物画的价值与宗教画相当或价高数倍，有悖于勒·布朗（Charles Le Brun）奠定的学院派等级原则，则是暗指塞尚的美学所取得的崇高地位；"黑色三角形的人体"是泛指毕加索及德国表现主义；所谓"习作取代了创作"，亦指毕加索、布拉克等人的立体派创作。瓦莱里指出，德加卧室里挂着安格尔的一幅描绘舞女的铅笔画，极少素描的成分，其结构更像是木偶式的臂膀和腿的生硬连接，让人想起收藏于巴塞尔的一幅小荷尔拜因的素描，画一只木制般的手，"指节看上去像是叠加起来的小方块，其截面呈方形"；这种对抗素描的圆润性和柔韧性的实验，对小荷尔拜因、安格尔而言，只是实验性的习作，对毕加索等立体派画家来说，则是将习作混同于作品，也就是说，"误将只能作为手段的东西当成了目的"，而"这一点正是现代主义最为突出的特点"。

瓦莱里真可谓是独辟蹊径，不谈立体派绘画和塞尚的本质联系，而是巧妙暗示小荷尔拜因、安格尔代表的另一重渊源。且不论小荷尔拜因的《手的习作》（1520年）是否包含这种渊源，有一点可以肯定，瓦莱里对立体派绘画缺少深入研读的兴趣，对其他新兴画派恐怕也是如此。他在书中表达批评性的关注，却连一个画派的名字都不提，他的否定是针对全体，针对潮流，而且措辞严厉：

现代艺术无知且缺乏力量……创造性消失了……构图简化为摆设……几乎所有的创作都不再需要习作，或者说所有的作品都只是习作……艺术品及其类别的等级观念日薄西山……莫名的形式、胡涂乱抹之作、任意扭曲变形的图像，经文学的描述或解释，都能引起注意或崇拜……绘画成为政治和交易所的猎物……人们染上了此种莫名其妙的观念，即，一个没有冒犯观众的艺术家乃是平庸之辈，艺术必须竭力学会冒犯……总之，一切都让人看到取巧的危险……

他告诫说："对于艺术的理解越来越疏离于对于一个人全面发展的理解，长此以往，后患无穷。"

《关于风景及其他的思考》《现代艺术与伟大艺术》《绘画的捷径》《浪漫主义》等，这些章节比较集中地阐述了宗教画、人体画走向末路，即"艺术智商的衰弱"现象。有些说法也颇为有趣。他说：一、现代风景画的兴起恰与艺术智商的触目惊心的衰弱同步；二、描述对文学的入侵与风景对绘画的入侵在时间上同步。

关于后者，他解释说：文学中的一段描述通常由若干个可以颠倒其次序的句子组成；用来描述一个房间的句子，句子之间的顺序无关紧要，因为目光可以自由游移；我们对真相的感知是飘忽、偶然的，但是，用这种自然性来主导作品的创作，就会削弱作家的抽象思维应用，也会降低读者需要付出的注意力，结果是作家会投入"瞬时效果"和"华丽冲击"的诱惑……瓦莱里将这种做法称为"人格剥夺"或"艺术智商的衰弱"；虽然这种创作方法无可非议，但对他而言，"作品出自人格完整的人之手还是很重要的"，而背离古典的典范就是背离"完人"的境界。

读瓦莱里这本书会经常让人想起维特根斯坦的《文化和价值》。两者的观点有不少是相似的，例如，对历史和因果关系的看法就如出一辙。这倒不是说两者之间有影响和师承的关系（如果有，那也是共同师承了帕斯卡、尼采等）。《文化和价值》的德语本初版于1977年，其时瓦莱里去世32年了，他当然读不到这本书。所谓相似，主要是指两个方面，一是从对常识的清理入手，重新审视观念和思维的组织根源（包括语言的构成分析），追求精确的描述；二是反潮流的文化意识形态立场，以末世论视角看待"现代性"。瓦莱里把"现代性"视为一种"投毒"行为（"不是加大剂量，就是换成另一种毒药"），是"为变化而变化的恶魔"，体现在政治、经济、文化、娱乐等一切方面。

一般说来，推崇波德莱尔、马拉美、普鲁斯特的人，不会自外于现代美术潮流，但瓦莱里却是个例外，他投入文学的现代主义，却排斥绘画的现代主义，这一点令人陡生困惑：难道这两者不是出自同一个源泉？

读者也许会问，莫非现代画家他只承认德加一个？从书中的表述来看，有点像是这个意思。也许困难之处在于德加和现代美术的关联，不容易切割开来，而瓦莱里虽和其他学者一样，看到德加和印象派之间的美学分歧，却无法否认其创作中活跃的现代特性。瓦莱里在其书中强化素描的意义，凸显德加的创作中的安格尔传统，不能说是偏于一端，但其意图也是不难理解的。

四、"德加，素描狂……"

德加是个什么样的人？他在工作、生活和社交中是怎样表现的？这是《德加，舞蹈，素描》一书要告诉我们的。

它告诉我们"素描狂"德加的细密、挑剔的工作作风，他的幼稚的政治观，他的日常起居和音容笑貌，等等。叙述有些散碎，像"拆散的笔记簿"，但正如瓦莱里对"描述"的定义，句子之间的顺序是无关紧要的，反正我们的观察和遭遇都没有严格的顺序……再说，小说、传记的叙述方式他也都不感兴趣，他感兴趣的，是那种叫作人格闪光点的东西。

他说德加是这样一个艺术家：一、谙熟大师作品，常常将其觊觎和洞见转化为深重的自我怀疑和自我失望；二、把绘画视为"智慧的艺术"，一种与数学相关的精妙，拒绝"简单"，严防走捷径，总是制造困难而将愉悦置于脑后；三、注重"纯我"意义上的认可，如果一个思想非独属于他自己，他就会抛弃这个思想，他对待功名也是如此，对那些将作品置于舆情、商业和权力机构摆布的画家，他总是挖苦讽刺。

在瓦莱里看来，这些表现均源于高贵的理智。题为"德加"的第一章，主要就是谈这些，言下之意，关于德加，这么说一说差不多就可以了。对这位值得敬爱的人物，除了以扼要的方式传达其精神特质，寻常的叙事又有何益？

书中写道：

> 每个星期五，光彩夺目但又令人难以忍受的德加都会准时来到亨利·卢阿尔家活跃晚饭的气氛。他浑身上下既散发着机智、欣悦，也有凶神恶煞。他戳穿一切，模仿嘲弄人，毫不吝啬地甩出他的俏皮话、寓言故事、箴言、戏言等所有能够显示其智慧、其最独到的品位和最精准、最明晰的激情的东西。他对文人、法兰西研究院、伪隐士以及那些终于成了名的艺术家加以诋毁；他常常援引圣西门、蒲鲁东、拉辛的语录，还有安格尔先生令人费解的格言。

老牌的靡菲斯特的风采。过去时代的贵族沙龙的遗老（这类人生来就应该是白胡子权威的模样），作风专断，出语尖刻，富于苛刻的道德感和浓厚的文人气……

自从1893年结识德加而成忘年交，24年的交往中，瓦莱里受得了这个老前辈（他那种"源自理智的粗暴"）吗？

恐怕是够呛。

但这也没什么。瓦莱里执弟子礼，出入德加的画室，受到点点滴滴的教益（其中相当一部分应该是写进这本书里了），他自感荣幸。

从他积累的观察和评述，我们不由得感到，这何尝不是德加的一种幸运？

他瞩目于德加的人格和艺术的秘密，记下剀切的分析。例如这一段：

> 他绝不用自己的作品表达情感。创作时，应该给偶然留点余地，以便那些具有魅力的东西能够兴奋起来，发挥作用……但德加本性执拗笃定，绝不会恣意挥笔。他的思维富于批判意识，且受大师浸润弥深，因而不会轻易臣服于自然的快感。我喜欢他的这种严格。有一种人，如果不经过与自我的斗争，就好像未曾行动，也就没有成就感。德加就属于这类人。或许这正是真正高尚之人的秘密所在。

瓦莱里对德加的敬慕，一言以蔽之，就是——"他的天性将其艺术之难、之严格凝聚成为一种几近悲剧的情感"。而这不正是伦勃朗的境界吗？瓦莱里把德加排在司汤达和梅里美之间。窃以为，他其实很想把他置于达·芬奇、伦勃朗的行列。

《德加，舞蹈，素描》是在画家逝世近 20 年后才成书出版的，作者时年 66 岁。此书是对大师的回忆和纪念，也是对潮流的反思和评估。对现代绘画的批判体现作者对现代性的批判（反之亦然），这一点自不待言，而他的美术观念和 17 世纪的学院派奠基者勒·布朗如出一辙，则未免令人惊讶。如果看过塞尚的素描或版画作品，例如《树木研究》，他是否会权衡一下他的论断？再说，安格尔传统不只是出现在德加的创作中，也贯穿于毕加索风格多变的漫长的职业生涯。

即便瓦莱里对现代性的指控是正确的，可以说十分正确，十分精辟，他对现代绘画的判决也不值得认真对待，因为在现代性的弊端和印象派及其衍生画派的创作之间画等号，这不是一种公正有效的做法。

瓦莱里不可能不知道这一点。

事实上，他和维特根斯坦一样，宿命地感到自己是属于另一种文明。这从他关于欧洲的两篇演讲中也可以得到证实。他是一个传统的欧洲人。他的绘画观念也属于传统欧洲，即人文和艺术结合得最为紧密的那个历史阶段。

后现代哲学思潮所反对的东西，即人文预设中的本质主义和人格主义的立场，其实就是他竭力要维护的东西，而在维护的同时已然预见其衰落。

换言之，他感兴趣的是德加把绘画当作"一门技艺性秘传哲学"，是德加对"古典审美"的关注——"热烈地渴望找到那条能够确定人物形态的唯一线条"，是德加对素描所下的定义——"素描非形，乃观形之法"，等等。

对瓦莱里而言，相信素描能够并且必须成为"具有普遍意义的新领域"，也就是相信艺术和精神的领域仍存有普遍意义上的真谛。这是一种人文主义的本质论的信条，一种昨日遗留的观念。这种观念在后现代哲学思潮中眼见得是落寞了，愈见其梦幻的意味，但并非不值得认真对待。

2019 年

《亚威农少女》和波德莱尔

一

约翰·理查德森（John Richardson）的《毕加索传：1907—1916》（卷二，阳露译，邹建林校，浙江大学出版社 2017 年），讲述毕加索的玫瑰红时期。大事件是 1907 年创作的《亚威农少女》，它引发了立体主义的诞生，意义不可谓不重大。此书第一章《"现代生活的画家"》，考证《亚威农少女》的创作渊源，为这幅不寻常的画作寻找解读的路径。

这幅描绘五个妓女的大画，创作时间长达半年；其草稿及相关习作就有四五百件，可以单独办一个展了。学者和收藏家对那些草稿看法不一，甚至关注习作甚于定稿，其众说纷纭无非是在暗示，《亚威农少女》的风格分析和主题阐释应该有一个合理的结论。画家本人的做法似乎在助长这种暗示，先是将那些素描秘而不发，后又陆续提供给研究者。约翰·理查德森从隔了半个世纪才提供的一张素描中找到了解读这幅画的钥匙。

此乃 1907 年春创作的一幅纸本炭笔画（65cm×48cm），两面都有和《亚威农少女》相关的构图，题为《布洛涅森林习作》。毕加索说，纸背面才是重点（背面画的是他的女友费尔南多·奥利维耶）。毕加索的话成了解读的关键线索。这幅画和《亚威农少女》的联系是什么呢？据画家自述，《亚威农少女》画不下去了，他便转向另一个构思，画布洛涅森林的一幅大画：费尔南多在林中漫步，背景是一匹马和一辆马车；但画家很快就放弃这个替代方案，重新回到《亚威农少女》的艰难创作中。

难怪有人提出质疑：这叫什么联系呢？感觉是没有说清楚问题。有关该画的主题，比较著名的是"性创伤"的说法，也有人认为表达的是爱神、死神以及对性病的恐惧。尽管性欲的描绘让人一望即知，具体解释起来却也难有定论。约翰·理查德森未在这方面增添阐释，却根据《布洛涅森林习作》的线索，得出一个新的结论。他说，亚威农妓院和布洛涅森林的马车之间确实存在着一种主题联系，这个联系的名字叫作"贡斯当丹·居伊"。

贡斯当丹·居伊是波德莱尔的名著《现代生活的画家》（郭宏安译，浙江文艺出版社 2007 年）的主角，巴黎的插图画家和风俗画家，波德莱尔十分敬慕这位低调的"怪才"。在为居伊而写的《现代生活的画家》一文中，波德莱尔提出了现代美学的纲领性论述，这篇长文正是以其预见性的观点而著称于世，成为现代艺术观念的奠基之作。有人认为，不写马奈而写居伊，实属取舍不当。笔者也这么认为。但有一点必须看到，波德莱尔是在和居伊的接触中明确了这些观念并加以表述的。尽管人们引用此书更多是出于对纲领而非对居伊创作的重视，但是把布洛涅森林的车马冶游视为重要的现代题材，显然是居伊的观念。居伊擅长的巴黎风俗画有两类，一是妓院，一是布洛涅森林马车。约翰·理查德森察觉到，毕加索在同一时期既画妓院又画布洛涅森林马车，一定是受到了居伊画风的影响，确切地说是受到了波德莱尔文章的影响。

他说："在这篇文章中，诗人向艺术家提出了两个典型的'现代'主题：妓院和森林中行进的马车队伍。毕加索有意描绘这两个题材这一事实与其说他认为自己是像居伊那样的画家，不如说是像波德莱尔所说的'现代生活的画家'。"

是否有证据可以说明当时毕加索读到了波德莱尔的文章？好像没有。画家给予此文极高的评价，这是后话了。不过，据约翰·理查德森考证，毕加索当时熟知古斯塔夫·吉弗鲁瓦（Gustave Geffroy）评论居伊的著作，它大段引用波德莱尔的文章以及埃德蒙·德·龚古尔的小说对下层妓院的描写，毕加索受此启发画了一幅戴礼帽的男士骑马的素描，并且开玩笑地签上"贡斯当丹·居伊"（Guys 拼写成 Guis）的大名。这就足以构成相关联系的证明了。

约翰·理查德森认为，重点是"现代生活的画家"这个观念：毕加索在波德莱尔的文章中找到的身份认同——成为一名"现代生活的画家"——乃是附着于《亚威农少女》的一个意义。这个意义自然是不一般。尽管身份认同不会是始于这一幅画，但它无疑是有代表性的。

可以说，在已出版的三卷中译本《毕加索传》中，第二卷第一章是最重要的，它用波德莱尔的概念进行纲领性的阐述，而通行的说法尚未能将波德莱尔和毕加索如此这般联系起来。单凭这一点就能说明约翰·理查德森的眼光之毒辣，从有限的端倪（或是刻意隐藏的线索）中窥见深刻的议题，他的论述使我们从一个新的角度看问题。

二

与《亚威农少女》同类题材的大画，如《闺房》（1905 年）等，也画五个或站或蹲的裸体妓女，但画风不一样，线条柔美得像夏凡纳笔下的人体。这说明画家还处在犹豫不定的试验阶段。如果说观念决定表现形式，这倒是一个典型的例子。约翰·理查德森引用波德莱尔的文章，说明毕加索如何接受诗人的教导——"纯艺术，尤其适合于邪恶的美，可怕的美"。引文如下：

（妓女）是野蛮在文明中的完美图像，她有一种来自邪恶的美……我们不要忘记，除了自然美甚至人工美之外，所有人都带着他们的职业印记，一种可以表现为身体的丑，也可以表现为一种职业的美的……特征，在这些（女）人中，有一些明显表现出无辜而畸形的愚蠢，在她们大胆抬起的脸和眼睛中，显然又带着生存的乐趣（确实，人们会问为什么）。有时候，她们毫不费力就摆出了大胆而高贵的姿势，只要今天的雕塑家有勇气和才智在各处哪怕在泥泞中捕捉高贵的姿势，那么即使是最挑剔的雕塑家也会喜出望外。在这种烟雾缭绕、金光闪闪、肯定缺乏贞洁的混乱地方，令人毛骨悚然的美女和活玩偶在骚动，在抽搐，她们孩子般的眼睛中射出阴森可怖的光。

最后一句活脱是《亚威农少女》的写照。前面说过，波德莱尔将妓院和布洛涅森林马车作为现代绘画题材推荐给读者，是源于贡斯当丹·居伊的观念。不过，居伊笔下的妓女似乎缺乏波德莱尔的直觉和文字的力度，她们是展现风俗画之群像的"美"女系列，相似的动作和形态流露"活玩偶"的气质。居伊的《在小咖啡馆里》，画了两个穿制服的干瘪老头紧盯着妓女的胸脯，这些画作表达亵玩的主题是生动的。但和图卢斯－劳特累克的同类作品相比，技法和表现力似乎要逊色一些。而毕加索的描绘则是一派原始主义的风貌，令人感到震惊。《亚威农少女》画面右侧的两个马脸裸女，呈现"令人毛骨悚然"的"无辜而畸形的愚蠢"，她们"孩子般的眼睛中射出阴森可怖的光"……毕加索简直是在图解波德莱尔的灵感。

约翰·理查德森在书中谈到，《亚威农少女》的第一张习作画了五个裸女环绕着一个男子（水手），另有一男子（画家本人说是医学院学生）手持书本从左边进入。这两个形象最后被清除了，因为"寓意太过明显"，"他们使人想起毕加索15岁时，他的父亲强迫他在病床上画的一幅画，用医生和护士作为象征的《科学与仁慈》。毕加索讨厌影射道德的东西，更不用说去讲道德故事了"。

也不妨提出另一种解释，即，毕加索抹掉两个男子形象主要是从简化图像的角度考虑的，剪除叙事细节的枝蔓，避免让观众陷入风俗性主题的阐释中，从而强化其肖像的野蛮和凝视的力量。图像去除风俗性（及叙事性），呈现观念的集约性，是其创作上的一个特质。因此，说这幅画是在表达画家对梅毒的恐惧，不一定不对，但结论会显得狭窄，未免低估了其形式实验的意蕴。

从习作到定稿，这个变化的意图还是明显的，妓院生活的叙事逐渐让位于构成性的一组肖像，呈现所谓的立体主义萌芽的形式实验。从1907年为水手所画的一张肖像习作也可看到，画家在形成一种革命性的语言，试图以面具的简约性和几何的体量感来描摹人体，甚至还将走得更远，将人体分解为许多个拼贴的小方块。毕加索由此进入其一生中最为激动人心的创作阶段。

再来看《布洛涅森林习作》纸背面的那幅速写，约翰·理查德森的解读也并非不可商榷。画上的圆锥体和倒三角形的身躯，简化了的面具状的大眼和口鼻，和《亚威农少女》的图像联系应该说是一目了然的，尤其是左边的三个裸女，和速写里的女子（费尔南多·奥利维耶）神韵相似。那么，毕加索让人注意这幅速写的意图是什么呢？

可以说是在暗示一种风格上的关联。用几何形线条刻画女子的侧身像，简括而不失妖冶，体现毕加索的新风格的精髓，即后来被命名为立体主义的那种东西。

保罗·瓦莱里在其评述德加的著作（见《德加，舞蹈，素描》，杨洁、张慧译，华东师范大学出版社 2018 年）中指出，（立体主义）错误地将习作当成作品来展示，这是现代绘画的堕落的表现。不过，考虑到《亚威农少女》的草稿及相关习作有四五百件之多，可以断言，这个过程和作一幅学院派大画并无区别。毕加索所谓的"苦思图一笔"，在其绘画语言进入革命性阶段时表现得尤为突出，其实并不像瓦莱里所认为的那样，屈从于那种卑俗的不严谨。

毕加索的立体主义对几何形状的强调，脱胎于塞尚的观念，并试图在此基础上创造一种新的视觉语言。从《水手》《蹲着的亚威农少女》《费尔南多肖像》等 1907 年的习作也可看出，他在塞尚、高更、原始面具之间寻找自我。严格说来，这不能说是风格，而是一种新的语法和视觉表现：尚未脱离传统造型语言，尚未进入抽象，但在独特的概括中追求体量和质感。毕加索那些大鼻子、大脚丫的稚拙粗壮的裸女，含有几分幽默的实验性质，一望而知是在诠释塞尚的理念，夸张而不失妙趣。名作《范妮·泰利埃》（《弹曼陀铃的少女》）有着全新的造型趣味，那种叠纸般似可触摸的三维视觉效果，每一寸处理都是精细巧妙的。这种创作语言固然是导源于塞尚，但恐怕塞尚都不会想到这样做。至于后来所谓的分析立体主义、综合立体主义和水晶立体主义等，更不是塞尚能够想象的。

关于塞尚的遗产和启示，毕加索说过不少被人引用的话，其中一个说法尤其耐人寻味。他说：

> 所有现代绘画都是基于塞尚没有做到的东西，而不是他几乎成功的东西。塞尚一直致力于展示他未能完成的东西，他的追随者也是如此。

毕加索把后期印象派以降的创作视为塞尚"没有做到的"和"未能完成的"，这就诠释了内在的继承关系，一定程度上也折射出哈罗德·布鲁姆所说的"影响的焦虑"。或者可以说，他在展示激进的绘画语言时，置入了一个质朴可靠的逻辑：我们全都是塞尚的徒子徒孙。

不难设想，从《亚威农少女》到综合立体主义拼贴画，那种"塞尚可能做而未做到"的想法有时会像一束悬浮的神光，照亮孤独而辛勤的画家。

三

约翰·理查德森指出，《亚威农少女》是毕加索最不被认可的作品。毕加索的亲密朋友如阿波利奈尔等，对它避而不谈。马蒂斯对它怒目而视。格特鲁德·斯坦因也不喜欢它。当时几乎没有人接受这幅作品。

对绝大多数人而言，恐怕至今它都是难以理解和接受的，尽管从美术史的角度都知道，20 世纪的实验性绘画都是从这幅画的创作中获得可的。其刺激性和挑衅性，也不能光用塞尚的体系去解释。约翰·理查德森引入波德莱尔，用后者的观念来加以定位，即关于艺术的"可怕的美"的命题，便是出于这个缘由。《现代生活的画家》第十二章《女人和姑娘》，这一章大半是在谈窑子里的女人，而毕加索的那幅画的原题是《亚威农窑子》。两者的联系不仅在于题材，还在于表现对象的低俗和丑怪。

低俗的题材未必就等同于"可怕的美"，但是，对世纪之交的大众审美或学院派趣味而言，偏离安格尔式的"理想美的概念"也就几乎与"可怕的美"无异了。

波德莱尔赋予低俗题材纯艺术的价值，为"可怕的美"正名，仿佛是在打响艺术革命的第一枪。《女人和姑娘》是写给画家、雕塑家的一份指南。

用波德莱尔的文章来进行观察，恐怕不仅对解读毕加索的画作会有助益，对画家的精神和教育的背景也会增加理解。

波德莱尔阐释了现代画家的身份及定义，对世纪之交成长起来、出生在文化保守地区的画家而言，这种阐释的重要性不言而喻。毕加索自小是以宗教画家的身份得到培养的。他是19世纪末文化转型的产物，是跨文化的波西米亚艺术家。彼得·沃森的《20世纪思想史》（张凤、杨阳译，译林出版社2019年）中讲到毕加索，强调其街头无赖的成长背景。这种论调在阿莲娜·哈芬顿的《毕加索传：创造者与毁灭者》（弘鉴等译，王宏建校，人民美术出版社1993年）中也出现，例如，"他不读书，只是从朋友那里囫囵吞枣地接受了一切"，云云，似乎过于关注画家的野性，未能重视其文化理解力及精神追求的轨迹。正确的说法应该是，画家在法语还欠流利时不怎么读书，但即便如此，兰波和魏尔伦的诗歌、高更的手记、雅里和阿波利奈尔的手稿等，他是熟读并写下评注的。布拉萨依在其《毕加索谈话录》(杨元良译，湖南文艺出版社2000年)中指出：画家不仅博览群书，而且有学究式的身体力行。约翰·理查德森的传记也写到，青年毕加索如何以其工作细节吻合了高更的手记《努阿努阿》而为荣为乐。这个毕加索我们谈论得相对少了些。

波德莱尔告诫道，艺术家应该成为"宇宙的精神公民"。他在《现代生活的画家》第三章区分了"艺术家"和"社交界人物"：前者是"像农奴依附土地一样依附他的调色板的人"，无非是一些"机灵的粗汉，纯粹的力工，乡下的聪明人，小村庄里的学者"；后者则是怀有深刻的"好奇心"的人，他们就像"康复期的病人"并且始终是处于康复期，因为，"正在康复的病人像儿童一样，在最高的程度上享有那种对一切事物——哪怕是看起来最平淡无奇的事物——都怀有浓厚兴趣的能力"。这样的区分是十分必要的。且不说毕加索是如何突破了其成长背景的局限，避免成为波德莱尔讥讽的"艺术家"，单从其跨国生活的辙迹也可看到，侨居巴黎的一个意义就是要成为"社交界人物"，而非随处可见的那种风景画家。

关于"社交界人物"，波德莱尔又用"浪荡子"一词定义。这是书中难以摘引的华美篇章(当然，其他部分也都华美)，洋洋洒洒好几页。简单地说，浪荡子就是"十足的漫游者"和"热情的观察者"，"欣赏都市生活永恒的美和惊人的和谐，这种和谐被神奇地保持在人类自由的喧嚣之中"，浪荡子"寻找我们可以称为**现代性**的那种东西"，"从流行的东西中提取出它可能包含着的在历史中富于诗意的东西，从过渡中抽出永恒"。波德莱尔在书中阐述的两大主题，"新的美学"和"现代性的观念"，在此融合为"现代的美学"概念。所谓"现代的美学"，首先是指能够直面现代性的那种观察和表现的创作原则。"现代性就是过渡、短暂、偶然，就是艺术的一半，另一半是永恒和不变。"这是他提出的著名的定义。

波德莱尔赋予现代性美学表现的合法性，但也指出现代性自身的非本质属性。和后来的达达主义、超现实主义相比，他的观点不算激进。虽然预见了现代美学的反传统性质，但并未主张割裂自然，而是保留了一种二元性或两重性的观念，要求艺术家进行提炼，从时尚和转瞬即逝的事物中提取永恒，是一种柏拉图或基督教的观念论的遗存。这是我们在解读此书时特别需要注意的。

波德莱尔的对立面是学院派美术，尤其是学院派肖像画的服饰描绘的保守趣味。他说，"宣称一个时代的服饰中一切都是绝对的丑要比用心提炼它可能包含着的神秘的美（无论多么少，多么微不足道）方便得多"。他认为学院派在这方面陷入了古典崇拜，"因为陷得太深，他就忘了现时，放弃了时势所提供的价值和特权，因为几乎我们全部的独创性都来自**时间**打在我们感觉上的印记"。现代生活的美学意义于此得到诠释，指出时间这个体验的维度，其延续性的存在就是所谓的历史。毫无疑问，这种解释的意义已不限于绘画了。

必须看到，这本书中表达的历史观（时间观）是建构而非解构的。其"浪荡子"的视角含有一个抒情诗人的限定，也就是说，即便波德莱尔意识到现代性的危机及其历史意蕴（如福楼拜的小说所表现的），他也是在"风俗特色"而不是在文化结构的意义上看待都市景观的阴暗面。换言之，他表达的是广博而忧郁的凝视，而不是价值的变易、断裂或破坏。

四

《女人和姑娘》是一篇似乎含有鸦片制剂的芬芳和麻醉的奇文，堪为《恶之花》的注脚，渗透《恶之花》的趣味。在诗人的笔下，沙龙和窑子有时混为一谈，幻象和商品闪耀魔幻的色彩，淫荡和忧郁具有咒语般的力量。可以说，波德莱尔的诗歌中设置的几个主题，在波德莱尔的画评中一样可以找到。其中最引人注目的就是在世纪末思潮中扮演重要角色的"病态的美""可怕的美"的主题。

但波德莱尔本人并不认同"病态""可怕"这些字眼。他承认他所描绘的东西不能讨好读者，却"找不到什么可以激起病态的想象力的东西"；他阐述的无非是人性的"不可避免的罪孽"，诸如懒散、孤独、淫逸、郁闷、乖戾等等。然而，这里面却存在着丰富的形象。对观察者（诗人、画家）来说，堕落的形象照样能够产生无数的思想，尽管"这些思想一般地说是严峻的、阴郁的"，"包含着比滑稽更多的忧郁"，却具有"道德的丰富性"；在"纯粹的艺术"中，这些形象同样是"珍贵并且神圣化的"。这便是波德莱尔解释的"恶的特殊美"或"丑恶中的美"的含义。

毋庸讳言，我们对波德莱尔的说法容易产生误解或歪曲。尤其是对其"现代性"定义的引用，只取"流行"和"过渡"这一半，把另一半（永恒）弃之不顾。对"恶的特殊美"或"丑恶中的美"也是如此，夸大其病态、魔性，忽略了诗人的视角和观察的丰富性。其实，就诗人对窑姐的描绘而言，它们既无龚古尔兄弟的自然主义细节的触目惊心，其美学立场也未逾越雨果的《〈克伦威尔〉序言》的范畴。所谓"恶的特殊美"，乃是相对于古典的"普遍美"的一种存在，与"应时的美"和

"风俗特色"并列，从观念上讲，有的是浪漫派的活力和趣味，并无偶像破坏运动的颠覆性或革命性。

波德莱尔强调纯艺术的道德活力，其关注丑怪的忧郁感是其美学光谱上深沉的折射。他效法爱伦·坡，对光谱上偏暗的部分采取一种神秘而伤感、精练而恣纵的态度。他连司汤达都无法接受，嫌其对美的定义缺少"贵族性"。这样一个波德莱尔，给自己留下足够多的迂回、考究和审计，给他的追随者却带去文化革命的反叛性和颠覆性的动力，似乎现代艺术的激进和孟浪行为都可以在他这里找到源头。说起来还真是有趣。

观念的误读性的影响或夸大的暗示，在任何阅读中难道不是一个更值得研究的议题吗？是否可以归结说，较之于精确的吻合和全方位的忠实，那种断章取义式的引用、局部的理解，总是显得更为活跃、更富于生产性？事实好像正是如此，即便是颠扑不破的佳作也往往总是以片段的句子和细节存活，发挥其不可预料的影响力。

前面转引的段落，即关于"（妓女）是野蛮在文明中的完美图像……"那一段，对照原文不难发现，引文是做了省略和压缩的处理，为了突显"纯艺术适合邪恶的美、可怕的美"的论点。引文的压缩虽然必要，但难免会导致观点的简化，偏离原作的氛围，尤其是波德莱尔十分重视的思想的韵律感，那种拉布吕耶尔式的道德透视，聚焦于"集团和种族的差异"，绘制出一幅光怪陆离的群芳谱，这些岂能以"可怕的美"笼而统之？

将《亚威农少女》和波德莱尔等而观之，也就模糊了两者的区分，忽视了浪漫派所提倡的"现代性"美学观和现代派的偶像破坏运动之间的根本差异。谈论波德莱尔的"现代性"概念、波德莱尔对毕加索的影响时，恐怕不能忽视这种差异。

《毕加索传》卷二中讲到这样一个细节：1912 年 6 月，毕加索在图卢兹的奥古斯丁博物馆再次观赏了安格尔的名作《你将会变成真正的玛克鲁斯》，留下一句"非常令人困惑"的评论："安格尔，不是个十分诚实的艺术家。"毕加索的密友、诗人马克斯·雅各布当时就在场，对这句话表示非常困惑的就是他。约翰·理查德森对此评述道：

> 马克斯要么是听错了，要么是误解了，要么就是没有领会这个反讽性玩笑的要点。由于这次旅行具有朝拜安格尔的性质（他们第二天在蒙托邦参观安格尔博物馆），又由于安格尔影响的痕迹不久就出现在毕加索的作品中，所以对这位启发毕加索下一轮风格转变的大师的诋毁不能当真。如果说毕加索的表现手法（facture）变得更加整洁，他的人体绘画变得更加柔软，他对细节的组织变得更加精确清晰，那都要大大地感谢 "Ingres, artiste peu consciencieux"（安格尔这个不太诚实的艺术家）。

约翰·理查德森的意思是毕加索不大可能这么说，就算转述者没有听错，至少也是未能领会"反讽性玩笑的要点"，总之，此类"诋毁"不能当真。

如果我们引用波德莱尔的《现代生活的画家》中的观点，用来说明马克斯的转述无误，是否能够说得通呢？波德莱尔碰巧在此书第四章《现代性》中评论安格尔，他说："安格尔先生的大缺点是想把一种多少是全面的、取诸古典观念的宝库之中的美化强加给落到他眼下的每一个人。"

如前所述，波德莱尔反对的是学院派那种"理想的美的概念"。他对安格尔的"诋毁"，无非是对学院派孜孜以求的古典观念的完型之美表示不满。在波德莱尔的观念体系中，评价一个艺术家"诚实"与否，并不在于通常所谓的人格和道德，而在于他（她）是否直面现代生活的"应时之美"。毫无疑问，当毕加索说"安格尔不是个十分诚实的艺术家"时，他是在波德莱尔的意义上说的。这么说和他对安格尔技艺的叹赏应该是不矛盾的吧。

2020 年

库切与当代文学批评

一

库切是专职教师，先后在南非、欧美、澳洲的学术机构中供职，是个不折不扣的 academic（学者，大学教师，大学生，学会会员）。坎尼米耶（Kannemeyer）的《库切传》（王敬慧译，浙江文艺出版社 2017 年）描述传主的学术轨迹，将其跨国求学的经历和学术背景都交代出来，这是此书的一个看点，关乎"高校英文系的学科发展脉络与学术争斗常态"，欧美文学批评在半个多世纪里的变化和发展，值得在此加以评说。

大致说来，库切成长于其间的 20 世纪 60—70 年代，是欧美文学研究的一个分水岭，传统的研究方法受到挑战，新的研究思路方兴未艾，于是有了新旧两派的斗争。以库切供职的开普敦大学英语系为例，守旧派固守英国教学体系，革新派引进美国模式，僻居非洲南端的院校成了斗争的舞台，因为两种思想都是外来的，都在寻找自己的代理人，由于时间错置（anachronism）而越发针锋相对，这是殖民地学术活动的特色。

《库切传》第八章讲述道，库切于 1971 年学成回国，申请开普敦大学英语系的教职，以他在美国多年的学术历练，他是个理想人选。但是系主任大卫·吉勒姆并不赏识他，两个人的教学思想有冲突。库切要讲授的是现代派和后现代派文学，而吉勒姆教授信奉英国"实用批评"，对当代文学创作和文学理论的发展没兴趣，只准讲英国经典文学和少量美国文学，将南非及其他英联邦文学排除在外，这当然引起库切等一些教员的不满，摩擦和对立也就在所难免。

库切本科读的就是开普敦大学英语系，对该系的学术派系之争并不陌生，只是当时对立的两派是属于英国理念的内部斗争，不像库切和吉勒姆那样是英国派和美国派之间的摩擦。当时的两派，一派是传统的英式教授，注重作家传记和作品版本，遵从维多利亚时代批评观，另一派师承"实用批评"的理查兹、利维斯这一脉，倡导"文本细读"，双方也是互不相容。老一派见不得"不成熟的批评"，限于讲授"人名、日期、阶段、影响和趋势"，课堂空气较为沉闷。新派学人则以"旺盛的精力和雄辩的语言"授课，秉承利维斯风范，属于汗如雨下倾情投入型，既让学生倾听不倦，又让他们获得密集的阅读教训，无疑更受到欢迎。老派有老派的理据，对过细的解读不以为然，如哈代所言，"如此细读文本，以至于不见了诗意"。两派的教学观和批评观有冲突，大方向是一致的，都倡导"伟大的英国文学传统"。

等到库切自己做了老师，情形又发生了变化，当年的革新派成了保守派，"实用批评"的"文本细读"似乎失去了新意，正如库切对吉勒姆教授的指责，说后者提供的是一套"稀疏的利维斯教学大纲"。我们看到，连提倡细读的利维斯也被嫌"稀疏"，不对新一代学人的胃口了，而主攻威廉·布莱克的吉勒姆教授，一辈子只出过一部布莱克研究专著，则恐怕不仅是"稀疏"，且不免是"疏懒"的了。在美国待了八年的库切，对美国学人超常的勤奋、美国研究生教学的专业和严格都深有体会。老派英式教授的清淡和殖民地的闲逸，他未必是不懂得欣赏，但显然是不能感到满足了。

这里说的"实用批评"及利维斯，只是就其影响而言。利维斯虽脱胎于"实用批评"，他本人却算得上是这个体系的异类，他的论著《伟大的传统》（袁伟译，生活·读书·新知三联书店 2009 年）代表其批评的理念和方法。利维斯不是不讲 20 世纪，但是在他钦定的名册上，只有康拉德和劳伦斯才有幸进入英国文学的"伟大传统"。南非英语系教师受此影响，当代作家讲到劳伦斯为止。库切想要讲的索绪尔及现代语法理论等，专业文学教师更是普遍不感兴趣。在开普敦大学英语系，英国体系的内部斗争就转变为英国派和美国派的对立了。

所谓美国派是指时兴的结构主义和后结构主义批评话语，一种受法国影响的美国模式，它带来的变化可概述为三点：其一是结构主义及语言学批评（linguistic criticism）进入文学研究，将专业化的现代语言学方法融入文学批评，这个潮流其实是源自英国的"实用批评"，也有英国文体学（linguistic stylistics）研究的推波助澜，只是和"利维斯传统"格格不入；其二是研究对象突破单一民族传统，关注殖民地创作，也引入先锋派文学，包括难以归类的跨国文学现象，像贝克特、纳博科夫等，这就与利维斯的模式和价值观拉大了距离；其三是重视阅读书目和参考文献，凸显相关学术脉络，连课程作业也附加引用书目，而这一点尤为利维斯派所不喜。新官上任的吉勒姆教授，一把火将前任系主任留下的教学材料（长长的参考书目和成吨的学生习作）烧光，此举可视为典型的利维斯派之怒。在英国批评观念占主导的南非，美国派的库切以新锐面目登场，要冲击那个过时的教学体系。

二

　　库切在得克萨斯大学奥斯汀分校攻读博士学位，博士论文是《塞缪尔·贝克特英文小说文体研究》，采用"风格统计法"分析贝克特的文体构成，研究手段完全是跨学科了。他凭自己的数学知识和电脑技术，在论文中制作了大量图形、列表，文科师生一般是看不懂的。他的方法得之于导师威廉·托德的文献书目学课程，借助辛曼校对机研究手稿，用计算机分析文体差异。

　　该研究方法体现20世纪60—70年代文学批评的发展，即将索绪尔、乔姆斯基为代表的结构主义语言学和罗兰·巴特为代表的结构主义文学批评融合起来，以文学语篇的语言为研究重点，强调语言/语篇和符号学的认知功能，把语言视为一个自给自足、自我调节的抽象系统。库切的论文"运用一系列数据衡量单位（字的长度、句子的长度、语法功能等）"分析贝克特作品，将语言学、数学和文本分析结合起来。回到开普敦，库切将这套结构主义"数值法"介绍给南非学术圈。

　　结构主义给文学研究带来新的转向，这种转向是划时代的。以往的文学评论是以批评家的个人情感、批评家对作者意图的揣测为导向，结合美学特征的评析和关乎主题的价值判断，大致是一种评传式的批评方法，注重印象和感悟、流派特征和文学史脉络。结构主义则倾向于阐释语言结构，诸如区别性的词序、措辞特征、声韵模式、文本多层次构成、意义的潜势系统等；不是单将话语视为现实的反映或表征，而是主张文学自身有一套可供辨识的模式，强调从文本内部挖掘文学的形式规律，避免从作家立场解读文本，所谓"作者之死"的宣告即源于此，作家的主体地位和传记式的研究方法被摈弃了。

　　从这个背景看，利维斯派失势，倒真不在于利维斯的那一套细读还不够细（这粗细该如何界定？），而在于批评方法已不合潮流。当年开普敦大学英语系的两派其实都属于印象派，既讲审美风格也讲道德主题，提炼作家的创作意图和作品的社会意义。当然，利维斯更偏重文本分析，认为文学阅读能够训练一种具体、微妙、尖锐的思想感知力，避免哲学的抽象和意识形态的宽泛，让人在创造性的审美认知中达成"对人性的道德关怀"。他把文学教学视为人文主义教育的核心，因此其"细读"也时刻体现文学教化的热情和价值判断。可以说，他的细读是和作家思想对话，是对作者思想的体悟、描摹和讲解；奥斯丁是奥斯丁，康拉德是康拉德，小说家的卓异之处、其独特的生活意趣（即道德关怀）有待于把脉、倾听和鉴别。这种重听觉的细读法和结构主义的细读法自然有云泥之别，后者反对的正是作者导向的认知，将批评局限于单个作家作品论，更不赞同把文学弄成世俗人文主义"圣徒传"系列，而是要让批评具备理论化的精密和系统。以热拉尔·热奈特（Gérard Genette）的《叙事话语 新叙事话语》（王文融译，中国社会科学出版社1990年）为例，它以"时序""时限""频率""语式""语态"分析叙事，试图提供的是一套精密的叙事学范式，虽只是以《追忆似水年华》为分析对象，探讨的却是"一般的叙事结构，而非一本书的叙事结构"（托多罗夫语）。结构主义的方法和原则，用罗兰·巴特的话说，就是"通过成功地描写'语言'……来驾驭无限的言语"。如此一来，重道德意蕴的"语篇分析师"利维斯，以其缺乏理论化的范式，不得不从批评神坛上跌落下来，被判为"稀疏"和过时了。

　　过时的恐怕不单是利维斯，还有约翰逊、赫兹利特、阿诺德等，整个一套英国批评模式。在受法国影响的美国学界，这种转折已相当明显，"理论的时代"要取代"批评的时代"。按照美国作家兰德尔·贾雷尔（Randall Jarrell）划分，"批评的时代"是指 20 世纪 30 年代到 60 年代。这期间派系林立、议题迭出，但和阿诺德的理路（文学作为"一种对生活的批评"）是衔接得上的。60 年代是个断裂点，此后便是结构主义、后结构主义、文化批评的天下了。说起美国派，就不能不提到这一点，美国不只是结构主义和后结构主义的集散地，还有此前蔚为大观的"新批评"（利维斯的对手韦勒克是其代表人物之一），它对文本语义分析的强调，也是促成结构主义潮流的重要因素，另有长达 30 年的纽约知识分子的黄金岁月，埃德蒙·威尔逊（Edmund Wilson）和莱昂内尔·特里林（Lionel Trilling）等叱咤文坛的一干批评大家，他们才是美国文学批评的代表人物。但随着结构主义兴起，他们无疑也要被归入传统模式了。

从《库切传》中可以看到，英国经典批评家从来都不是库切的盘中餐，威尔逊和特里林等也没有一个被提到，"新批评"的"细读"在库切眼中则很乏味。库切感兴趣的是索绪尔、布龙菲尔德、乔姆斯基、罗兰·巴特（及他认为优于罗兰·巴特的休·肯纳）等。他佩服乔治·斯坦纳（利维斯的继承者）并且撰文评价其著作，主要也是因为后者在语言学和语言哲学方面的深厚功底。所谓"理论的时代"取代"批评的时代"，在库切的学术立场中能够反映出来。

三

《库切传》谈及利维斯，多从其保守主义的影响来谈，就传记叙述的历史节点而言，这是可以理解的。学科要发展，反利维斯霸权就成了一个突破口，主要针对两点：一是经典的范畴，二是批评的功能。利维斯遭人诟病的是这两点，倒不在于他的"细读"。

《伟大的传统》对"经典"加以甄别，遴选出"简·奥斯丁、乔治·艾略特、亨利·詹姆斯、康拉德以及 D. H. 劳伦斯"这五位代表"英国小说伟大传统"的作家。在利维斯看来，狄更斯固然天才，可惜称得上完美的只有一部《艰难时事》；哈代、梅瑞狄斯等被捧为一流未免有些失格；勃朗特姐妹尽管出色，但只代表"小传统"；伟大小说家和"次等小说家"的等级是不容混淆的。利维斯铁面无情的论断招致非议，被讥讽为"动辄判绞刑的裁判"（hanging judges）。《小说修辞学》（华明等译，后浪 / 北京联合出版公司 2017 年）的作者韦恩·布斯认为，利维斯"花太多时间在排序上，[而这] 从来都不是一种非常有用的批评方式"。说白了，要遵从利维斯的原则，他的《小说修辞学》就没法写了。修辞学涉及传统和现代的不同形式创作，值得讨论的作家不少，岂可只限于由五个半常委（半个是狄更斯）组成的权力核心？这里的问题是应该如何确立经典的范围，而利维斯的严苛排序，即便能够"阻止我们愚蠢地热爱一些东西"，但是否真的有利于批评实践？这是布斯的质疑，想必也是库切和其同道的质疑。

利维斯反对剑桥盛行的文献学研究，也不赞同文学批评的理论化倾向，在他看来，没有批评实践，任何文学理论的讨论都不会走得很远。利维斯的追随者止步于"实用批评"，对文献学和当代文学理论的发展不感兴趣，根源就在于对批评功能的这种认识。批评有自身的功能和场域，不应该满足于理论化的兴趣，而应该在实践中锻炼人格、立场和慧眼，检验并确立精神价值。理论化倾向，批评的自治欲望，会造成对批评功能的背离。利维斯倡导一种批评的"有机论"，并不主张以特别的方法或理论视角解读文本，而是强调综观式的细读。在新一代学人看来，语言学研究带来的跨学科视野更新了批评手段，刷新了对文本的认知；理论的细化、精密化和系统化非但没有背离批评的功能，反而正是此种功能的体现；当代批评理论的发展事实上已成燎原之势，固守于"有机论"无疑是墨守成规。

《库切传》述及利维斯霸权和斗争，对相关学术脉络的勾画稍欠周致，以上略作补充。讨论专业学术问题，不是《库切传》的重点，也不是本文能够展开的，但在库切和当代文学批评的关联中，这些问题是不能不涉及的。现代派和后现代派文学能不能进入英语系教学？研究方法要不要更新和扩展？分歧主要在于此。利维斯的审美保守主义不给现代派留下席位，这也是库切和英国体系的隔膜所在。造成对立的是精神和观念，不完全是批评方法。

毫无疑问，利维斯派在今天的学院批评中是不吃香了，但这并不代表"有机论"的批评理念退出历史舞台。诗人布罗茨基、希尼、沃尔科特，作家乔伊斯·卡罗尔·欧茨，批评家詹姆斯·伍德，他们的评论文章都可划入广义的利维斯派，是各具特色的"有机论"的贯彻和实践，做文学研究的岂敢加以轻视。库切撰文评价布罗茨基的诗论，说："这些抱负不凡、细节出色的批评解读，足以令当代学院派诗歌批评感到汗颜。"（库切《异乡人的国度》，汪洪章译，浙江文艺出版社 2010 年）这是对模式化的学院批评的一种警示。

利维斯式的写作，没有理论性话语做支撑，以深湛的诗学功底和内在的问题意识见长，辅之以红衣主教的襟怀，要给极少数被拣选的大师授予王冠。对讲求速成的体制化学院批评而言，这个路子不容易学，怕是实难以此抱负来读书作文。

四

　　库切研究专家德里克·阿特里奇（Derek Attridge）说，库切"用语言学理论进行文学批评，让这两个学科都受益"。这大体反映了学界对库切的学术成就的评价，认为其"创新性的评论"乃是两个领域的延展和结合，即把语言学、应用语言学和符号学运用到贝克特、卡夫卡等的研究中，得出新颖的结论。

　　这方面国内还缺乏译介。读者对库切的学术的了解，多半局限于两部评论集，《异乡人的国度》和《内心活动》，而这些文章还不足以反映其特色和成就。如能将《忏悔和双重想法：卢梭、托尔斯泰和陀思妥耶夫斯基》（"Confession and double thoughts: Tolstoy, Rousseau, Dostoevsky"）、《卡夫卡〈地洞〉中的时间、时态和视角》（"Time, Tense and Aspect in Kafka's 'The Burrow'"）等论文译介过来，读者的印象大概会有所改变，就不会停留在"库切的最大优点就是平实"这类断言上了。

　　以后一篇为例，它探讨卡夫卡的"重复时间"（iterative time），即其叙述的无序重复现象——"没有一个事件是在另一事件之前发生的，（每个）重复发生的事件周围并没有更早的事件将其包裹"。这是卡夫卡小说很特别的一个现象。库切对《地洞》的时态系统进行分析并指出，卡夫卡在叙述动作时大量使用了现在时态，但这种语法结构表现为叙述视角的移动，而非时间状态的提示。库切认为，这是卡夫卡有意为之的实验：通过不断转变叙述视角，将叙述的这一刻通过时间状语伸向过去和未来。库切将卡夫卡的无序重复称为卡夫卡的"神秘直觉"："一个时刻不会流向另一个时刻，每一个时刻都可能是（而非变成）一个永恒，它不仅不是由过去产生的，而且与过去毫无关联。"这种对卡夫卡的"时间观"的揭示，其研究的细密和洞见，无疑是得之于跨学科批评理论的效用，说明作者对语言学的学习颇有心得，善于辨析和运用。

以库切的作家身份，按理他应该偏向于传统的印象派批评，走利维斯和特里林的路子，似乎不宜在专业化的理论研究中陷得太深。但是我们看到，库切的特色不仅在于其全方位、跨学科的学术研讨，还在于其学术研究和文学创作的结合度颇高。他对英语语法感兴趣，对英语被动语态做过研究，这从其小说《等待野蛮人》中也反映出来，被动语态的使用是这部小说的一个特色（中译不易传达）。另外，《等待野蛮人》的时态系统和《地洞》的时态系统很接近，反映出库切对卡夫卡的学习和继承。这方面的例子还有不少，坎尼米耶的传记也有涉及。

五

库切的博士论文可视为他的文字生涯的发端，其创作和研究都是从贝克特的这个点上走出来的，因此必然与传统拉开距离。另一方面，库切不完全属于欧洲和美国，也不完全属于南非，其后殖民的跨国文化身份使他接近于拉美"新小说"作家，也就是说，走向文化的兼收并蓄（cultural eclecticism）。他不像贝克特终其一生都是原创性的贝克特主义者，他或许只能成为非传统的折中主义（eclecticism）作家。坎尼米耶的评传对这一点讲得不清楚。但这个问题是需要辨析的，否则就不容易解释库切"澳洲小说"的转向，他的批评观的多面性和兼容性，他的精英主义和功能主义兼备的教学理念，他的书评和导言的写作风格。

在《凶年纪事》（文敏译，浙江文艺出版社 2009 年）中，库切的代言人 C 先生对结构主义、后结构主义痛加指斥，对罗兰·巴特、米歇尔·福柯断言的"作者之死"深表不满，把俄国形式主义批评家写得像一群小丑。这个题为"论小说的说服力"的章节，如果是利维斯写的（利维斯没有写过这样的文章），自然不难理解，但对库切博士论文的读者来说，大概会吃惊不小，因为库切博士论文遵循的就是罗兰·巴特／俄国形式主义批评家的路子。38 年过去，库切清算结构主义，致敬托尔斯泰，带着隐秘的忏悔调子：

> 我怀着惴惴不安甚至是谦卑的心情进入他的作品，就如（我现在相信）那些摇摆不定的形式主义批评家，二十世纪依然于闲暇之际阅读现实主义大师作品一样：带着愧疚之心迷恋于其中（我猜想，巴特自己关于阅读快感的那套反理论的理论就是这么回事儿，归纳起来可解释和确证为左拉带给他的那种隐隐的满足）。

俄国形式主义（什克洛夫斯基、艾亨巴姆等）的"陌生化"理论，精巧而富于创见，对托尔斯泰的分析就颇能给人启迪。库切不满于将"小说的说服力"归结为"修辞策略"，他批评得对，但这一点不能看作是他晚年的觉醒，其实，在写博士论文时他就对结构主义"数值法"有怀疑，认为这是其"职业生涯的'错误拐点'"（见《库切传》第六章）。正如将"修辞策略"强调到极端既是一种创见也是一个错误（巴特、什克洛夫斯基、热奈特等），用"风格统计法"分析单一文本，这种方法也必须有所限制。库切在其博士论文结尾总结说：

> 不是因为我反对量化，而是因为我相信，目前应用在文学作品

分析中的统计技巧本质上使得文学作品简单化，因此是错误的。

量化统计确实只是一种片面的文体研究手段。但既然是"错误"的，为何还要提交论文并将它推荐给南非学术圈？因为这项研究使他认识到"小说形式的多种可能性，意识到创作语言可以成为一个自成一体的游戏"。换言之，新的研究方法可能更有助于认识现代主义文学，用语言学和结构主义研究贝克特、卡夫卡，自有其批评方法的贴切和效用；热奈特的叙事学盯住普鲁斯特不放，理据也在于此。罗兰·巴特的"阅读快感"未必都是基于左拉带给他的"隐隐的满足"，而他"那套反理论的理论"当然也不是到处可以涂抹的万金油。

库切从20世纪80年代开始给《泰晤士报文学增刊》和《纽约书评》撰写评论文章，多数文章收录在《异乡人的国度》和《内心活动》中。坎尼米耶说，从这些文章"可以明显看到，库切最初在理论方面的兴趣正在逐渐减弱，他更感兴趣的是对一位作家或作品更广泛的概述，往往带有传记或历史研究的性质"。

那么，这是从"理论的时代"重返"批评的时代"了。这些文章的写作风格有些传统，但精神是当代的，体现库切的博洽和敏锐。这是一种融会了后殖民意识、现代主义和后现代主义美学观、传统诗学精神及非传统诗学精神的批评实践；一种兼容历史主义和反历史主义的思想立场，在惠特曼、理查森、福克纳、马哈福兹、本雅明、穆齐尔等作家中间自由出入。总的说来，其"传记或历史研究"的倾向并不包含历史的限定，而是呈现一种后现代的多元和折中。

所谓"折中"，也就是"兼容"（eclecticism）。相比之下，英式教授谨防"不成熟的批评"，利维斯"动辄判绞刑的裁判"，贝克特的苦心孤诣的文学评论，等等，这些都不是折中主义。老派英国教授叼着烟斗、矜言脱略的风范（弗吉尼亚·伍尔夫的父亲莱斯利·斯蒂芬爵士），利维斯投掷雷电和判决的奥林匹亚式的家长作风（布罗茨基想必于此心有戚戚焉），贝克特越是晦涩越见精妙的文风（于连·格拉克是其传人），并未求助于精神的进步和发展。库切在耶路撒冷文学奖的致辞中说，如果他像米兰·昆德拉那样是个欧洲人，也许他就会像后者那样写作，但问题在于他不是。此言耐人寻味。

库切的学院背景，他从现代主义到"新现实主义"的转向，他的跨文化身份，在其晚期的批评写作中也折射出来。这些文章选材广泛，时空交叠，意义多元，不仅有助于认识当代文学批评写作，也许更有助于思考后现代的文化境况和诗学遗产的关系。

孙嘉瑞、范昀对此文也有贡献，在此致谢。

2018 年

部分诗学与普通读者

关于詹姆斯·伍德的文学批评

一

弗吉尼亚·伍尔夫给自己的文学评论集取名为《普通读者》(刘炳善译，北京十月文艺出版社 2015 年)，并在序言里借约翰逊博士的话点明题意："我很高兴能与普通读者产生共鸣，因为在所有那些高雅微妙、学究教条之后，一切诗人的荣誉最终是要由未受文学偏见腐蚀的读者的常识来决定。"

这就有了"普通读者"的说法。对于文学批评而言，它意味着与学院立场的某种区分，意味着与父辈的从业方式的区分。从弗吉尼亚·伍尔夫的教育背景来看，维多利亚后期文学批评的准则、教条及其垄断性质，给了她一个反传统的立场。"普通读者"的提法并不意味着降低文化修养，更非民粹主义式的敌视高雅，而是说她不赞同那种欠缺文学性的文学批评，不赞同父辈的批评理念和实践。

两卷《普通读者》的写作表明，作者拒绝用客体化的目光看待文学。对她来说，每一篇评论都是一次内心的相遇和对话，而非为了总结出一点什么。这和她父亲（莱斯利·斯蒂芬爵士）的文学评论是很不相同的。

在《弗吉尼亚·伍尔夫的神秘灵交》（见詹姆斯·伍德《破格》，黄远帆译，河南大学出版社 2018 年）一文中，詹姆斯·伍德指出：

> 在她的批评中，比喻的语言成为一种以自己的口音与小说对话的方式，唯有这种方式可以尊重小说终极的不可描述性。批评家便是用比喻来避免以成人的简明来欺凌小说。因为这种语言是一种强大的犹豫。其强大在于伍尔夫比喻的活力和独创；其犹豫在于它承认，在批评中纯粹的总结语言是不存在的。

我认为，把这段话放在罗兰·巴特身上也一样适用。或者说，这是对弗吉尼亚·伍尔夫的一种罗兰·巴特式的描绘。对"小说终极的不可描述性"的感知，一旦转化为批评实践，就只能有两种结果，要么以概括的语言凌驾其上，否认"不可描述性"，要么以比喻的语言构建对话，尊重其"终极的不可描述性"。我们知道，客体化原则的运用正是批评建立范畴和边界的前提，只有和对象保持疏离，才能做到客观地一视同仁，否则就不会有总结和归纳可言，而对"不可描述性"的尊重则拒绝理性的自负，并且怀有一种疑虑：理性诠释是否能够真正描述文学？

现代文学批评的潜在的或现实的斗争就表现在上述二元对立之中。在这场有关文学批评的倾向之争中，一方会把另一方视为局限。例如，弗吉尼亚·伍尔夫把父辈的做法视为局限，"把这种局限性表述为担心她父亲的论文不够'文学'"；相比之下——詹姆斯·伍德说——"伍尔夫是文学的，也就是说，是比喻性的"，"她温和地走进小说，好像很怕强大的理解会压垮它"。

比喻的语言和总结的语言之间的对立并非截然分明；在一篇评论文章中看不到一点总结的语言也是不可思议的。关键在于对批评的角色及其功能的理解。"文学性"如何在批评中摆放，是比喻的语言和总结的语言的分歧所在。詹姆斯·伍德指出弗吉尼亚·伍尔夫的疑虑，论及这场维多利亚背景下的父与子的冲突，除了试图定义弗吉尼亚·伍尔夫的批评实践，也是在为他自己的写作申明立场。

詹姆斯·伍德站在"比喻的语言"这一边。他勾画了一个传统，英国文学批评的传统。这个传统不仅有弗吉尼亚·伍尔夫，还有约翰逊博士、柯勒律治、马修·阿诺德等人，亦即所谓的"作家批评家"传统。说詹姆斯·伍德是伍尔夫的传人亦未尝不可。作为批评家，他的写作正是以其定义伍尔夫的两点最具特色：一是"强大的犹豫"，一是"奢侈的口角"。所谓"奢侈的口角"，是指批评家用比喻性的语言传达判断时，不可避免地构成与批评对象的竞争关系；换言之，"比喻的语言是一种秘密的分享、靠近、相像，同时也是竞争"。

在其论著《小说机杼》（黄远帆译，河南大学出版社 2015 年）的序言中，詹姆斯·伍德有这样一个表态：

> 我最喜欢的两位二十世纪小说批评家，是俄国形式主义者维克多·什克洛夫斯基和法国形式主义兼结构主义者罗兰·巴特。二位皆大批评家，理由在于：作为形式主义者，他们像作家一样思考。他们关心风格、词语、形式，关心比喻还有意象。……
>
> 同时他们二位又都是专业人士，写到最后，也是给其他专业人士看的。特别是巴特，他写起来的架势似乎毫不指望任何普通（甚

至那些正被训练成不普通）的读者能读能懂。

俄国形式主义、新批评和法国结构主义等，都主张诗学层面上的文本细读；这一套形式主义解读法的复杂精细，似乎远远超过弗吉尼亚·伍尔夫的印象派批评风格。而在20世纪后半期成长起来的詹姆斯·伍德，经过形式主义的洗礼，却仍回到弗吉尼亚·伍尔夫的路子，固守印象派批评。理由很清楚，批评不仅仅是写给"专业人士"看的。这大概是为报纸副刊撰稿的文评家的通识，所谓的"普通读者"的概念。

另一个方面应该看到，从罗兰·巴特那边需要折返的这种折中主义，恐怕未必只是为了易读易懂，它还包含着对写作形态的一种认知。

批评写作的形状（或模子）关乎批评与批评对象（文学）之间的关系。印象派批评强调的是再现或同构，尽管批评无法构成完整意义上的再现，但至少应该尊重原作的形式和风貌。为什么说弗吉尼亚·伍尔夫"温和地走进小说，好像很怕强大的理解会压垮它"？因为小说是一个诗学、主题学的有机整体，如果仅仅突出释义的一面，那么诠释学的高温是很容易将它烤煳的。符号学的艰深阐释同样会将读者从作品的氛围中带离，罗兰·巴特的《S/Z》是写作形状异常复杂的一篇论著，巴尔扎克原作的形象、色彩和气味从这种阐释中已经蒸发了。这是詹姆斯·伍德要从罗兰·巴特那边折返的一个原因。他认为应该尊重原著的形状，尊重文学批评的本质。

那么，什么是他所理解的文学批评的本质呢？这涉及"比喻"一词的意义。他说："一切批评进程本身都是比喻性的，因为它处理的是相似性。它问：艺术是什么样？它像什么？如何才能对其做出最好的描述，或重新描述？"

这是不折不扣的再现论的观点。末一句不妨略作修正，如下：

"如何才能对其做出最好的描述或重新描述而不显得徒劳？"

詹姆斯·伍德深知这种相似性的处理之艰难，既要避免庸弱的同义反复（印象派批评做得不好时便是这个结果），又要防止离心的自治倾向（批评的理论化不可避免地倾向于此）；他把重鉴赏、轻体系、不受理论束缚的印象派批评称为"批评地描述文学"，归根结底是从写作的方法到写作的形状都试图忠实于这种相似性。

不仅要忠实于这种相似性，而且要忍受二次描述包含的徒劳和谦抑。因为，从事"批评地描述文学"这项工作，难免会有亨利·詹姆斯所谓的"巨大的越俎代庖"之嫌，而再好的描述也不过是次级描述。既然我们承认"小说终极的不可描述性"，那么"批评地描述文学"（对"相似性"的处理）岂非永远处在次级模仿的位置上？如果批评也有自身的灵魂和超度的需求，诸如批评的超越性姿态、本体论倾向或主权意识等，那该如何满足呢？这些问题怕是难以回避的。20 世纪文学批评的发展事实上提供了这样一幅要求满足的图景。

二

詹姆斯·伍德在英美文坛享誉甚高，是公认的顶尖批评家。要评价他的写作，必须确认其写作所在的位置。是否可以说，他的贡献不在于批评方法而在于文学的判断力？

应该可以这么说。就批评方法而言，在 20 世纪后半期批评理论繁荣的时代，他所秉持的传统印象派批评几乎被边缘化了。尤其是在文化理论和跨学科研究兴起的当下，高校文学批评论坛上几乎难有文学鉴赏的一席之地。因此，詹姆斯·伍德大概只能被归入老式批评家行列，和利维斯、威尔逊、斯坦纳、特里林、布鲁姆等算作一类。尽管这些批评家名声如雷贯耳，也经常被引用，他们代表的"方法"却很难说会被认真看待。当然，半个多世纪来的英美传记写作热潮中，这种方法还是在沿用的。

就方法而言，印象派批评以对作者意图的揣测为导向，大致是一种评传式的阐述，注重印象和感悟、流派特征和文学史脉络的考察。从学术发展和理论建构的角度讲，学院的文学批评是不可能满足于此的。文学批评犹如分尸而食，只有在视角化和专题化的导向中才有可能把相关研究做得精细，这一点无可否认。让文学批评具备理论化的精密和系统，符合批评发展的要求。20世纪文学批评发展的两个重要转向，即语言学的转向和文化研究的转向，造成学术话语及评价标准的改变。印象派批评在高校学术中被冷落，好像文学鉴赏成了一种古老、飘忽、欠缺学术含量的操作，有点不够分量了。批评的理论化造成的压力，加大原本并非对立的分歧。苏珊·桑塔格在《反对阐释》（程巍译，上海译文出版社 2003 年）等文章中对此提出异议。

桑塔格的观点符合印象派批评的立场，批评应服务于原作而不应占夺其位置；应该多关注一点艺术形式，而非所谓的"内容"。在她看来，需要发展的是我们感觉艺术的能力，而非对释义的追求。

桑塔格说，她并不是反对释义，因为思考就是一种释义；她反对片面地重视释义，反对那种认为合理的释义就等于成功的文学批评的错误观念。针对学院批评过度理论化（或过度学术化）的倾向，桑塔格提出"新感受力"的概念，她倡导一种不以专家自居的看待事物的方式，在欣赏文学作品的过程中，不是去理解和分析，而是去感觉。

弗吉尼亚·伍尔夫用"普通读者"的身份定义其批评写作，也是把"感觉"的意义放在首位。客观地讲，批评的理论化对于丰富批评视角和方法是大有助益的。而且，批评的理论化未必意味着要将感觉废除。反过来讲，印象派批评所能够提供的也并非只有感觉或印象。强调"感觉"的意义和重要性，恐怕还是因为我们在拓展方法及理论应用的同时，也在减少批评的困难和职责。换言之，当文学批评力求传达一个高质量的认知和判断时，它不外乎是一场艰苦的角力，而批评的格式化和理论化会成为批评家自我逃避的出口。当今学院批评的一个常见弊端是将文学作品当作理论佐证的材料；作品被降格为文本，服务于所谓的学术；在作品的诗学形态未被认知的情况下，就将其当作释义的对象处理，并且以多元论和去中心化的立场为借口，回避批评中那些难啃的硬骨头。在此背景下看詹姆斯·伍德的文章，他的意义就会突显出来。

尽管詹姆斯·伍德推崇罗兰·巴特等形式主义批评家，但他作的并不是形式主义批评，而是传统印象派批评，即，主题也谈一点，形式也谈一点，时代背景也谈一点，研究状况也谈一点；他的评论多半像导读，会依据不同对象作重点不同的评述，体裁属性、叙事特色、神学或社会学议题等，诗学只是其中的一部分，再怎么重要也都不是唯一。而他得到的赞誉主要是在诗学阐释方面，特里·伊格尔顿（Terry Eagleton）称赞他有一双"非凡的金耳朵"，约翰·班维尔（John Banville）认为他是"造诣精湛的文体家"。他的可贵之处在于挽回文学评论那种几乎被扭曲的价值，仿佛时刻提醒我们"文学感觉"的重要性。

批评家如果不能表现出对文体、形象和叙述的真实感觉，则其判断又如何可信呢？例如，对德语作家 W. G. 塞巴尔德（W. G. Sebald）那种有点四不像的作品做出判断时，我们首先要对其难以归类的特性有所判断，而非依赖现成的后现代理论草草定义。因为，有独创性的创作总是包含有待认知的本质；这种本质不仅是存在的，而且需要批评家费心勉力加以追认。

在《W. G. 塞巴尔德的不确定性》（见《破格》，黄远帆译，河南大学出版社 2018 年）一文中，詹姆斯·伍德处理的就是作品难以归类的特性。他用"令人心悸的稠密""缄默的人造感"等短语描述塞巴尔德的文体特质，指出塞巴尔德的叙述不仅属于虚构的范畴，而且以其"严谨的不确定性"而区别于后现代小说的一些典型特色，例如，朱利安·巴恩斯（Julian Barnes）或翁贝托·埃科等作家所共有的叙述特色，他们——

> 拿来事实，表面上在小说中破坏事实的稳定，令事实微微一颤，但他们的整个作品实际上是在致敬事实的迷信。这样的作家对小说的信仰不够深，无法抛弃现实世界；他们玩弄准确性，实际上沉溺于准确不准确的问题，因为即使是不准确的事实，对这样的作家来说，也带了一种经验的电流，因为它们让我们接通了一种更大的信息狂热。这种信息的神经官能症令他们的小说闹哄哄地无动于衷。事实对这类作家而言乃是一种消遣，一种符号上的过剩，最终十分可读。

詹姆斯·伍德的观点富于揭示性，对后现代小说那种"琐碎的'虚构的'风趣"未免有些挖苦，评论起来毫不留情。这个描述对翁贝托·埃科可能有些不公，但其一针见血的洞察是有价值的。

批评家就应该像他那样，不为流行的概念或标签所迷惑，能从似是而非的类同中判别作家的精神特质；他能够聆听塞巴尔德"极度悲苦的内心世界"，解读出那种无能于"'虚构'的风趣"，表现"事实无从解读，因而具有悲剧色彩"的叙述。J. M. 库切写过一篇塞巴尔德的评论（见《内心活动》，黄灿然译，浙江文艺出版社 2010 年），也写得出色，但似乎不如詹姆斯·伍德这篇通透。像"缄默的人造感"之类的短语，要高度投入并且感觉同样是非常精致的读者才写得出来。

　　谈到"诗学"，这个术语在当下的批评界具有两层含义，即有关"诗艺"的理论和"如何作诗"的理论，在亚里士多德的《诗学》（《诗学 / 诗艺》，罗念生等译，人民文学出版社 2008 年）中就包含这两个层面的论述，分别指向静态规则的探讨和具体的动态的作诗法。一般说来，学界的诗学研究多为静态的规则诠释和理论总结，而报纸副刊的文学批评则较多关注作诗法和动态的诗学现象。詹姆斯·伍德属于后者。他不是用固有的理论来支撑某种释义，而几乎是像作家创作那样从感觉的对象化过程中完成美学判断。他的艺术判断力强，有时被拿来与休·肯纳（Hugh Kenner）相提并论。拿他与埃德蒙·威尔逊比其实不为过。作为文学批评家，其直觉的敏锐为一般作家所不及。不管是塞巴尔德那样尚无定论的当代作家，还是契诃夫那样的经典作家，他均能在笔下对其道出内行的见解。他把直觉、视野、素养和鉴别力协调起来，显示一种敏捷的悟性。例如，谈到《奥吉·马奇历险记》中的艾洪为父亲撰写讣告这个插曲，其可笑可悲之处，"我怀疑狄更斯或乔伊斯是否能写得更好"，詹姆斯·伍德如是说（见詹姆斯·伍德《不负责任的自我》，李小均译，河南大学出版社 2017 年）。这是一种能够感觉也能够论断的文学批评之在场。尽管他在评论埃德蒙·威尔逊的那篇文章（见詹姆斯·伍德《私货》，冯晓初译，河南大学出版社 2017 年）中对后者颇多微词，但他们二人其实有同样的特色，以其创作论方面的老练和洞察见长。

用他本人的话说，就是"以批评家眼光观创作之事"，他的写作主要是为了传达"眼力"——"能看见什么，能看得多细，并且可以用文字把这种眼力传达出来"。质言之，将文学批评和文学创作的肌理紧密结合起来，这是詹姆斯·伍德的志业。一般说来，从事创作的人会这样去做评论，如米兰·昆德拉、约瑟夫·布罗茨基、德里克·沃尔科特等，学院批评家则较少采取这种方式，后者更追求理论深度、学理性的根据及学术品格的彰显。

三

詹姆斯·伍德的文章，除了上述特点之外，也有其学术化的一面。和弗吉尼亚·伍尔夫不同，他的每一本评论集都有预定的视角，如《不负责任的自我》的副标题是《论笑与小说》,《破格》的副标题是《论文学与信仰》，等等，专题性质很强。我们看到，关于"笑与小说"的论题，范围限定在文艺复兴后的欧美文学，虽未必系统，也称得上是涉猎深广，对"喜剧"的概念有一番较全面的考察了。

詹姆斯·伍德的专长主要是小说叙事学，对近三百年欧美小说创作有广泛的考察和原则性的思考。《小说机杼》一书是詹姆斯版本的《小说修辞学》，其探讨的目标指向何谓真实的议题。较之弗吉尼亚·伍尔夫，他更有批评家的手段和装备，哲学、神学和文艺学的修养齐备，争论起来不依不饶。他那篇批驳乔治·斯坦纳的文章（《乔治·斯坦纳的不实临在》）刻薄归刻薄，其逻辑的犀利穿刺还是相当漂亮的。

另一方面也可以看到，他的评论集虽然议题明确，却并无严格的规束，实质都是单篇作家论的汇集，多一篇少一篇也看不出有多大的损益。这一点和埃德蒙·威尔逊颇为相像，后者的《阿克瑟尔的城堡》是象征主义的专题研究，也是由单篇作家论集合而成。从严格的意义讲，一个有系统的结构不应该被个案性质的集合取代，否则现象的考察就难以用逻辑方式综合呈现，达成对普遍的共同性的认知；既然是进入某个主题的科学考察，就应该寻绎这种普遍的共同性，归纳其可以通约的要素。我们看到，詹姆斯·伍德意识到这一点。他的立场正好是针锋相对的，总的说来是反对美学本体论的。他说：

> 我认为，根本没有所谓的"审美"——它总是某种形式的批评——所以一切审美论断都要到站下车，讨论具体的作品是唯一确凿的审美。

这是一个非常重要的观点。它不是为单篇论文的合集是否具有系统性而申辩。它是一个维特根斯坦式的宣言，否认抽象的共性之于审美认知的意义。换言之，如果存在文学批评，那它只能存在于作家作品的具体讨论之中。离开了个案描述，任何所谓的审美论断都是空泛而无意义的。用维柯的话说，我们感受到具体的特殊，这对于我们是一种审慎的引导，我们对审美的确凿认知应该在这种引导之下进行，而对普遍的共同性的追求只能使我们与之失之交臂，因为这种追求的基础并不是真理，而是一种形而上的慰藉（对美学本体论的幻想），实际上，艺术的真正"形式"并不出现在这种"共同"特征的寻绎和归纳之中。

例如，我们会说，小说修辞学的归纳实质要依靠例子（个案）的特殊性，而非其表面上所显示的那种普泛性。换言之，这种或那种叙述手段有效，正因为那是简·奥斯丁或加缪之所为，是他们在某一个作品中有幸达成的效果和境界。即便共性的问题能够说明一些问题，那也丝毫不能说明某一种修辞方法的意义和魅力。魅力和意义总是被具体而片面地赋予的，有其自身的机运、力量和瑕疵，甚至其瑕疵也是不可替换的。

小说修辞学让我们相信存在着一种关于小说的普遍有效的理论阐释，由一些精心挑选的例子作支撑。问题是：普遍有效性是指从一切例子中抽离出来并适用于一切例子，还是指从个别例子中抽离出来适用于一切例子，还是指从个别例子中抽离出来只适用于个别例子呢？我们对例子的选择遵循何种规则？具有何种程度的科学性？恐怕连统计学意义上的筛选都不具备。无非是一些局部的归纳、主观的演绎罢了。如果此种选择并不具有科学性，那么对理论阐释的普遍有效性的追求岂非成了幻觉？

确实如此。小说修辞学和字典编纂一样，为一个现象的定义搜集一组例子。区别在于，作为例子的艺术作品（整体或片段）本身不是为了某种用法的说明而存在。那种适用于普遍有效性的美学总结从形而上的层面讲好像是有着了不得的意义，实质并不能描述艺术的内在作用力与反作用力的机制，这个机制存在于时代精神、文化潮流和个人气质的复杂反应之中，存在于个别艺术家和其他艺术家的亲缘或疏离的关系之中，存在于个别艺术家的上一篇作品与下一篇作品的延续关系和变异关系之中。詹姆斯·伍德说："根本没有所谓的'审美'……讨论具体的作品是唯一确凿的审美。"他说的就是这个意思。对诗学的整全性的归纳从任何一个角度讲都只是一种形而上的冲动和概念。我们说，只存在着某个具体作品的诗学整全性；或者说，不存在确凿的整全性，只存在部分诗学的这样或那样的显现。批评充其量是在部分诗学的意义上进行的具体作品的讨论。

这个方面最典型的例子是乔治·斯坦纳对《安娜·卡列尼娜》的论述（见《托尔斯泰或陀思妥耶夫斯基》，严忠志译，浙江大学出版社2011年）。斯坦纳用描述性的语言重构《安娜·卡列尼娜》的第一章，他的解读不仅是鉴赏性质的，而且几乎是流水账式的——只有逐句逐段的讨论，不作理论化的归结。和这种尝试相比，詹姆斯·伍德的细读或许还不像人们所认为的那样沉溺。斯坦纳暗示我们，"批评地描述文学"应该冒着越俎代庖的风险，尤其是针对经典作品，可以将评论写得不合常规的琐细。是的，从比喻或模拟的角度讲，理论阐释说到底不过是一种标记，而且达不到乐谱标记的精确。因此一个冗长的描述是有用的。针对部分诗学的冗长描述能够体现批评的桥梁作用。不要忘了，《安娜·卡列尼娜》的主题是渐次形成的，这种多层次的渐进与复合应该得到追摹体认，否则就难以有效触及该篇的精神。纳博科夫《文学讲稿》对《尤利西斯》的逐章讲解同样不怕招致琐细之嫌，说明真正的鉴赏总是反形而上的，是片段集合性质的，是服务于作品的，是并不凸显批评的主权意识的，而流行的理论癖、理性主义者的自负则往往难以从这种方式中得到满足。

詹姆斯·伍德在《索尔·贝娄的喜剧风格》一文中写道：

> 贝娄作品里有三种主要的喜剧：思想的喜剧，精神或宗教渴望的喜剧和身体的喜剧。人们经常（我认为是错误地）在他"思想"的语境中讨论贝娄，以至于容易忘记，他的许多主人公是思想的失败者或小丑。他的小说很喜剧，很大程度上与思想的无效有关；这一堆堆思想的煤渣将这些不幸者像婴儿一样困住。

詹姆斯·伍德指出了文学批评经常会犯的错误，并非评论贝娄的文章所独有，即习惯于从观念史的角度去探讨作家世界观的性质，以为观念的澄清便是我们在作品中最需要获得的解答（这种情况同样发生在对米兰·昆德拉的评论中），殊不知，即便是《赫索格》这样的作品，它也并不等同于一连串"思想"的证伪或证实，倒不如说"思想"就像一系列情境中的道具（这和贝克特的作品相似），作用于人物残缺的命运。诚然，在"思想"的语境中讨论贝娄也是必要的，评论《洪堡的礼物》《赫索格》而不触及观念史也是不可能的，但是，忽略"思想的无效"或喜剧性的精神瘫痪的表现，而大谈这些作品的"意义"或"审美"，终究会显得隔靴搔痒。

有关部分诗学（即"讨论具体的作品是唯一确凿的审美"）的说法，从哲学上讲是观念论和唯名论之争的一个表现；从美学上讲则近似于维特根斯坦的美学批判，是反对美学本体论和形而上学艺术观的一种论调；从创作论的角度讲则是颇为寻常的一种观点，即批评家重视作品的独创性，而作品越是有独创性，批评就越难以依赖通用的概念和方法；它实质上还反映了印象派批评的原则，即反对以权威的立场和客体化目光"总结"作品，而是强调对"小说终极的不可描述性"的关注。

詹姆斯·伍德的批评写作，总的说来在诗学的分享方面做得很好，能够给读者以引导。他似乎不受学术潮流和批评理论左右。他通过鲜活的细读和灵敏的鉴别告诉我们，比方法更重要的是教养，即对作家作品的熟稔，举凡细节、形象和母题，如数家珍，娓娓道来，此乃批评家的教养。这一点无疑是在其论著和文章中"确凿"地体现出来了。

2021 年

后　记

　　此书结集的缘起是 2017 年 2 月，浙江大学出版社启真馆的王志毅先生联系我，建议出一本外国文学评论集。合同签好后我却一拖再拖，迟至今年才交稿。万分感谢志毅先生的支持、厚爱和宽谅。

　　感谢本书编辑细致出色的工作。

　　集中文章曾分别发表在《书城》《读书》《上海文化》《燕京书评》《外国文艺》《单读》等期刊上，其中的代译序和译序分别刊载于浙江文艺出版社、南京大学出版社、燕山出版社、浙江大学出版社等出版的相关作品中。对上述刊物和出版社的编辑谨致谢意。

　　感谢李庆西、文敏、吴亮、张定浩、卫纯、曹洁、李静、张弘、黄昱宁、王嘉琳、吴琦、罗丹妮、范昀、周红聪、顾舜若、罗颖杰、林晓筱等师友，在文章选题、写作、编辑、联络和发表过程中给予的大力帮助。感谢家人、朋友、学生一如既往的支持和关爱。

　　拙作不当之处，敬请读者朋友批评指正。

许志强

2021 年 4 月 22 日

启真·文史丛刊

图书在版编目（CIP）数据

部分诗学与普通读者 / 许志强著. —杭州：浙江
大学出版社，2021.10
（启真·文史丛刊）
ISBN 978-7-308-21738-5

Ⅰ.①部…　Ⅱ.①许…　Ⅲ.①外国文学 – 文学评论 –
文集　Ⅳ.①I106-53

中国版本图书馆CIP数据核字（2021）第183573号

部分诗学与普通读者
许志强　著

责任编辑	周红聪
文字编辑	黄国弌
责任校对	黄梦瑶
装帧设计	周伟伟
出版发行	浙江大学出版社
	（杭州天目山路148号　邮政编码310007）
	（网址：http:// www.zjupress.com）
排　　版	北京楠竹文化发展有限公司
印　　刷	北京中科印刷有限公司
开　　本	880mm×1230mm　1/32
印　　张	9.5
字　　数	226千
版 印 次	2021年10月第1版 2021年10月第1次印刷
书　　号	ISBN 978-7-308-21738-5
定　　价	69.00元